MAXIM WAHL

DAS SAVOY

GEHEIMNISSE EINER FAMILIE

atb aufbau taschenbuch

MAXIM WAHL

DAS SAVOY

GEHEIMNISSE EINER FAMILIE

ROMAN

atb aufbau taschenbuch

MIX
Papier aus verantwortungsvollen Quellen
FSC® C083411
FSC
www.fsc.org

ISBN 978-3-7466-3710-5

Aufbau Taschenbuch ist eine Marke
der Aufbau Verlag GmbH & Co. KG

1. Auflage 2021

Gesetzt aus der Sabon durch die LVD GmbH, Berlin
Druck und Binden CPI books GmbH, Leck, Germany
Printed in Germany

www.aufbau-verlag.de

für Reinhard Deutsch

LONDON 1940

1

Die Treppe

Umgeben von Menschen aus aller Herren Länder durchquerte Violet das Foyer. Das frisch polierte Messing schimmerte, Tageslicht brach sich im geätzten Glas. Die marmorverkleideten Säulen spiegelten den Luxus wider, der hier zur Tagesordnung gehörte.

Violet genoss die Symphonie der Halle, jenes Anstimmen und Verklingen mannigfaltiger Laute, das Gläserklirren eines früh bestellten Brandys, das Knautschen der Ledersessel. Im Tearoom schwoll die Musik des Jazztrios an und ab, jedesmal wenn eilende Kellner die

Schwingtür bedienten. Die Geigen aus dem Wintergarten hingen träge in der Luft, ein zartes Singen von den Seidenkleidern der Frauen, das Rascheln der Trenchcoats. Violet war die Hüterin dieses Zusammenklangs, sie war Besitzerin des Hotels, First Lady und zugleich Arbeitgeberin, eine ungewöhnliche Konstellation für eine Frau von dreiunddreißig Jahren.

Im hinteren Bereich der Lobby erreichte sie eine zurückgesetzte Tür, die man für einen Personaleingang halten mochte. Sie betrat einen grau gestrichenen Flur, an dessen Ende die nächste Tür einen Vorratsraum oder eine Besenkammer vermuten ließ. Sie öffnete mit einem Schlüssel, den sie nicht am Bund trug, sondern um den Hals. Das Treppenhaus gehörte zum ältesten Gebäudeteil des Savoy. Auf den steilen Stufen nahm sie sich in Acht. Der Handlauf hatte Rillen und Dellen, hier waren schwere Gegenstände dagegengeschrammt worden. Die Treppe mündete auf einem Absatz vor dem nächsten Eingang, der elektrisch zu öffnen war. Es erforderte eine Zahlenkombination, ähnlich dem Schloss eines Aktenkoffers, worauf sich ein Mechanismus in Gang setzte, der die Verriegelungsbolzen löste. Violet trat ein.

»Guten Morgen, Sanders.« Ohne stehen zu bleiben,

begrüßte sie den Mann in Navy-Uniform, der das Anwesenheitsbuch führte.

»Guten Morgen, Miss Mason.«

Aus dem Augenwinkel bemerkte sie, wie er seine Eintragung machte und zum Telefon griff. Durch den nächsten Flur erreichte Violet eine Treppe, die zum tiefsten Punkt des Savoy führte. Dort befand sich ein Keller, der als Wäschelager gedient hatte, bevor er vor Jahren nach einem Wasserrohrbruch stillgelegt werden musste. Während sie hinunterstieg, spürte sie eine Beklemmung im Unterleib. Sie wollte es noch bis zum Fuß der Treppe schaffen, doch der Schmerz zwang sie, das Geländer mit beiden Händen zu umklammern. Violet atmete gleichmäßig, meistens wurde es dadurch besser. Doch das Ziehen und Stechen verschärfte sich derart, dass sie auf die Stufen sank.

»Laurence, was machst du denn?«, flüsterte sie vorwurfsvoll. »Was machst du nur mit mir?«

Minutenlang blieb sie sitzen und war froh, dass niemand aus dem Keller kam und sie so vorfand. Schließlich raffte sie sich auf, strich ihr blassgrünes Kostüm glatt und bediente die Klingel an der Metalltür. Ein Sub-Lieutenant öffnete ihr.

»Guten Morgen, Miss Mason.«

»Bin ich zu spät?« Sie schloss den untersten Jackenknopf.

»Drinnen ist man bereit für Sie.«

»Danke.« Sie hob den Blick.

In diesem Raum waren vor Jahren Tischtücher, Laken und Uniformen für das Personal aufbewahrt worden. Heute standen lange Reihen von Schreibtischen da, an denen Männer und Frauen saßen, manche in Uniform, die meisten arbeiteten in Zivil.

Mit fünf Schreibtischen hatte alles begonnen. Jeder war mit einem Röhrengerät ausgestattet, dazu gab es Verstärker und Aufnahmemaschinen. Von den Schreibtischen liefen schwarze Kabel zur Decke, vereinigten sich in Drahtschächten und verschwanden durch eine Öffnung nach oben. Es gab Umschaltvorrichtungen, mit deren Hilfe man von Stockwerk zu Stockwerk wechseln konnte. Die Zimmer und Suiten des Savoy, Konferenzräume, Restaurants, auch die Hotelbar, waren an diese unterirdische Anlage angeschlossen.

Lange hatte Violet sich dagegen gewehrt. In ihrem Haus sollten Menschen sich amüsieren und erholen. Von hier aus erkundeten sie London. Sie bezahlten viel Geld dafür und Violet sah es als ihre Pflicht an, jeden Gast bestens zu bedienen und exquisit zu bewirten. Was hinter verschlossenen Zimmertüren geschah, ging nur die Gäste des Savoy etwas an. Sie fand es verwerflich, dass sich in ihrem Haus geheime Horcher hinter der Wand versteckten und Gespräche rechtschaffener Leute belauschten. Zu Beginn hatte Violet Sir Sinclair unmissverständlich klargemacht, dass sie die Anlage nicht in ihrem Haus behalten wolle. Doch es war weder im Interesse Sinclairs noch der britischen Regierung, die Abhörvorrichtung wieder zu demontieren. Als Kompromiss hatte Violet dem Leiter des britischen Geheimdienstes abgerungen, lediglich ausgewählte Konferenzen und Besprechungen mitzuhören.

Im September vergangenen Jahres war England in einen neuen Krieg gezwungen worden. Nachdem Hitler auf das englische Ultimatum, sich aus dem besetzten Polen zurückzuziehen, nicht reagiert hatte, erklärte Großbritannien dem Deutschen Reich den Krieg. Das veränderte die Lage im ganzen Land, es veränderte die Lage im Savoy.

Violet betrat den Besprechungsraum. An jedem Platz

befand sich eine Tischlampe, was den Eindruck erweckte, man befinde sich im Lesesaal einer Bibliothek.

»Guten Morgen, Gentlemen.«

Das harte Rücken der Stühle, als die Herren aufstanden. »Miss Mason«, erwiderten sie im Chor und warteten, bis Violet Platz genommen hatte.

Der Colonel ergriff das Wort. »Die Deutschen verwenden ein neues Codebuch für ihren Funkverkehr. Dadurch haben wir seit gestern einen vollständigen Blackout.«

Colonel Stewart Menzies war ein unauffälliger Herr mittleren Alters. Er hatte leutselige Augen, trug einen Schnäuzer und kämmte sein schütteres Haar von links nach rechts. Erst vor wenigen Monaten hatte er die Funktion des Geheimdienstchefs von Sir Sinclair übernommen, der an Krebs gestorben war. Sinclair galt als Pionier des SIS. Während des Ersten Weltkriegs hatte er die Abteilung für Industriespionage ins Leben gerufen, außerdem die Sektion VIII, in die auch das Savoy eingegliedert worden war. Dies hatte zur Folge, dass man sich im Wäschekeller nun auch mit der Dechiffrierung verschlüsselter Nachrichten beschäftigte.

Der Colonel wandte sich an Violet. »Zu Ihrer Information, Miss Mason: Täglich versuchen wir, unsere

Typex-Maschinen nach demselben Code einzustellen wie die deutsche Chiffriermaschine. Wenn uns das nicht gelingt, dechiffrieren wir lediglich Nonsens von Nonsens. Bei dieser kniffligen Arbeit kommen unsere besten Codebrecher zum Einsatz. Dass sie in letzter Zeit erfolgreich waren, ist allein der Tatsache zu verdanken, dass wir in den Besitz eines deutschen Codebuches gelangt waren.«

Violet kannte die Funktion der Typex-Maschinen in ihrem Keller. Sie wusste, dass Menzies sich in einer schwierigen Lage befand. Er hatte das Savoy und damit Violet von seinem Vorgänger *geerbt*. Sie und Sinclair waren nicht immer gleicher Meinung gewesen, doch hatte sich zwischen ihnen ein Vater-Tochter-Verhältnis eingependelt, so dass Violet die Interessen des Hotels durchsetzen konnte. Mit Menzies war das anders. Es interessierte ihn nicht, dass sie eines der schönsten und traditionsreichsten Hotels Londons führte und ihre Gäste ihr mehr am Herzen lagen als die Leute, die unter der Erde die Menschen im Hotel ausspionierten.

Menzies kümmerten Miss Masons Skrupel nur insofern, als Violet ein notwendiges Übel war. Ohne sie hätte es das offizielle Savoy nicht gegeben. Sie war die

Galionsfigur, das Aushängeschild, das Gesicht des Savoy. Nur sie konnte prominente Gäste aus der Welt der Kultur, des Handels, des Hochadels und der Politik empfangen. Ohne sie hätte es keine politischen Empfänge gegeben, keine Bankette, keinen Besuch der Royal Family. Da sich niemand das Savoy ohne Violet Mason vorstellen konnte, waren die Geheimdienstoffiziere gezwungen, bis zu einem gewissen Grad nach ihrer Pfeife zu tanzen. Das war der einzige Grund, weshalb Violet manchmal zu aktuellen Briefings eingeladen wurde. Sie war weder Mitarbeiterin noch Geheimnisträgerin des SIS, doch man sah sie sozusagen als *Bienenkönigin* an, die es dem Team um Sir Menzies erlaubte, sich in ihrem Stock aufzuhalten.

»Danke, Colonel«, antwortete Violet.

»Das Oberkommando der deutschen Wehrmacht hat wie gesagt ein neues Codebuch in Betrieb gehen lassen«, fuhr Menzies fort. »Seit gestern sind wir daher blind und taub. Wir wissen nichts über die deutschen U-Boot-Aktivitäten, die Verschiebungen der Heeresverbände und so gut wie nichts über ihre Angriffspläne im Luftkrieg. Es stellt sich uns also die Frage, welche anderen Möglichkeiten es gibt, die deutschen Codes zu knacken.« Menzies wandte sich an einen jungen Offizier. »Und hier kommt unser Lieutenant …« Er hielt inne.

»Burke«, half der Officer ihm weiter. »Lionel Burke, Sir.«

»Hier kommt Lieutenant Burke ins Spiel«, nickte Menzies. »Wenn Sie so freundlich wären, Lieutenant.«

Der Offizier stand auf. Sein Knabengesicht täuschte, er mochte im gleichen Alter sein wie Violet. Er wirkte zurückhaltend, dabei wachsam. Er schob eine widerspenstige Haarsträhne zurück und wandte sich zu einer grafischen Darstellung an der Wand.

»Die deutschen Chiffriermaschinen verwandeln Klartextbuchstaben in Nonsensbuchstabengruppen. Der Apparat hat etwa hundertfünfzigtausend Milliarden Möglichkeiten. Es würde etwa zehntausend Jahre dauern, jede mögliche Chiffrierung auszuprobieren.«

»So viel Zeit haben wir naturgemäß nicht.« Menzies spornte den Lieutenant an, auf den Punkt zu kommen.

»Einfach ausgedrückt setzt die deutsche Chiffriermaschine ein Geheimnis ein, das wiederum in einem anderen Geheimnis versteckt ist. Wenn wir das innere Geheimnis lüften wollen, brauchen wir eine Maschine, die innerhalb des äußeren Geheimnisses agiert, ohne dabei aufzufallen.«

»Deshalb haben wir Sie heruntergebeten, Miss Mason«, übernahm der Colonel. »Die Maschine, von der Lieutenant Burke spricht, ist groß und besteht aus vielen Einzelteilen. Um sie im Hotel und damit im Herzen Londons zu installieren, müssen wir sie zerlegen. Es bedarf mindestens eines Tages, um sie unter die Erde zu schaffen. Außerdem müssen wir die Elektrizität im Keller verstärken, das bedeutet, neue Leitungen zu legen. Damit sind Arbeiten verbunden, die vor Ihren Gästen nicht zu verheimlichen wären. Es werden Stemmarbeiten durchgeführt, Schutt muss abtransportiert werden, mit anderen Worten, wir brauchen ungestörten Zugang zum Hotel.« Abwartend sah er Violet an.

»Es ist Mitte Mai, Colonel. Wir haben Vollbelegung. Ich kann mein Hotel unmöglich schließen, auch nicht vorübergehend. Ich kann auch meine Gäste nicht ausquartieren, nicht einmal für einen Tag.«

Menzies hob die Hand. »Bei normalem Hotelbetrieb wäre die Aktion nicht durchzuführen, das ist uns klar. Wir dachten daher an einen *Notfallplan*, der Ihnen erlauben würde, das Hotel zu schließen.«

»Was meinen Sie mit Notfall?«

»Am glaubhaftesten fänden wir, wenn es ein Feuer gibt.«

»Ein Feuer im Savoy?«

»Ein fingiertes Feuer natürlich.«

»Sie wollen, dass es in meinem Haus brennt?«

»Nur fiktiv, Miss Mason. Die Feuerwehr wäre zur Stelle, um die Täuschung perfekt zu machen. Am nächsten Tag wäre alles wieder vorbei.«

Am liebsten hätte Violet rundweg Nein zu dem Vorschlag gesagt. Es wurde immer mehr, es griff immer weiter um sich. Zuerst waren es ein paar Fremde mit Kopfhörern im Keller, bald darauf rückte der SIS mit verstärkter Mannschaft an. Schließlich tauchten die Typex-Maschinen auf. Und jetzt sollte eine Apparatur dazukommen, wegen der man Wände aufstemmen und Fußböden durchbrechen musste. All das hatte mit der eigentlichen Aufgabe des Savoy nicht das Geringste zu tun.

»Nicht das Geringste«, sagte sie und bemerkte durch die erstaunten Blicke der Herren, dass sie den letzten Gedanken laut ausgesprochen hatte.

»Sir Menzies, als Ihr Vorgänger mich gebeten hat,

die Anlage, die ein Verbrecher ohne mein Wissen hier installiert hatte, in den Dienst Englands zu stellen, habe ich zugesagt, weil ich meine patriotische Pflicht erfüllen wollte. Heute bitten Sie mich, Dinge zu tun, die meinem Hotel Schaden zufügen.«

Sie lehnte sich zurück und wartete, wie die Anwesenden darauf reagieren würden. In dieser Haltung verharrte Violet aber nur einen Augenblick. Ihr Oberkörper fuhr nach vorn, sie krümmte sich. Mit beiden Händen hielt sie ihren Unterleib fest. Was da zog und zerrte, war nicht das Kind in ihrem Leib, es war ein Schmerz, den sie so noch nie gespürt hatte. Sie fühlte Blut an ihren Schenkeln, auch auf dem Ledersitz, sie spürte die warme Flüssigkeit ihr Bein hinabrinnen. Mit einem Schrei, der einem Seufzen wich, sank sie auf die Platte des langen Tisches. Die vielen Lampen blendeten sie. Die Männer waren nur noch Silhouetten. Das Letzte, was sie wahrnahm, waren die goldenen Streifen auf dem Ärmel von Lieutenant Burke.

2

Vater, Mutter, Kind

Gleich zwei Rettungswagen hielten vor dem Savoy. Lieutenant Burke hatte das Krankenhaus nicht über die Hotelrezeption, sondern mithilfe der SIS-Linie verständigt. Als der besorgte Rezeptionist von Miss Masons Zustand erfuhr, alarmierte auch er die Rettung.

Violet kam rasch wieder zu Bewusstsein. Die Aufregung um ihre Person missfiel ihr. Von der Krankenbahre aus erteilte sie Anweisungen: Die Wagen mit dem kreisenden Blaulicht sollten vor dem Haupteingang verschwinden und das Martinshorn abstellen. Sie dirigierte die Bahrenträger zum Personaleingang. Erst dort ließ sie sich ins Heck eines der Krankenwagen verfrachten.

Obwohl alles ziemlich schnell gegangen war, ließ sich die Tatsache, dass die prominente Hoteldirektorin durch ihr eigenes Foyer getragen wurde, nicht geheim halten. Violet fand ihr Konterfei häufig auf Titelseiten und in Gesellschaftsnachrichten. Sie war eine Frau, über die man sprach. Welches Kleid sie bei einem offiziellen Anlass trug, mit wem sie gesehen wurde, war Salz in der Suppe der Londoner Society.

Ein Reporter des *Evening Standard* gab die Meldung, dass Miss Mason ins St. Bartholomew's Hospital eingeliefert worden sei, an seine Redaktion durch.

Violet lag in einem hübschen Einzelzimmer mit hässlicher Aussicht. Während sie vom Bett aus einen Teil des Innenhofes überblickte, der eher einem Gefängnishof glich, dachte sie an einen anderen Patienten dieser Klinik. Es war mehrere Jahre her, seit ihr Großvater, Sir Laurence Wilder, nach seinem Zusammenbruch ebenfalls hier behandelt worden war.

Nach dem frühen Tod ihrer Mutter, nachdem ihr Vater, der Vagabund, sich davongemacht hatte, verbrachte Violet ihre gesamte Kindheit im Savoy. Damals stellte Sir Laurence für sie Vater, Großvater und gleichzeitig ihren besten Freund dar. In dieser Zeit liebte sie das Hotel, in dem Larry herrschte, das verzauberte Gebäude an der Themse, das jeden Tag seinen eigenen Sonnenauf- und -untergang erlebte. Hier arbeiteten, bedienten, genossen und vergnügten sich Menschen, die nicht nur aus der ganzen Welt kamen, sondern auch für die ganze Welt standen. Das schottische Blumenmädchen, das von einem Wiener Baron hofiert wurde, der einbeinige Zigarettenverkäufer, die Witwe des Ölmagnaten, die Heidelberger Gouvernante, der französische Maler, der jüdische Unterhändler, der Captain der Royal Air Force, die polnische Autorin französischer Liebesromane und die Stenotypistin, die für ein Extrahonorar nachts in das Zimmer des Bankdirektors schlüpfte.

Violets Großvater hatte die Berühmtheiten seiner Zeit, die im Savoy abstiegen, persönlich gekannt und war mit manchen befreundet gewesen. Sie hatte Chaplin in der Hotellobby Faxen machen sehen. Charles Lindbergh ließ sich nach seiner Atlantiküberquerung im Savoy feiern. Premierminister Lloyd George lud seine Regierung zum Lunch hierher ein, King George liebte das Chocolate Chunk Shortbread, das im Tearoom gereicht wurde. Ereignisse wie diese prägten Violets Kindheit. Trotzdem oder gerade deshalb musste sie dem Savoy irgendwann Lebewohl sagen.

Zuerst arbeitete sie als Assistentin an verschiedenen Londoner Theatern, später versuchte sie ihr Glück bei der BBC, wo das neue Medium Radio gerade den Kinderschuhen entwuchs. Violet hätte eine Karriere als Radioautorin machen können, wenn das Schicksal ihres Großvaters sie nicht in das wunderbare, das verfluchte Hotel zurückgeholt hätte.

Zweimal hatte man Anschläge auf Sir Laurences Leben unternommen. Bevor er durch den darauffolgenden Schlaganfall fast gestorben wäre, traf er Vorsorge. Er vermachte Violet den Löwenanteil des Hotels und damit die Verfügungsgewalt. Nicht Larrys leiblicher Sohn Henry, sondern seine uneheliche Enkelin sollte die neue Direktorin sein. Nach mehreren Fluchtversuchen aus diesem aufgezwungenen Schicksal hatte Violet das Vermächtnis ihres Großvaters angenommen. Sie trat in seine Fußstapfen, sie selbst wurde das Sinnbild des Savoy.

Sie richtete sich so weit auf, wie der Schmerz es zuließ, und betrachtete durch das Fenster die Fassade gegenüber. Seine letzten Jahre hatte Larry zu Hause verbracht. Sein Zimmer im Hotel verfügte über eine moderne medizinische Ausstattung. Dort war Sir Laurence eines Nachts im vergangenen August für immer eingeschlafen. Obwohl er seit Jahren nicht mehr sprechen konnte, hatte Violet bis zuletzt Zwiesprache mit ihm gehalten. Er war gestorben, während in London Sommer herrschte und Frieden. Er war gestorben, wenige Tage bevor Hitler Polen überfallen hatte. Dieser neue, widerliche Krieg war ihm erspart geblieben.

Violet hörte ein Geräusch und erschrak. War sie etwa nicht allein? Wer saß in der Ecke mit überschlagenen Beinen und wippte mit dem Fuß? Am Blau des Beinkleids erkannte sie eine Uniform.

»Oh, Sie sind wach«, sagte eine sympathische Männerstimme.

Sie entdeckte die goldenen Streifen auf seinem Ärmel. »Lieutenant Burke? Was machen Sie denn hier?«

»Wir wussten nicht, wen wir verständigen sollten, Miss Mason.« Er trat an ihr Bett. »Die Frage der nächsten Anverwandten ließ sich nämlich nicht eindeutig beantworten.«

»Meine Familienverhältnisse sind ein bisschen kompliziert, das stimmt.«

»Ihr Onkel Henry schien uns der Nächste zu sein. Er war leider nicht zu erreichen.«

»Henry ist nie zu erreichen. Er beschäftigt sich ausschließlich mit seinen Uhren.«

Lieutenant Burke zog den Stuhl an Violets Bett heran. »Uhren?«

»Er ist ein leidenschaftlicher Uhrensammler und repariert ständig an seinen Lieblingen herum.« Violet schmunzelte. »Sie hätten mich nicht zu begleiten brauchen, Lieutenant. Man kümmert sich hier gut um mich.«

»Der behandelnde Arzt hat mir mitgeteilt, dass Sie …« Er strich durch sein widerborstiges Haar. »Also, dass Sie guter Hoffnung sind.«

Sie musterte sein kluges, ein wenig scheues Gesicht. »Da es noch nicht allzu deutlich zu sehen ist, habe ich es bisher für mich behalten.«

»Verzeihen Sie meine Indiskretion. Es geht mich wirklich nichts an, nur …«

»Ja?«

»Sollte der Vater des Kindes nicht hier sein? Vielleicht hat man ihn noch nicht verständigt.«

»Sie haben recht, unter normalen Umständen müsste der Vater meines Kindes hier sein.«

Violet gab sich typisch britisch – freundlich, kühl, überlegen. Ihre Haltung widersprach den wahren Verhältnissen diametral. Sie war als werdende Mutter nicht mehr die Jüngste. Sie mutete sich zu viel zu, in ihrem Job war das unvermeidlich. Dabei freute sie sich auf das Kind, liebte es jetzt schon über alles und hatte es im Geheimen Laurence getauft. Sollte es ein Junge werden, kam kein anderer Name infrage. Auf den Vater des Kindes konnte sie nicht zählen, und daran würde sich auch niemals etwas ändern. Manchmal träumte Violet davon, ihr Baby in einem Häuschen an der Küste großzuziehen, dann wieder dachte sie, dass es eine ähnliche Kindheit erleben sollte wie sie selbst, ein Hotelkind, behütet von den Angestellten des Hauses.

»Verzeihen Sie, ich wollte nicht in Sie dringen«, unterbrach der Lieutenant ihre Gedanken.

»Das tun Sie nicht. Danke, dass Sie sich um mich

sorgen. Aber jetzt können Sie getrost wieder an Ihre Arbeit zurückkehren.«

Die Tür ging auf, herein trat ein Mann im weißen Mantel. Sein Haar war glänzend schwarz, seine Hautfarbe für englische Verhältnisse dunkel. Indische Ärzte galten an britischen Krankenhäusern als zuverlässig, weniger ruppig als ihre englischen Kollegen, die Patienten manchmal wie Rekruten behandelten.

»Ich bin Dr. Morphed. Ich leite die gynäkologische Abteilung«, stellte er sich vor.

»Und wo ist der Arzt, der mich heute Morgen untersucht hat?«

»Dr. Smythe gehörte zur Nachtschicht. Ich hoffe für ihn, dass er schläft.«

Am Ausdruck des Inders erkannte sie, dass er öfter mit dieser Frage konfrontiert wurde und gewöhnt war, nach seiner Hautfarbe beurteilt zu werden. Auch der Name *Morphed* stellte keine besonders gute Visitenkarte für einen Arzt dar.

»Nun, da wir alle beisammen sind, lassen Sie mich gleich zur Sache kommen.« Morphed schüttelte dem überraschten Lieutenant die Hand. »Es ist noch zu früh für eine endgültige Diagnose«, sagte er zu Violet. »Aber bei Ihren Symptomen lässt sich eine beginnende *Plazenta praevia* nicht ausschließen. Ihre plötzliche Blutung war ein Warnsignal.«

»Sie sollten das besser nicht in meiner Gegenwart besprechen«, ging Lieutenant Burke dazwischen.

»Das kann ich mir vorstellen, Sir.« Der Arzt lächelte leutselig. »Männer haben meistens großen Respekt vor den Vorgängen, die zur Entstehung des Lebens führen. Ich will es daher einfach ausdrücken. Es ist wichtig, dass die Plazenta mit dem Uterus in Verbindung bleibt, sonst würde das Kind als Fremdgewebe im Mutterleib abgestoßen werden.«

»Sie begreifen noch nicht«, versuchte es Burke ein zweites Mal. »Ich stehe nicht in jenem Verhältnis zu Miss Mason, wie Sie annehmen.«

Morpheds Blick ging zwischen dem Officer und der Patientin hin und her. »In welchem Verhältnis stehen Sie denn zueinander?«

Violet entschlüpfte ein Lachen. »Ich habe den Lieutenant vorhin erst kennengelernt.«

»Und was wollen Sie dann hier?«, fragte der Arzt streng. »Ich bin natürlich davon ausgegangen …«

»Dass er der Vater ist?« Durch die Verwechslung

bekam Violet plötzlich unerklärlich gute Laune. »Was meinen Sie dazu, Lieutentant? Ihnen sollen bereits in jungen Jahren Vaterpflichten aufgebürdet werden.«

»Ich hätte nichts dagegen«, gab er zurück. »Sobald ich die richtige Frau gefunden habe, bin ich sicher, dass ich meine Familie sehr lieben werde.«

»Da Sie also nicht der Vater sind, muss ich Sie bitten, das Zimmer zu verlassen«, sagte Dr. Morphed.

»Selbstverständlich, Doktor.« Der Lieutenant nahm Haltung an. »Darf ich irgendjemanden für Sie verständigen, Miss Mason?«

»Das übernehmen wir schon.« Dr. Morphed war sichtlich daran gelegen, den Besucher hinauszukomplimentieren.

»Es gibt tatsächlich jemanden«, antwortete Violet. »Versuchen Sie bitte nochmals, meinen Onkel zu erreichen. Sie finden ihn bei seinen Uhren.«

»Ich kümmere mich darum.«

»Danke, Lieutenant.« Sie drückte ihm die Hand.

Nachdem er gegangen war, begann Dr. Morphed mit der Untersuchung.

Dass ich meine Familie sehr lieben werde. Violet

dachte an Burkes Worte. Sein Besuch hatte ihr gutgetan. Vater, Mutter, Kind, dachte sie, so sollte es sein. Warum war es bei ihr nicht so?

3

Die erste Frau

»Ich weiß nicht, ob ich das kann.«

»Du kannst es, Onkel.«

»Warum muss immer alles so schwierig sein?« Henry Wilder seufzte. Gedankenverloren strich er die Knopfleiste seiner Weste entlang.

»Ich finde es nicht allzu schwierig.« Aufgerichtet saß Violet im Bett. »Es ist nur so, dass die Schwierigkeiten des Lebens nicht wie beim Reparieren einer Uhr zu beseitigen sind.«

»Deshalb liebe ich meine Uhren«, antwortete er. »Ihr

Innerstes ist vorhersehbar. Es gibt nichts, was ich an einer Uhr nicht reparieren könnte.«

»Leider besitzen Menschen keine so simple Mechanik.«

»Eine Uhr ist nicht simpel. Damit sie zum Laufen kommt, brauchst du ein Federwerk, eine Unruh und die dazu passende Hemmung, einen Kugelumlauf und das Zeigerwerk.« Mit seinen blassen Fingern versuchte Henry, das System zu beschreiben. »Eine Uhr ist eine kleine Welt innerhalb der großen, Vi.«

»Genau wie das Savoy. Auch das Hotel ist eine Welt für sich. Und ich muss sie am Laufen halten.«

»Keiner könnte das Savoy kompetenter und glamouröser führen als du.«

»Damit ist es nun bald vorbei.« Liebevoll strich sie über die Rundung ihres Bauches. »Hier ticken nämlich zwei Uhren. Und die eine ist von der anderen abhängig.«

»Ach, wie soll es nur weitergehen?« Henry stellte keine Frage, er formulierte lediglich das unlösbare Problem, vor dem er stand, seit seine Nichte ihm ihren Zustand eröffnet hatte. »Wie um Himmels willen soll es weitergehen?«

Das Verhältnis zwischen Violet und ihrem Onkel war während der Jahre in sonderbaren Wellen verlaufen. Der scheue Mensch war ihr von früher Kindheit an ans Herz gewachsen. Obwohl er bereits in seinen Fünfzigern war, hatte sich Henry etwas von einem Knaben bewahrt. Er war der einzige Sohn von Sir Laurence und hätte ursprünglich dessen Nachfolger werden sollen. Larry war ein beeindruckender Mann gewesen, raumverdrängend, elegant, dabei freundlich und weitsichtig. Dagegen reichte Henrys Kraft kaum aus, sich um sein eigenes verwirrtes Selbst zu kümmern. Stets lebte er in der Gewissheit seiner Unzulänglichkeit. Die Aussicht, ein großes Hotel zu führen, überforderte ihn schon in der Vorstellung. Daher hatte er es als Segen empfunden, als sein Vater nicht ihm, sondern der dynamischen Violet die Hotelleitung übertrug. Wäre da nicht Judy gewesen, Henrys Frau, sein Schutzschild, die Befestigung seines schwächlichen Daseins.

Judy hatte Henry während seiner besten Jahre kennengelernt, als ihn noch jedermann für den Kronprinzen vom Savoy hielt. Selbst damals war Henry kein Mann, zu dem man aufblickte oder der Leidenschaften bei Judy auslöste. Von Anfang an begriff sie, dass er der Aufgabe, in die Fußstapfen von Sir Laurence zu treten, nicht gewachsen war. Da auch er spürte, dass er jemanden wie Judy brauchte, war ihre Verbindung die perfekte Symbiose. Nach der Hochzeit gab sie ihre eigenen Pläne auf und widmete sich nur noch der Sorge um ihren Mann – und um das Savoy.

Als ein charismatischer Hotelgast namens Viktor Kamarowski an Judy herantrat und ihr seinen Plan offenbarte, versprach sie ihm Gefolgschaft nicht etwa aus einer Schwäche heraus, es war vielmehr ihre Stärke, die sie zu seiner Partnerin machte. Judy hinterging ihren Schwiegervater Sir Laurence, sie betrog auch Violet. Jede ihrer Handlungen zeugte von Judys erstaunlicher krimineller Energie, ohne dass Henry von alledem etwas gewusst hätte. Vielleicht wollte er es nicht wissen und vergrub sich stattdessen im Universum seiner Uhren.

Kamarowski agierte als Unterhändler der Nazis, er hatte Verbindungen zu den Amerikanern, den italienischen Faschisten, sogar zum japanischen Kaiserhof. Er verkaufte nichts, was man mit Händen greifen konnte, und doch war seine Ware tausendmal wertvoller. Kamarowski handelte mit Informationen. Seine dunkle

Genialität lag darin, Neuigkeiten von politischer Tragweite als Erster anzubieten. Zu diesem Zweck hatte er das Savoy zum Schauplatz seiner Aktionen auserkoren und sich Judys Mittäterschaft versichert. Er verwandelte das Savoy in eine Spionagestation im Herzen Londons. Der Plan scheiterte an Violet. Es gelang Kamarowski nicht, die rechtmäßige Besitzerin des Hotels zu verdrängen. Das Gegenteil seiner Absichten trat ein. Die britische Regierung entdeckte das Abhörsystem im Savoy und übernahm es kurzerhand. Die Apparatur im Wäschekeller stand von nun an im Dienste der Krone. Sir Sinclair, der Chef des Geheimdienstes Seiner Majestät, motivierte Violet zur Kooperation.

Das war der Zeitpunkt, zu dem Kamarowski die Seiten wechselte. Um dem Gefängnis zu entgehen, stimmte er zu, von nun an für die Briten zu arbeiten, und setzte seine internationale Tätigkeit unter veränderten Vorzeichen fort. Judy Wilder wurde dagegen angeklagt und zu fünfundzwanzig Jahren Zuchthaus verurteilt. Damit hatte sie noch Glück. Sobald Hitler zum Kriegsgegner der Engländer wurde, hätte ihr Verbrechen als Hochverrat ausgelegt werden können, und darauf stand die Todesstrafe. Judy kam in Einzelhaft, Henry durfte sie nicht besuchen. Damit wurde er gewissermaßen zum Witwer. Er vereinsamte zunehmend und verkroch sich immer tiefer in die Gehäuse seiner Uhren.

Währenddessen wurde Violet zu einer prominenten Frau. Jung, attraktiv und weltgewandt war sie mehr als nur die Direktorin eines Hotels. Doch trotz aller Aufmerksamkeit, die man ihr entgegenbrachte, fühlte auch sie sich allein. Im Unterschied zu Henry erlebte sie diese Einsamkeit jedoch, während sie von hunderten Menschen umgeben war, die Einsamkeit in der Menge.

»Ich kann dir sagen, wie es weitergehen soll.« Violet betrachtete das alte Jungengesicht ihres Onkels. Blass und eingefallen sah er aus, der blonde Haarschopf war ergraut. »Ich brauche dich. Weil du der Einzige bist, dem ich wirklich vertraue.« Sie nahm seine schmale Hand. »Wir beide zusammen, Onkel, wir schaffen das, nicht wahr?«

»Ich weiß nicht«, murmelte er.

»Kann ich auf dich zählen?«

»Das konntest du immer, Vi. Ich hatte nur den Eindruck, dass dir meine Hilfe nicht besonders viel bedeutet.«

Sie saßen noch eine Weile beisammen und besprachen die drängenden Fragen des Hotels. Mr Geoffries, der leitende Butler, war den Anforderungen seines Jobs nicht gewachsen. Man würde ihn ersetzen müssen. Als die Tür aufging und die Schwester das Abendessen brachte, äußerte Henry eine Idee, die so unkonventionell war, dass Violet Mut schöpfte, mit ihrem Onkel den richtigen Partner gewählt zu haben.

»Warum nehmen wir keine Frau?«, fragte er.

»Eine Frau als Chefbutler?« Violet strich die Decke glatt, damit die Schwester das Tablett abstellen konnte. »Das hat es noch in keinem großen Londoner Hotel gegeben. Ich weiß nicht, ob es in England überhaupt schon einmal einen weiblichen Butler gab. Hättest du denn jemanden für die Aufgabe im Auge?«

Violet roch Möhren und Kartoffeln. Das Krankenhaus war darauf bedacht, ihren Unterleib zu beruhigen, das spiegelte sich auch in den Mahlzeiten wider. Dass ihr Essen mit der Kriegsrationierung zu tun hatte, kam ihr nicht in den Sinn.

»Ich habe an diese Frau bisher nicht in einem solchen Zusammenhang gedacht«, antwortete Henry. »Aber sie wäre geradezu ideal dafür.«

»So, und *in welchem Zusammenhang* hast du denn bisher an diese Frau gedacht?« Violet hob den Deckel vom Hauptgericht. In der Tat Möhren und Kartoffeln.

»Myrtle und ich kennen uns seit einem halben Jahr. Wir sehen einander häufig.« Henrys Blick war schuldbewusst und zugleich von Stolz erfüllt.

»Onkel Henry!«, rief Violet mit gespielter Entrüstung. »Du bist ein verheirateter Mann.«

»Ich weiß. Ist das nicht schrecklich? Myrtle ist freundlich und geduldig, dabei auch energisch. Sie ist die Vorsteherin des St. Martin's Mädchenpensionats.«

»Wieso nimmst du an, dass sie diese Stellung aufgeben würde, um im Savoy zu arbeiten?«

»Das Pensionat wird für die Dauer des Krieges geschlossen. Als vorsorgliche Maßnahme vor den deutschen Luftangriffen. Die Mädchen verlassen London in den nächsten Tagen Richtung Norden.«

Violet stocherte im Gemüse. »Wie heißt deine Myrtle mit vollem Namen?«

»Sie ist nicht *meine* Myrtle«, widersprach er. »Aber sie mag Uhren. Das habe ich noch bei keiner Frau erlebt. Ihr voller Name ist Myrtle Hahn.«

»Eine Deutsche?« Sie führte eine Möhre zum Mund.

»Myrtle ist in England geboren, ihre Eltern stammen aus Deutschland. Sie sind …«

»Juden?« Sie sah Henry an. »Sie ist Jüdin, nicht wahr?« Nachdenklich begann Violet zu kauen.

4

Überfall

Mit dem Kennwort *Großmutter gestorben* leitete Hitler den Einmarsch in Polen ein. SS-Angehörige, verkleidet als polnische Widerstandskämpfer, täuschten den Überfall auf einen Radiosender vor. In polnischer Sprache proklamierten sie die Kriegserklärung Polens an das Deutsche Reich. In derselben Nacht marschierten fast drei Millionen deutsche Soldaten an Polens Grenzen auf, unterstützt durch vierhunderttausend Pferde und zweihunderttausend Fahrzeuge. Aufgrund des Abkommens beider Länder rechneten die Polen mit der

Unterstützung Großbritanniens. Doch ein Angriff der Royal Army blieb aus.

Zwei Wochen später, nach Zerschlagung der polnischen Streitkräfte durch die Wehrmacht, begann Stalin mit der Besetzung Ostpolens. Die ins Exil geflohene polnische Regierung erklärte den Kriegszustand mit der Sowjetunion. Auch diesem Schritt schlossen sich die Engländer nicht an. Bis zur Kapitulation war Warschau das Ziel deutscher Luftangriffe. Hitler demonstrierte damit die Zerstörungskraft, die bei einem Eingreifen Großbritanniens auch britische Städte treffen könnte. Tausende junger Polen flohen ins Vereinigte Königreich und schlossen sich den englischen Verbänden an.

Im November 1939 rückte die Rote Armee in Finnland vor und konnte es nach schweren Verlusten besetzen. Wieder griffen die Briten nicht zugunsten der Finnen ein, da sie sich in Stalin keinen zusätzlichen Kriegsgegner schaffen wollten.

Nach dem Wegfall der französischen Eisenerzeinfuhren aus Lothringen war Deutschland auf die Erzlieferungen aus Schweden angewiesen, die durch den norwegischen Hafen Narvik antransportiert wurden. Im

März 1940 erteilte Hitler die Weisung zum *Unternehmen Weserburg*. Dänemark wurde als Sprungbrett für die Eroberung Norwegens eingenommen. Die deutsche Zerstörerflotte lief Richtung Narvik aus. Wieder reagierten die Briten zu spät. Sie erreichten die norwegischen Gewässer erst, nachdem die Deutschen das Gebiet bereits großflächig vermint hatten. Ein Einschreiten der Royal Navy wurde dadurch unmöglich und von der Regierung aufgegeben. Hitler besetzte Norwegen.

»Das können sie doch nicht machen!« Violet warf die *Times* beiseite. »Unsere Regierung darf vor den Deutschen nicht den Schwanz einziehen.«

»Niemand hat den Mumm, sich Hitler entgegenzustellen«, sagte Myrtle Hahn. »In Wien haben sie ihn mit hysterischem Jubel empfangen.«

Violet musterte die Frau, die erst seit wenigen Wochen bei ihr war und doch schon ihr Vertrauen besaß. Myrtle Hahn, Ende dreißig, war eine ungewöhnliche Erscheinung. Mit ihrer Größe überragte sie die meisten männlichen Angestellten. Sie war schlank, hatte einen wohlgeformten Katzenkopf, der eher eine russische als eine deutsche Herkunft vermuten ließ. Ihre Eltern hatten das Kaiserreich vor der Jahrhundertwende verlassen.

Aufgrund ihrer Größe hatte Violet vorgeschlagen, dass Myrtle im Dienst einen Herrenfrack tragen sollte, was eine Revolution innerhalb der Dienerschaft darstellte. Frauen fungierten in Grand Hotels traditionell als Hausdamen, Zimmermädchen und Köchinnen. Der Chefbutler galt als rein männliche Domäne, er stand über dem gesamten Personal.

Myrtle trug zum Frack Herrenschuhe und hatte ihr brünettes Haar straff am Kopf hochgesteckt. Es war ein besonderer Anblick, wenn sie die Lobby durchquerte, Hotelpagen mit unmerklichem Wink zu den Gästen dirigierte, damit sie sich erkundigten, ob Zeitungen oder Zigaretten gewünscht seien. Einige Gäste brachten ihr Erstaunen darüber zum Ausdruck, dass ihnen ein Lady-Butler gegenübertrat, doch die meisten beglückwünschten das Savoy zu seiner mutigen Entscheidung. Miss Hahn erfüllte ihre Pflichten ungezwungen, machte einfachen Handelsreisenden genauso ihre Aufwartung wie bekannten Persönlichkeiten und unterhielt sich mit Mitgliedern des Unterhauses in respektvollem Plauderton.

In der Dienstbotenetage sah es anders aus. Je unbedeutender ein männlicher Angestellter in der Hotelhierarchie war, desto unverhohlener zeigte er seine Antipathie gegen den weiblichen Chef. Man folgte Myrtles Anweisungen schleppend, in der Annahme, dass ein als Mann verkleideter Butler nicht lange durchhalten würde. Als Violet davon erfuhr, bot sie Myrtle an, dem Personal den Kopf zu waschen. Doch ihr Chefbutler widersprach.

»Wenn es mir nicht gelingt, das Problem selbst zu lösen, kann ich meinen Job gleich an den Nagel hängen.«

Miss Hahn ließ die Belegschaft im *Nightingale Room* antreten, jeder aufgereiht nach seinem Rang. Violet erfuhr nie Details über dieses Treffen. Ob Myrtle Einschüchterung, Drohung, Diplomatie oder Despotismus angewandt hatte, um sich beim Personal durchzusetzen, blieb ihr Geheimnis, doch nach der Aussprache spurte die Belegschaft genauso reibungslos, wie sie es unter einem männlichen Chef getan hätte.

»Wenn sich nicht bald jemand Hitler entgegenstellt, wird ihn nichts mehr aufhalten.« Violet schlug die Zeitung zu.

»Nicht einmal die Engländer?« Myrtle war ins Büro gekommen, um Violet die Gästeliste für die Gala zur Zeichnung von Kriegsanleihen vorzulegen, die im Savoy stattfinden würde. »Haben die Engländer nicht seit Jahrhunderten jeden wichtigen Krieg gewonnen?«

Violet setzte die Brille ab, die sie seit einem Jahr brauchte. »Unsere Regierung hat den Überfall auf Polen genauso wenig kommen sehen wie den Einmarsch in Norwegen. Wir sind auf einen Krieg nicht vorbereitet. Hitler hat sich jahrelang darauf konzentriert, die Wehrmacht aufzurüsten, während wir geschlafen haben. Nur Churchill hat von Anfang an vor diesem Mann gewarnt. Als Premierminister muss er jetzt die Folgen unserer Versäumnisse ausbaden.«

Myrtle musterte ihre Chefin. »Woher wissen Sie so viel darüber? Solche Dinge stehen nicht in der Zeitung. Ich lese immer nur von ermutigenden Fortschritten in der britischen Rüstung.«

»Was sollen unsere Reporter sonst schreiben? Dass Hitler auf bestem Wege ist, ganz Europa zu unterwerfen? Dass uns Briten nur eine einzige Tatsache davor schützt, von der Wehrmacht überrannt zu werden, nämlich dass wir eine Insel sind? Die deutschen Panzer mögen jedes Hindernis überwinden, aber schwimmen können sie gottlob noch nicht.«

In letzter Zeit war Violet öfter durch die kleine Tür in der Lobby geschlüpft und hatte den Wäschekeller besucht. Sie nahm an Besprechungen des SIS teil und sah dort auch Lieutenant Burke wieder. Sie tranken Tee zusammen und diskutierten über die politische Lage. Er erkundigte sich nach ihrem Befinden. Sie beruhigte ihn, dass sich ihr Zustand durch Medikamente und vermehrte Ruhe normalisiert habe.

Violet war im vierten Monat schwanger. Nicht nur um die Hüften, auch im Gesicht hatte sie zugenommen. Ihre Oberweite sprengte die meisten ihrer Kostüme. Die Zeit war gekommen, ihren Umstand bekannt zu machen. Wie sie das tun sollte, ohne den Vater des Kindes zu nennen, wusste sie noch nicht.

Violet fühlte sich ausgelaugt und müde, dabei war es noch nicht einmal Mittag. Ihr körperlicher Ausnahmezustand nahm ihr jegliche Energie. Sie setzte die Brille auf und senkte den Blick auf die Gästeliste.

»Am besten, Sie kommen in einer halben Stunde wieder, Myrtle. Dann gebe ich Ihnen die Korrekturen.«

An der Tür machte Miss Hahn noch einmal halt. »Stimmt es, dass der König zur Gala erscheinen wird?«

»Der Palast hat die Entscheidung noch nicht bekanntgegeben.« Violet lächelte. »Würde es Sie glücklich machen, unseren König zu bedienen?«

»Würden Sie es mir erlauben, Miss Mason?«

»Weshalb nicht?«

»Vielleicht ist George VI. auf eine Frau als Butler nicht vorbereitet.«

»Ich werde Seine Majestät rechtzeitig davon unterrichten.« Violet schraubte den Füller auf.

»Buckingham Palace, ich verbinde«, sagte eine näselnde Stimme, als Violet den Hörer abhob.

Sie hob das Kinn. »Danke.«

»Hallo?«

»Hier spricht Violet Mason.«

»Guten Tag, Miss Mason. Hier ist Susan Hammersmith.«

Der Palast telefonierte mit dem Savoy, zwei Institutionen traten miteinander in Verhandlung, kein Vorgang von besonderer Außergewöhnlichkeit. In Wirklichkeit brachte der Anruf die beiden Welten, die Violet so verzweifelt zu trennen suchte, in gefährliche Nähe. Sie, die schwangere Geliebte, sprach mit der Ehefrau des Vaters ihres Kindes.

»Hallo, Mrs Hammersmith. Wie es aussieht, bekommen wir in nächster Zeit miteinander zu tun«, antwortete sie.

»In nächster Zeit ist etwas übertrieben«, entgegnete Susan Hammersmith. »Die Spendengala findet erst im Juli statt.«

»Die Schirmherrschaft der königlichen Familie ehrt uns.«

»Da die Schirmherrschaft bestimmte Vorbereitungen nötig macht, rufe ich Sie an.«

Vor drei Jahren war die Frau von Max Hammersmith zur Hofdame aufgestiegen. Seither war sie vor allem für die Unterbringung von Gästen der Krone zuständig, neben dem Buckingham Palace auch in Sandringham, Windsor und Balmoral. Max, Susans Mann, war ein liberaler Journalist, seine Frau diente der Krone, ein originelles Spannungsfeld.

Jahre vor seiner Ehe war Max Violets Mentor bei der

BBC gewesen. Lichterloh hatte sie dafür gebrannt, für ihn schreiben zu dürfen. Kraftvolle, scharfzüngige Texte verlangte er, Tagespolitik, Dokumentationen, Hörspiele – den Sendungen, die Millionen Menschen täglich vor die Geräte lockten, waren keine Grenzen gesetzt. Max war bereit, Violets handwerkliche Unfertigkeit zu dulden, weil er ihre revolutionäre Art, Storys zu erfinden, liebte. Die ganze BBC war damals eine Revolution, Max brauchte junge Köpfe und verrückte Kreative wie sie, um diese Revolution mit Futter zu versorgen.

Max verliebte sich in Violet und versuchte gelegentlich, sie in dunklen BBC-Studios zu küssen. Sie wies ihn zurück, weil sie ihm ihren beruflichen Aufstieg nicht als *Geliebte* heimzahlen wollte. Max respektierte ihre Entscheidung und heiratete Susan. Die Jahre vergingen, Violet wurde Hoteldirektorin, Max stieg zum Chefredakteur der BBC auf. Während der Olympischen Sommerspiele in Berlin trafen sie wieder aufeinander. Ihre Begegnung war dramatisch, ihre Affäre begann zaghaft, überschattet von Skrupeln und Heimlichkeit. Schließlich gestand Max Susan sein Verhältnis. Sie war damit einverstanden, denn seit Kindertagen liebte

Susan ihren Cousin ersten Grades. Da die beiden ihre Verbindung niemals öffentlich machen konnten, war Susan die Ehe mit Max eingegangen. Sie stellte ihm die einzige Bedingung, dass seine Beziehung zu Violet die Fassade ihrer Ehe nicht beschädigen dürfe.

Zwei Jahre lang trafen sich Max und Violet im Savoy. Hinterher stahl er sich jedesmal durch einen Seitenausgang aus dem Hotel. Der Tag kam, an dem sie diesen Zustand nicht länger ertrug und sich von ihm trennte. Danach versuchte sie, jeder Begegnung mit ihm aus dem Weg zu gehen.

Durch ihre Verpflichtungen im Hotel lernte Violet interessante Männer kennen, doch solche Begegnungen blieben flüchtig. Sie agierte auf dem Präsentierteller der Londoner Gesellschaft. Was sie tat, wurde zur Zeitungsnachricht, wen sie traf, zerrte man ins Licht der Fotoblitze. Und so blieb Violet allein.

Vor vier Monaten hatte sie Max anlässlich eines BBC-Gesangswettbewerbs im Savoy dann doch wiedergesehen. Die unveränderte Vertrautheit zwischen ihnen überwältigte sie. Während die Sänger um den ersten Preis stritten, genossen Max und Violet eine ihrer zärtlichsten Begegnungen.

»Demnach dürfen wir den König nicht persönlich erwarten?« Den Telefonhörer in der Hand betrachtete Violet ihren kleinen Bauch.

»Das steht noch nicht fest«, antwortete Susan. »Die Prinzessinnen werden der Gala aber gewiss beiwohnen. Ihre Königliche Hoheit, Prinzessin Margaret, wird eine kurze Rede halten. Ihre Königliche Hoheit, Prinzessin Elizabeth, wird in Vertretung ihres Vaters die Spende der königlichen Familie in Form eines Schecks überreichen.«

Violet machte sich Notizen. Während der Bleistift über das Papier huschte, versuchte sie, den wahren Grund für dieses Telefonat zu ergründen. Weshalb rief Susan sie persönlich an? Wieso gerade heute? Warum wurden die Wünsche des Palastes nicht schriftlich formuliert? Nur einer konnte hier Aufklärung schaffen. Die Zeit war reif, endlich mit Max zu sprechen.

5

Lunchtime

»Wir sind Briten, Lionel, es ist uns unmöglich, etwas anderes zu sein als eingefleischte, unverbesserliche Briten.«

Violet und Lieutenant Burke saßen an dem ungewöhnlichsten Ort, den es im Hotel gab, zu Füßen der riesigen Maschine, die allmählich Gestalt annahm. Es war Mittagszeit, die Mitarbeiter des SIS machten Pause, die Techniker in den grauen Mänteln ebenso wie die schweren Kerle, die die Einzelteile geschleppt hatten. Violet und der Lieutenant teilten sich ein Sandwich.

Genau genommen teilte er seinen Lunch mit ihr, da sie trotz ihres Heißhungers keine Lust gehabt hatte, zum Essen nach oben zu gehen.

Seit gestern waren in der Lobby des Savoy Wandschirme aufgestellt worden. Hausdiener erklärten den Gästen, man bemühe sich, die erforderlichen Elektroinstallationen so zügig wie möglich durchzuführen. Die Erweiterung der Stromanlage sei wegen der Festbeleuchtung anlässlich der Spendengala nötig geworden, lautete die offizielle Sprachregelung. Die meisten gaben sich damit zufrieden. Nur wenige rätselten, weshalb das Savoy Starkstrom einleiten ließ, obwohl täglich mit der kriegsbedingten Einführung der Verdunkelung zu rechnen war.

»Natürlich sind wir Briten«, antwortete Lieutenant Burke. »Was stört dich daran?«

»Unsere verdammte Zurückhaltung stört mich, die nichts als Feigheit ist.« Violet starrte das Weißbrot mit den Gurkenstückchen an, als ob sich darin der Kern des Übels verberge. »In jeder Lebenslage erscheinen wir korrekt, unauffällig und dezent. Wir ersticken förmlich an unserer verdammten Angst, etwas Falsches zu tun oder zu sagen. Wir leben in permanenter Furcht vor der geringsten Peinlichkeit.«

Burke musterte die kauende Hoteldirektorin. »Hast du Angst, etwas Falsches zu tun, Vi?«

»Ich? Nein.«

»Dann verstehe ich nicht, weshalb dich das Thema so beschäftigt. Wir sind Engländer, na gut. Als solche haben wir ein Weltreich erobert und jahrhundertelang erfolgreich regiert. Möglicherweise haben wir diesen Erfolg jenen Charaktereigenschaften zuzuschreiben, über die du dich ärgerst.«

Violet war es unangenehm, ihm den wahren Grund ihrer Aufregung zu offenbaren, darum ließ sie sich auf die politische Diskussion mit Lionel ein.

»Die Völker, die wir früher unterworfen haben, waren uns technologisch unterlegen. Unsere vergangene Macht bedeutet aber nicht, dass wir der Gegenwart gewachsen sind. Wie lange dauert es wohl, bis Hitler Holland, Frankreich und selbst uns angreift? An den Deutschen erkennen wir, dass dieser Krieg durch unser berühmtes ›Abwarten und Tee trinken‹ nicht gewonnen wird. Unser Phlegma ist unser Untergang.«

Der Lieutenant zog ein Taschentuch und wischte sich Mund und Finger ab. »Wieso sagst du mir nicht, was wirklich los ist, Vi? Du willst gar nicht über den Krieg reden, auch nicht über die Deutschen. Was bekümmert dich?«

Schließlich gab Violet nach.

»Ich habe mit Max gesprochen.«

»Und ich nehme an, dieser Max hat mit deinem besonderen Zustand zu tun?«, fragte er einfühlsam.

»Ich habe kein Problem damit, mein Kind ohne Trauschein, selbst ohne Vater zur Welt zu bringen. Aber ...« Sie starrte auf den grauen Boden.

»Aber für die Königin des Savoy ist es unmöglich«, half Lionel ihr weiter. »Wenn du ein Kind bekommst, will ganz London erfahren, wer der Vater ist. Warum hat er sich bisher nicht um dich gekümmert?«

Violet schwieg.

»Ich glaube, ich verstehe dein Dilemma. Falls du diese Frage nicht zufriedenstellend beantworten kannst, droht dir Verdammung durch die öffentliche Meinung. Das schadet dem Savoy, und es schadet dem Kindesvater.«

»Ich hätte es nicht treffender formulieren können.« Entmutigt sah sie ihn an. »Ist das nicht ein schrecklicher Schlamassel?«

»Ich würde ihn eher als kniffig denn als schrecklich bezeichnen.« Er bot ihr sein Taschentuch an. »Du hast also mit Max gesprochen. Was ist dabei herausgekommen?«

»Davon rede ich doch die ganze Zeit!«, rief sie unbeherrscht. »Von unserer verfluchten englischen Zurückhaltung.«

Sie erzählte die Geschichte von Max und Violet, deren Gefühle füreinander nie dazu gereicht hatten, sich ganz und gar zueinander zu bekennen. Sie erzählte von Leidenschaft und Heimlichkeit, von Enttäuschung und Resignation. Je mehr sie preisgab, desto leichter fiel es Violet. Ihr kam es vor, als ob sie über eine fremde Person sprechen würde, die eine andere fremde Person einmal geliebt hatte.

»Wie hat Max darauf reagiert, dass er Vater wird?«

»Verdammt britisch.«

»Das bedeutet?«

»Undurchschaubar und reserviert.« Sie gab ihm das Taschentuch zurück. »Es tut mir leid, dass ich davon angefangen habe, Lionel. Warum sprechen wir zur Abwechslung nicht von dir?«

»Von mir? Ach du liebe Zeit, ich bin ein kleines Rädchen in der britischen Abwehr. Im Vergleich zu deinem schillernden Leben ist meines geradezu langweilig.«

Sie saßen auf einer Kiste zwei Stockwerke unter der Erde, zu Füßen einer Dechiffriermaschine, und doch hatte Violet Mühe, ihren eigenen Code zu entschlüsseln.

Max Hammersmith suchte die Eilmeldung aus dem Fernschreiber. Während er auf seinem Schreibtisch kramte, klingelte er nach der Sekretärin.

Es klopfte, die Tür ging auf.

»Miss Gibson, wo ist die Meldung über ...?« Max blickte nicht in die rehbraunen Augen von Miss Gibson, sondern in die kühlen seiner Frau.

»Du?«

»Ich war in der Nähe und dachte, du hast vielleicht Lust, mit mir zu Mittag zu essen.« Susan Hammersmith trug das Pepitakostüm, das er so lange an ihr gemocht hatte, bis ihm auffiel, dass sie in diesem Outfit meistens ihren Geliebten besuchte.

»Lunch? Ausgeschlossen.« Er klappte Aktendeckel um, hob Manuskripte hoch. Irgendwo musste der Zettel doch sein.

»Nur ein halbes Stündchen«, lockte sie.

»Susan, ich bitte dich. Hast du die Nachrichten nicht gehört?« Er suchte weiter.

»Was ist passiert?« Sie strich die Knopfleiste des Kostüms entlang.

»Hitler hat die Maginot-Linie umgangen.«

»Das ist man doch schon gewohnt, dass dieser Mann sich nicht an Grenzen hält«, entgegnete sie gelassen.

In jeder Hand ein Papier starrte er sie an. »Die Franzosen haben auf die Unüberwindlichkeit ihres Festungswalles vertraut. Die gesamte französische Streitkraft ist dort versammelt. Aber die Wehrmacht ist einfach nördlich davon durchgebrochen! Sie haben Luxemburg überrannt und dringen in Belgien und Holland ein. Kein Mensch konnte sich vorstellen, dass eine Armee durch die Ardennen vorrücken würde, die Berge stellen eine natürliche Barriere für jeden Panzer dar. Aber nicht für die deutschen Panzer. In drei Tagen erreicht die Wehrmacht den Atlantik.«

»Ich verstehe.« Susan nickte geduldig. »Was ich nicht verstehe, ist, warum wir deshalb nicht Mittag essen können.«

»Weil unsere Jungs dort drüben kämpfen!«, rief er so laut, dass sie die Tür hinter sich schloss. »Dreihunderttausend Soldaten haben wir über den Kanal geschickt, um Frankreich beizustehen. Wenn die Wehrmacht weiter in diesem Tempo vorstößt, ist es unabsehbar, was geschehen wird.«

Endlich entdeckte er den gesuchten Zettel unter der Schreibtischlampe. An seiner Frau vorbei wollte Max hinaus zu Miss Gibson.

Susan trat ihm in den Weg. »Gut, dann eben kein Lunch. Dann frage ich dich gleich hier: Worüber hast du mit Violet gesprochen?«

Seine Hand mit der Eilmeldung sank herab. »Ich mit Vi? Wie kommst du darauf?«

»Habt ihr euch hier getroffen oder im Hotel?«

»Spionierst du mir nach?«

»Das ist gar nicht nötig. Ich habe gestern hier angerufen und wollte dich sprechen. Miss Gibson sagte, dass du mit Violet Mason verabredet bist.«

»Na und?« Eine wegwerfende Geste. »Vi hat mich besucht. Was ist schon dabei?«

»Ich erspare dir, weiter lügen zu müssen. Im Grunde möchte ich nur eines von dir wissen. Hast du Violet irgendetwas versprochen?«

»In Bezug worauf?«

»Hör auf!« Ihre Stimme war klar und schneidend. »Violet erwartet ein Kind von dir. Sie kann es nicht länger verheimlichen, deshalb musste sie alle weiteren Schritte mit dem Vater des Kindes besprechen.«

Langsam wich Max zurück, bis er gegen seinen Schreibtisch stieß. »Du ... Du hast das gewusst?«

»Ich hatte so eine Ahnung. Früher oder später musste das ja passieren«, sagte sie mit versöhnlichem Lächeln. »Hast du Violet irgendwelche Zugeständnisse gemacht?«

»Nein. Kein Wort.«

»Aber irgendetwas musst du ihr auf diese Neuigkeit doch geantwortet haben.«

Als Susan näher kam, bemerkte Max die kleinen schwarzen Punkte in ihrer hellen Iris. »Ich habe nichts gesagt, womit ich dein Vertrauen gebrochen hätte.«

»Spiel nicht den Heiligen, Max. Deine Langzeitgeliebte schenkt dir ein Kind, etwas, das mir leider niemals möglich sein wird. Es muss eine Sensation für dich gewesen sein. Trotzdem hast du Violet nicht dein Herz zu Füßen gelegt?«

Er hielt ihrem Blick stand. »Du hast recht. Violet hat

mir damit die schönste Mitteilung seit Langem überbracht. Und sie hat eine ehrliche Antwort darauf verdient.«

»Hast du ihr diese Antwort gegeben?«

»Nein.«

»Warum nicht?«

In diesem Moment entdeckte Max an Susan das Gesicht der Hofdame. Es war ein Ausdruck der Herablassung, den sie sich im Palast angeeignet hatte, ein Blick, mit dem sie auf jedermann herabblickte, der nicht zum Gefolge des Königs gehörte.

»Weil ich zuerst mit dir reden wollte«, antwortete er nüchtern.

»Worüber?«

»Über das Ende einer Lüge.«

»Welche davon? Wir haben in den Jahren so viele Lügen verwendet.«

»Unsere Lüge. Deine und meine.«

Für einen Moment erschrak sie, hatte sich aber gleich wieder im Griff. »Violet ist in diese Lüge genauso verstrickt.«

»Lass sie aus dem Spiel. Du bist zu weit gegangen, Susan.«

»Inwiefern?«

»Du hast Violet angerufen, vom Palast aus.«

»Es ist kein einziges Wort zwischen uns gefallen, das nicht die Angelegenheiten der Krone betroffen hätte.«

»Komm mir nicht so, Susan, ich kenne dich. Du bist imstande, selbst im harmlosesten Gespräch dein Gift zu verspritzen.«

»Das sagst du mir ins Gesicht? Du erwartest, dass ich mich gegen deine Geliebte verteidigen soll?«

»Ich erwarte nichts mehr von dir, Susan. Ich führe ein freudloses Leben. Ich verbringe nur deshalb so viele Nächte im Büro, weil ich mich bei dir nicht zu Hause fühle. Ich schlafe lieber auf dem unbequemen Feldbett hier, als den Abend mit dir zu verbringen. Ich habe keine Lust, zu hören, wie du mit deinem Cousin telefonierst, wenn du glaubst, dass ich schon schlafe. Ich habe unsere Lüge immer aufrechterhalten, all die Jahre, weil du es so wolltest. Aber dieses Kapitel ist nun zu Ende. Dir ist es vergönnt, ein respektiertes, zurückgezogenes Leben hinter den Mauern des Palastes zu führen«, fuhr er fort. »Dieses Privileg genießt Vi nicht. Sie ist berühmt. Die Presse sitzt ihr im Nacken, und die Presse braucht ständig neues Futter. Wenn *du* schon imstande warst, Violets Schwangerschaft zu durchschauen, wie lange glaubst du, werden die Journalisten dafür brauchen?« Er nahm seine Brille ab. »Woher wusstest du überhaupt von ihrem Zustand?«

»Ich habe eine Fotografie von ihr im *Daily Mirror* gesehen, ein überraschend unvorteilhaftes Foto einer Frau, die sonst stets blendend aussieht. Ich habe nachgesehen, wann ihr beide euch zum letzten Mal begegnet seid. Es war Anfang des Jahres, bei dem Gesangswettbewerb. Dann habe ich einfach nachgerechnet.«

Susan räumte Manuskripte von einem Stuhl und setzte sich.

»Wie du siehst, war keine Hexerei dabei. Weshalb hat Vi die ganze Sache so lange für sich behalten?«

»Sie wollte mich nicht in Schwierigkeiten bringen.«

»Ist dir nie der Gedanke gekommen, dass das Kind von einem anderen sein könnte?«

»Nein.«

»Warum nicht?«

»In diesem Punkt sind wir drei uns ähnlich«, antwortete Max. »Jeder von uns hat eine Liebe, die ihn nie ganz glücklich machen wird. Trotzdem bleiben wir unserem Unglück treu.«

6

Jüdin

Myrtle Hahn und Henry Wilder trafen sich im Dienstzimmer des Chefbutlers. Sie hatte seit ihrem Amtsantritt einiges umgestellt. Die Jagdbilder an den Wänden waren verschwunden, stattdessen hingen da farbige Motive von Paris. Sie hatte die viktorianische Anrichte hinausgeworfen und sich ein größeres Bett kommen lassen. Die gelben Vorhänge gaukelten einen ewigen Sonnentag vor.

Im Hemd, mit gelockerter Krawatte lag Henry neben Myrtle. »Ich glaube, ich kann heute nicht, Darling«, seufzte er. »Vielleicht habe ich zu viel gegessen, keine Ahnung.«

»Keine Sorge, Darling.« Myrtle richtete sich auf. »Du kannst.« Ihr Frackhemd stand offen. Ihre langen weißen Beine umschlossen Henrys Hüften. Sie bewegte sich sachte, führte seine Hände an ihre Brüste. Sie war geduldig, fordernd und liebevoll. Myrtles Prophezeiung erfüllte sich, Henry erlebte eine kühne Ermächtigung. Sie verbrachten eine glückliche halbe Stunde.

»Du bist so liebevoll, so reizend, so schön.« Er kam aus der Kochnische zurück und servierte den Kaffee. »Was willst du nur mit einem Langweiler wie mir? Mit einem verschreckten Uhrmacher, der sich als stellvertretender Hoteldirektor aufspielt?«

Als Myrtle im Hotel anfing, hatte Henry sich ihr lediglich als väterlicher Freund genähert. Mit diesem Unfug räumte sie gründlich auf. Nach einem respektvollen Dinner bat Myrtle ihn, sie auf ihr Zimmer zu begleiten. Sekunden später stand Henry einem nackten Butler gegenüber. Hinterher gestand er ihr, dass Judy und er schon lange nicht mehr miteinander geschlafen hätten. Er rechnete nach und gab bekannt, dass dies sein erster Sex seit neun Jahren gewesen sei.

»Diesmal vergehen keine neun Jahre bis zum nächsten Mal«, hatte Myrtle prophezeit und Wort gehalten.

»Du bist kein Langweiler.« Sie stellte die Tasse ab und zog Henry an sich. »Du bist ein sensibler Mann, der gut in der Liebe ist.«

»Aber du bist es doch, die mich dazu befähigt.«

»Du bist ein kostbarer Mensch, den man leicht lieben kann, Henry. Ich genieße unsere gemeinsamen Stunden.«

Seine Augen wurden groß. »Wirklich?«

»Du der stellvertretende Hoteldirektor, ich deine Dienerin, die im Dienstzimmer des ehrenwerten Savoy verrückte Dinge mit dir anstellt.«

Er schmunzelte. »Ich hätte nicht gedacht, dass ich noch mal so ein Glückspilz sein würde.«

Im Frackhemd stand sie auf und begann ihr Haar hochzustecken.

»Was machst du?«

»Die Pflicht ruft.« Sie hielt eine Haarspange zwischen den Zähnen.

»Jetzt? Ich dachte, die Nachtschicht hätte schon übernommen.«

»Es gibt noch eine Sache zu klären. Eine unangenehme Sache.«

Sofort war die Sorge in Henrys Stimme zu hören. »Unangenehm?«

»Ich muss mit Otto sprechen.«

»Dem Supervisor?«

»Der ehemalige Liftpage Otto Sticher betreibt im Savoy ein lukratives Nebengeschäft.«

Henry setzte sich auf und bedeckte seine Blöße. »Was meinst du damit? Glücksspiel?«

»Nein, das *andere.*« Sie schlüpfte in ihre Hosen.

»Leichte Mädchen?«

»Das trifft es auch nicht ganz.« Sie bückte sich. »Gibst du mir den Schuhlöffel?«

Er sah zu, wie sie in die Lackschuhe schlüpfte. »So etwas hatten wir früher schon mal«, erinnerte er sich. »Als Miss Rachel noch bei uns war.«

»Rachel?«

»Eine unserer Stenotypistinnen. Wenn sich Geschäftsreisende zu Verhandlungen im Savoy trafen, wenn ein Brief getippt werden sollte, konnte man Miss Rachel buchen. Wie sich jedoch herausstellte …«

»Bot sie mit der Buchung einen darüber hinausgehenden Service an.« Myrtle zog den Frack über.

»Rachel hat ihr Gehalt damit verdreifacht. Ich weiß

eigentlich gar nicht, was aus ihr wurde.« Henry stand aus dem Bett auf. »Was hat Otto angestellt?«

Sie legte die Hand um seinen Nacken und küsste ihn. »Du brauchst noch nicht zu gehen, mein Lieber.«

Henry lächelte. »Was du in Wirklichkeit sagen willst, ist, dass wir nicht zusammen durch diese Tür gehen sollten.«

»So ist es.« Sie machte auf dem Absatz kehrt und verließ ihr Zimmer.

Myrtle lief den Korridor entlang und nahm die Treppe in die Lobby. Von dort ging es wieder in den ersten Stock. Am Eingang zu den Suiten nahm sie Aufstellung, begrüßte einige Gäste und beantwortete eine Frage von Tommy, dem Schuhputzer. Schließlich sah sie Otto Stichler am anderen Ende des Flures auftauchen.

»Guten Abend, Otto.« Sie trat ihm in den Weg.

»Für Sie immer noch *Mr Stichler.*« Er versuchte, an ihr vorbeizukommen.

»Wir müssen reden.«

»Ich habe viel zu tun.«

»Das versteht sich von selbst, da Sie neben Ihren Pflichten auch noch ein florierendes Unternehmen im Savoy betreiben.«

»Ich weiß nicht, was Sie meinen.« Otto blieb stehen.

»Wollen wir hier darüber reden, oder lieber …?« Sie machte eine Geste Richtung Lobby.

Myrtle führte ihn vom Foyer in den *Golden Pavillon,* den größten Speisesaal des Hauses. Das Dinner war längst zu Ende, man hatte die Tische abgeräumt und für das Frühstück eingedeckt. Myrtle schloss die Flügeltüren hinter sich. In der Weite des Saales setzte sie sich an einen Tisch. Nach kurzem Zögern nahm auch Otto Platz.

»Ich bin noch nicht lange im Savoy. Aber wenn man sich nur eine halbe Stunde hier umhört, kann man so manches über Sie erfahren, Mr Stichler.«

Er legte beide Hände auf das Tischtuch. »Und aufgrund solch lächerlicher Gerüchte haben Sie sich eine Meinung über mich gebildet?«

»Während Ihrer Zeit als Liftpage muss das Savoy ein Schlaraffenland für Sie gewesen sein«, überging sie seine Bemerkung.

»Ach, die alten Geschichten.« Er schmunzelte selbstzufrieden. »Jeder weiß davon, sogar Miss Mason.«

Violet hatte Myrtle tatsächlich erzählt, dass Otto

schon als Halbwüchsiger flott aussah, dass er die Gäste im Lift auf und ab fuhr und sich manche Damen von ihm nicht nur ihre Pakete aufs Zimmer tragen ließen. Violet hatte nichts gegen Ottos Nebenbeschäftigung unternommen, genauso wenig wie gegen die zahllosen Zimmermädchen, Köchinnen und Gesellschaftsdamen, die für ihn schwärmten. Solange seine Arbeit und die der Mädchen nicht darunter litten, fand sie, dass Otto die Atmosphäre des Hotels belebte. Nach mehreren Jahren war er schließlich zum Supervisor aufgestiegen.

Myrtle musterte Stichler. Es gab Menschen, die nur für das Jungsein geboren zu sein schienen. Otto war immer noch jung, gerade Anfang dreißig, hatte sich inzwischen aber verbraucht, verschlissen. Das Laster zeichnete ihn auf eine Weise, die seinen früheren Liebreiz noch erkennen ließ, gleichzeitig das Niedrige und Gemeine an ihm zum Vorschein brachte. Der Alkohol tat ein Übriges. Ottos stahlblaue Augen wirkten trüb und gerötet, schwammig war er, unbeweglich. Das gekräuselte Haar wurde schütter, da nützte es nichts, dass er es von hinten nach vorn frisierte. Otto war ein früh in die Jahre gekommener Gott Amor, der das Fliegen verlernt hatte.

»Ich spreche nicht von damals«, antwortete Myrtle. »Nicht von Ihren persönlichen Liebeserfahrungen.«

Sein selbstgefälliges Grinsen veranlasste sie, deutlicher zu werden. »Sie bringen Ihre Dienstbefohlenen dazu, sich zu prostituieren. Sie kassieren Prozente für Ihre Vermittlung und verdienen gut daran.«

»Kein Wort davon ist wahr.«

An der Art, wie Ottos Mittelfinger nervös auf die Tischplatte trommelte, erkannte sie, dass seine Ruhe gespielt war.

»Natürlich verpflichten Sie die Jungen in den Fahrstühlen zu Verschwiegenheit. Unsere Pagen fürchten, ihre Stellung zu verlieren, falls die Sache ans Licht kommt. Ich habe trotzdem von Ihren Geschäften erfahren, und zwar aus einer ungewöhnlichen Quelle.«

Er schwieg, wartete ab.

»Einer unserer Pagen hat sich an keine Dame, sondern an einen Gentleman verkauft. Ein italienischer Fliesenhersteller, der jedes Jahr hier absteigt. Als gläubiger Katholik ging der Mann am Tag nach seiner Sünde zur Beichte. Es ist nicht weit bis Westminster Cathedral. Der Priester hat ihm die Absolution erteilt, sie aber mit der moralischen Auflage verbunden, die

Sittenwidrigkeit im Savoy zu unterbinden. Folgerichtig hat sich der Italiener an mich gewandt.«

»Der Mann kann viel behaupten«, ging Otto dazwischen. »Wer beweist, dass er die Wahrheit sagt?«

»Ich habe mir den betreffenden Pagen, Harold, vorgenommen. Ein ausnehmend hübscher Bursche. Er war gesprächsbereit.«

Otto verschränkte die Arme. »Wenn das alles stimmt, Miss Hahn, weshalb unterhalten wir uns dann unter vier Augen? Warum werde ich von keinem Police Officer vernommen? Wieso haben Sie Miss Mason nicht informiert, die mir noch am selben Tag kündigen müsste?«

Myrtle legte den Kopf ein wenig schief. »Sie mögen mich nicht, Otto. Von Anfang an. Warum?«

»Was hat das damit zu tun?«

»Sie kommen aus Bayern, meine Eltern sind aus Deutschland nach Großbritannien ausgewandert. Wir haben dieselben Wurzeln, Sie und ich.«

Impulsiv beugte sich Otto über den Tisch. »Wir haben nicht dieselben Wurzeln. Ich bin Deutscher. Im Herzen werde ich es auch immer bleiben. Sie und Ihre Familie sind nie wahre Deutsche gewesen.«

Myrtle nickte. »Das habe ich mir schon gedacht.«

»Was dachten Sie?«

»Dass Sie Nazi sind.«

»Ich bin britischer Staatsbürger! Meine politische Gesinnung tut hier nichts zur Sache.«

»Sie glauben an eine Ideologie, deren Vertreter für den Krieg verantwortlich sind. Sie hegen Sympathien für die Feinde Englands.«

»Und Sie sind eine dreckige Jüdin«, spie ihr Otto ins Gesicht. »Den Juden ist es immer gelungen, Zwietracht zu säen und jede große, herrliche Idee in den Dreck zu ziehen. Sie werden Hitler nie verstehen, Fräulein Hahn. Aber Hitler wird Ihnen und Ihresgleichen den Platz zuweisen, der Ihnen zusteht. Und eines lassen Sie sich gesagt sein: Dieser Platz wird nicht im Savoy sein.«

Myrtle stand auf. »Danke, Otto. Mehr wollte ich nicht erfahren.« Sie wandte sich zu den Flügeltüren.

»Was wissen Sie denn schon?«, rief er ihr nach. »Was wissen Sie, Miss Hahn? Ich werde alles abstreiten! Sie können mir gar nichts!«, schrie er aus Leibeskräften. In seiner Erregung nahm Otto die perfekt gefaltete Serviette vom Gedeck und drehte sie gewaltsam in seinen Händen, als ob er jemanden erwürgen wollte.

»Dreckige Jüdin«, murmelte er. »Du dreckige kleine Jüdin.«

7

Zwischen Churchills Fingern

In Unterwäsche saß Violet auf dem Bett, zog den Beistelltisch näher und löffelte ihre Kartoffelsuppe. Sie brauchte Kraft, sie brauchte Festigkeit. Sie wollte nicht zum Spielball der Londoner Gerüchteküche werden und würde das übliche Getuschel aus Halbwahrheiten heute im Keim ersticken. Die mondäne Welt, zu der sie nun einmal gehörte, sollte ein klares Bild von Violet Mason bekommen. Sie würde den Fotoblitzen ausgesetzt sein und mancher impertinenten Frage. Sie war vorbereitet.

Violet hatte fünfzehn Journalisten zu sich in die Dorchester Suite eingeladen. Die Küche wusste Bescheid, es würden Erfrischungen gereicht werden. Ein wenig Lidstrich, ein heller Lippenstift, ihr Aussehen sollte zum Anlass passen. Als Violet den Löffel in die Suppe tauchte, bemerkte sie ihr Zittern.

Wo war Max wohl heute Abend? Er gehörte nicht zu den Geladenen, natürlich nicht. Arbeitete er noch spät, blieb er im Büro, ging er nach Hause? Was Violet in Kürze bekanntgeben würde, sollte ihn nicht belasten. Sie beendete ihre Mahlzeit, schlüpfte in das Kleid, das bis zum Knie leicht ausschwang und ihren Zustand nicht länger versteckte. Sie trat vor den Spiegel.

»Ich werde dich heute vorstellen, Laurence.« Sanft strich sie über ihren Bauch, verließ das Apartment, nahm die Treppe und erreichte über verwinkelte Korridore die Dorchester Suite. Violet atmete tief durch und trat ein.

»Unser Expeditionskorps muss sich aus der Frontlinie lösen. Alle Einheiten sollen nach Dünkirchen zurückgenommen werden«, sagte eine Männerstimme.

»Woher wissen Sie das?«

»Das Wetterschiff *Theodora* kreuzt vor der Küste. Wir haben von denen einen Funkspruch bekommen.«

Violet musterte die Herren, die von ihrer Anwesenheit noch keine Notiz nahmen. Sie hatten sich um den Kamin versammelt, der im Mai nicht brannte. Der Gesellschaftskorrespondent des *Guardian* genehmigte sich einen Scotch.

»Aber was sollen dreihunderttausend Mann in einem Städtchen wie Dünkirchen anfangen?«

»Warten.« Gordon Urquardt, der Korrespondent des *Daily Herald*, thronte im Ohrensessel. Er trug eine flaschengrüne Weste mit ebensolchem Stecktuch zu seinem Anzug. Unter seiner Führung war der *Herald* mit täglich zwei Millionen Exemplaren zur auflagenstärksten Zeitung der Welt geworden. Urquardt war für seine provokanten Leitartikel bekannt. Von Anfang an hatte er gegen die Nazis gewettert. Er warnte vor einer Annäherung Hitlers an Stalin, vor der Expansionspolitik der Japaner, er warnte vor der schlappen Gangart der britischen Regierung. In praktisch allen Punkten hatte Urquardt recht behalten. Er war mit Violet befreundet und unterstützte sie mit den Mitteln seiner Zeitung.

Violet hatte auch Lieutenant Burke gebeten, bei der Pressekonferenz dabei zu sein. Sie wünschte sich die Rückendeckung von jemandem, den sie als neuen Freund betrachtete. Myrtle Hahn kümmerte sich um die Getränke.

Der Lieutenant entdeckte Violet und eilte auf sie zu, um sie der Presse zu präsentieren. Sie aber legte den Finger auf den Mund. Erst wollte sie hören, was Urquardt sagte.

»Wir werden diesen Krieg verlieren, Gentlemen. Das ist so unabwendbar wie die Zigarre zwischen Churchills Fingern. Wir riskieren, am Strand von Dünkirchen unsere gesamte Berufsarmee zu verlieren. Während wir uns hier mit Whisky und Lachsschnittchen stärken, sind unsere Leute am Verhungern. Sie wurden von allen Seiten eingekesselt und vom Nachschub abgeschnitten. Unsere Schiffe, die ihnen zu Hilfe kommen, werden torpediert und aus der Luft angegriffen.«

»Und die Amerikaner?«, fragte der Korrespondent der *Times*.

»Die Yankees machen diesmal nicht mit«, erwiderte Urquardt. »Sie haben Europa einmal geholfen und dabei enorme Opfer gebracht. Sie wollen nicht schon wieder Weltpolizei spielen. Sie bleiben auf ihrem Kontinent und sehen zu, wie Europa untergeht.«

»Immerhin schicken sie Lebensmittel«, gab der Mann von der *Times* zu bedenken.

»Die bei uns nicht ankommen.« Urquardt trat mit leerem Glas zu Miss Hahn. Sie goss Whisky nach und füllte mit Sodawasser auf.

»Jedes dritte Frachtschiff auf dem Atlantik wird von deutschen U-Booten aufgespürt. Unsere Geleitzüge werden torpediert. Viele unserer Flakkreuzer liegen bereits am Grund des Meeres.«

In diesem Moment bemerkte er die Person, wegen der sie sich alle im Savoy versammelt hatten.

»Miss Mason.« Urquardt eilte auf sie zu. »Wir haben Sie gar nicht kommen hören.«

Die anderen stellten ihre Gläser ab und begrüßten Violet ebenfalls. Sie ließ sich zum Ohrensessel begleiten und nahm Platz. Die Herren holten ihre Notizblöcke hervor und erwarteten die Neuigkeiten der Hoteldirektorin.

»Meine Sache kann warten. Ich habe Ihre Diskussion unterbrochen, Gentlemen. Bitte fahren Sie fort, Mr Urquardt.«

Er nahm ihr gegenüber Platz. »Was ich zu sagen habe, ist nicht erfreulich, Miss Mason. Solange die britische Armee in Flandern eingekesselt ist, sind wir außerstande, unsere eigenen Küsten zu beschützen. Sollte Dünkirchen fallen, wären die Verluste verheerend. Wir produzieren nicht annähernd so viele Flugzeuge, wie die deutsche Luftwaffe täglich abschießt. Für Göring ist es eine Sache der Ehre, uns zu vernichten. Göring will dem Führer beweisen, dass er England aus der Luft allein in die Knie zwingen kann. Den deutschen Piloten steht die neue *Messerschmitt* zur Verfügung, ein böses Insekt, gegen das sich unsere alte *Spitfire* wie eine lahme Hummel ausmacht.«

In der Stille, die Urquardts Worten folgte, hörte man das leise Klirren, mit dem die Eheringe der Journalisten gegen die Gläser stießen.

»Und die Franzosen?«, fragte Violet. »Während der deutschen Angriffe auf Frankreich sind wir ihnen zu Hilfe gekommen. Werden sie uns nicht beistehen?«

»Auf die Franzosen sollten wir nicht mehr bauen.« Urquardt trank einen Schluck. »Die Deutschen stehen bereits am Atlantik. Sie haben die alliierten Truppen mit einem gewaltigen Sichelschnitt eingeschlossen.

Nichts hindert sie noch daran, auf Paris zu marschieren. Sollte es dazu kommen, bleibt den Franzosen nichts übrig, als Paris zur offenen Stadt zu erklären. Andernfalls würde die Wehrmacht die Stadt zu Klump und Asche schießen. Fest steht, dass wir der letzte verbliebene ernstzunehmende Gegner Hitlers sind. Stalin brauchen die Deutschen nicht zu fürchten, der kocht im Osten sein eigenes Süppchen. Also kann sich der Führer voll und ganz auf unsere kleine Insel konzentrieren.«

Urquardt schaute in die Runde. Die meisten starrten betreten in ihren Whisky.

»Zu Kriegsbeginn haben wir eine halbe Million Soldaten zu den Waffen gerufen. Das Deutsche Reich verfügt über vier Millionen Männer. Wenn Italien in den Krieg eintritt, kommt eine weitere Million dazu. Es ist simple Mathematik.«

Im Keller meines Hotels steht eine Apparatur, durch die wir den Deutschen fingierte Nachrichten zuspielen, dachte Violet. Im gleichen Keller wird eine absurde Maschine gebaut, mit deren Hilfe die Aufmarschpläne der Deutschen dechiffriert werden sollen. Wozu der Aufwand, wem nützte das noch? Die Pläne der Deutschen waren klar. Sie unterwarfen alles, was sich ihnen in den Weg stellte. Bald würde auch England ihnen nichts mehr in den Weg stellen, egal, ob man die Funksprüche der Deutschen entschlüsselte oder nicht.

Violet sah keinen Sinn mehr darin, die Korrespondenten der großen Londoner Zeitungen mit ihrem lächerlichen Privatproblem zu belästigen. Das Savoy war ein britisches Hotel in Kriegszeiten. Ihre Aufgabe lag darin, die nötigen Sicherheitsvorkehrungen für den Ernstfall zu treffen. Die Hauseingänge wurden mit Sandsäcken gesichert. An das Personal mussten Helme und Gasmasken ausgegeben werden. Die Räume unter der Erde dienten als Luftschutzbunker. Alle, bis auf einen.

Der Mann vom *Guardian* trat auf Violet zu. »Verzeihen Sie, Miss Mason, wir vergeuden Ihre Zeit mit düsteren Prognosen. Uns interessiert viel mehr, was Sie uns mitzuteilen haben.«

»Meine Neuigkeit wird nicht viel Zeit in Anspruch nehmen.« Sie stand auf. »Gentlemen, ich freue mich, Ihnen sagen zu dürfen, dass ich ein Kind erwarte. Sollte alles nach Wunsch verlaufen, findet die Geburt im Oktober statt.«

Sie nahm freundliche Gratulationen entgegen, schüttelte einige Hände, doch bevor die entscheidende Frage gestellt wurde, ergriff sie wieder das Wort.

»Als ich als kleines Mädchen ins Savoy kam, war ich praktisch ein Waisenkind. Damals hat mein Großvater, Sir Laurence, Vaterstelle bei mir vertreten. Sie alle kannten ihn. Allerdings hätte er es kaum allein geschafft, mit einer temperamentvollen Vierjährigen fertigzuwerden. Larry konnte sich auf die Unterstützung einiger großartiger Menschen verlassen. Wer mich in dieser Zeit wirklich erzogen hat, das waren die Menschen des Savoy. Unser alter Chefbutler, die Rezeptionisten, die Zimmermädchen und Köchinnen, sogar unser Orchesterchef hat sich daran beteiligt. Sie alle haben mich in ihre Obhut genommen, und so bin ich die geworden, die ich heute bin, untrennbar mit diesem Haus verbunden.«

Violet trat in die Runde der Journalisten. »Ich hoffe, dass meinem Kind das gleiche Glück beschieden sein wird. Mein Baby soll ein Kind dieses Hotels werden, denn einen Vater, Gentlemen, den Vater meines Kindes kann ich Ihnen leider nicht präsentieren.«

Violet sah zu Lieutenant Burke. Er nickte zum Zeichen, dass sie ihre Sache gut gemacht hatte. Hinter ihm nahm Myrtle Hahn die Platte mit den Lachsschnittchen hoch und reichte sie unter den Journalisten herum. Lächelnd erwartete Violet die erste Frage.

THE BLITZ

8

Das Geschenk der Kanadier

Damit er die ungelenke Schrift lesen konnte, beugte Albert sich vor. Es musste zwanzig Jahre her sein, dass ihm diese Inschrift zuletzt aufgefallen war.

»*Einen Moschusochsen zähmender Mann*«, las Albert laut. So groß sein Arbeitszimmer auch war, hielt er sich hier doch meistens allein auf. Er wandte sich zum Bild seines Urgroßvaters, der ein schönes, kurzes Leben geführt hatte. Auf dem Gemälde trug er einen windgebauschten Mantel mit Hermelinbesatz und hielt seinen Säbel zur Attacke erhoben. Der Maler des Bildes musste ein Hornochse gewesen sein; wer würde schon im bodenlangen Hermelin in die Schlacht reiten?

Albert schenkte seine Aufmerksamkeit wieder dem *einen Moschusochsen zähmenden Mann*. Ein putziger Kerl, nicht größer als ein Teekännchen, geschnitzt aus Speckstein. Albert wusste wenig über kanadische Kunst. Über die meisten Dinge wusste Albert weniger, als ihm lieb war. Jahrelang war ihm eine Menge beigebracht worden, das meiste hatte er vergessen. Ein Marineoffizier brauchte nicht viel Bildung zu besitzen. Dreizehnjährig war er als Midshipman der Royal Navy beigetreten und hatte es mit den Jahren zum Temporary Captain gebracht. Später, bei der Air Force, war er in den Rang eines Wing Commander aufgestiegen.

Alberts innigste Erinnerungen gehörten der Marine, seine abenteuerlichsten der Air Force. Wie lange war das her, überlegte er, dass er auf dem Kadettenschulschiff *HMS Cumberland* die kanadische Ostküste bereist hatte? Vor Ausbruch des Großen Krieges jedenfalls, 1913 möglicherweise. Damals hatten die kanadischen Ureinwohner ihm, dem milchgesichtigen Midshipman, die Statuette zum Geschenk gemacht und ihn gezwungen, ein widerlich schmeckendes Zeug zu trinken. Vor siebenundzwanzig Jahren, dachte Albert. Ein ganzes Leben lag dazwischen, aber immer noch ritt der *einen Moschusochsen zähmende Mann* auf dem Rindvieh, die linke Hand wie zum Gruß erhoben, in Wirklichkeit aber, um das Gleichgewicht auf dem wilden Tier zu halten.

Kanada hat mir gefallen, dachte Albert und richtete sich langsam auf. Das Bücken bekam ihm schlecht. Unter Schmerzen streckte er das Kreuz. »Sie sind nicht der Mann, der sich bücken sollte. Sie sind nicht der Mann, der Sprünge machen sollte«, hatte der Professor gesagt, als Albert nach der Operation aus der Narkose erwacht war. Er besaß schwache Gelenke, eine Familienkrankheit, nicht zu ändern.

Im Vorjahr hatte er Kanada ein zweites Mal bereist. Diesmal war alles anders gewesen. Das lag nicht an Kanada, sondern an ihm. Seine Zeit als Midshipman war unwiederbringlich vorbei. Die Reise hatte ihn über Gebühr angestrengt. Ohne die Unterstützung seiner Frau wäre die Tortur nicht durchzustehen gewesen. Kanada gefiel ihm besser als die Vereinigten Staaten. Er hielt die US-Amerikaner für eitle Kameraden. Ihr Stolz auf die Errungenschaften des vergangenen Jahrhunderts hatte etwas Infantiles. Kanada besaß keine nennenswerten Errungenschaften, das Land war einfach zu groß, gigantisch, vierzigmal größer als Großbritannien. Nach dem Statut von Westminster war Albert auch König von Kanada, eine historische Albernheit. Kanada brauchte keinen König, sondern wenn überhaupt einen Häuptling. Albert war außerdem Commander-in-Chief der kanadischen Armee. Zu seinem Bedauern würde er diese Funktion nun zum ersten Mal ausüben müssen. Er brauchte die kanadischen Soldaten.

Wie immer ärgerte er sich darüber, als er wahrnahm, dass die Tür unhörbar aufging. Weshalb mussten sie sämtliche Türen derart perfekt ölen, dass sie keinen Laut von sich gaben? Er drehte sich um.

»Your Majesty.« Lascelles kam unaufgefordert näher.

»Tommy.«

»Fliegeralarm, Majesty.«

Albert zeigte zum Fenster. »Ich höre keine Sirenen.«

»Die Radarstation in Margate hat den Palast frühzeitig informiert. Darf ich Eure Majestät in den Keller bitten?«

»Ich komme gleich. Ich will nur noch ...« Im Augenblick gab es nichts zu tun, aber Albert hatte keine Lust, in den Keller zu gehen, nur weil es Hitler passte, London anzugreifen. Er entnahm dem Etui eine Zigarette.

»Your Majesty, im Fall des Alarms ist angeordnet, dem Befehl umgehend Folge zu leisten.« Lascelles machte eine winzige Verbeugung.

»Angeordnet, von wem?«

»Vom Luftschutzoffizier des Palastes, Majesty.«

»Wer ist denn unser Luftschutzoffizier, Tommy?« Albert redete Lascelles leutselig an. Er selbst hatte seinen Sekretär in den Ritterstand erhoben, ihn zum Knight of the Royal Victorian Order und zum Companion of the Order of St. Michael gemacht.

»Das bin ich, Majesty, Verzeihung.« Lascelles machte eine devote, aber eindeutige Geste zur Tür. »Wenn ich Euch bitten darf.«

»Ich hoffe, Sie zwingen mich nicht, eine Gasmaske aufzusetzen.« Im Gehen entzündete Albert seine Zigarette.

9

Die große Stille

»Warum hast du das getan?«, fragte Violet.

»Weil es keine andere Möglichkeit gegeben hat.«

»Aber weshalb musstest du gleich von zu Hause ausziehen? Bisher sind dir immer andere Möglichkeiten eingefallen.«

Die Lobby war voller Menschen. Die meisten erkannten die Hoteldirektorin, einige nickten ihr zu. Vor Violet stand ein Mann mit zwei Koffern, nicht ungewöhnlich in einem Hotel, und doch war es der ungewöhnlichste Auftritt, den Max sich je geleistet hatte.

Er trat einen Schritt näher. »Weißt du, was Hannibal getan hat?«

»Wer?«

»Der Feldherr, der die Römer an den Rand des Untergangs gebracht hat. Der mit seiner Streitmacht über die Alpen gezogen ist, inklusive Elefanten.«

»Streitmacht ... Elefanten ... was?« Violet atmete tief ein und aus. »Hat das etwas mit diesem verdammten Krieg zu tun?«

»Nein, hier geht es um mein eigenes privates Scharmützel.« Er zeigte auf das Ledersofa hinter ihnen. »Können wir uns einen Augenblick ...?« Ohne ihre Zustimmung abzuwarten, ließ er die Koffer stehen und setzte sich.

»Was war mit diesen Elefanten?« Unwillig kam sie ihm nach.

»Nach seiner Niederlage gegen die Römer wurde Hannibal gezwungen, sämtliche Schiffe im Hafen Karthagos zu verbrennen, die gesamte Flotte.«

Umständlich und auf die einzig mögliche Weise, die die Größe ihres Bauches erlaubte, glitt sie neben ihm auf die Couch. Violet war im siebten Monat. »Ja, und?«

»Hannibal hätte doch ein einziges Schiff für seine Rettung übrigbehalten können.«

»Ich habe keine Ahnung, was du mir sagen willst, Max.«

»Er hat *alle* verbrannt, verstehst du? Er nahm sich jede Möglichkeit, es sich anders zu überlegen. Ich möchte, nein, ich musste es wie Hannibal machen.«

Der Trubel in der Halle nahm zu. Violet wandte den Kopf. »Hier können wir nicht bleiben.« Durch eine Geste forderte sie ihn auf, als Erster aufzustehen. Bei ihr würde es länger dauern. »Du bist also bei Susan ausgezogen. Ich nehme an, du willst hier ein Zimmer nehmen.«

Er lächelte überrascht. »Das Savoy kann ich mir nicht leisten. Ich muss mir eine billige Bleibe suchen.«

»Aber warum jetzt, Max? Vor drei Monaten habe ich dir meinen Zustand mitgeteilt, der inzwischen für jeden offensichtlich ist. Wieso ziehst du erst jetzt Konsequenzen?«

»Weil ich zuerst mit Susan alles klären musste.«

»Drei Monate lang?« Violet merkte, dass sie laut wurde. »Drei volle Monate, Max?« Sie stemmte sich an der Armlehne hoch. »Wir können das jetzt nicht besprechen. Ruf mich an, wenn du eine Wohnung gefunden hast, Max. Dann sehen wir weiter.«

»Ich dachte …«

»Was dachtest du?« Sie trat dicht vor ihn. »Dachtest du, du tauchst hier mit deinen Koffern auf und deinem Hundeblick, und ab sofort spielen wir Vater, Mutter, Kind? Ich habe dich zu keiner Zeit mit meinem Baby belastet, Max. In diesem speziellen Fall kam mir der Krieg sogar zu Hilfe, weil die Leute jetzt andere Sorgen haben. Inzwischen interessiert es keinen mehr, wer der Vater meines Kindes ist. Ich komme gut ohne dich klar, und nach allem, was passiert ist, erwarte ich, dass du das respektierst.«

Er überragte Violet um Haupteslänge. »Du hast recht. Danke, dass du es mir so offen sagst.«

Plötzlich tat es ihr leid, schroff mit ihm umgesprungen zu sein. »Versteh mich bitte. Das Hotel, der Krieg, mein Zustand, das alles ist schon anstrengend genug.«

»Irgendwie dachte ich …« Für einen Moment berührte er ihre Schulter. »Ich dachte, die Sache zwischen Susan und mir ist nun endlich erledigt, und das sollte ich dir mitteilen. Vielleicht war ich sogar stolz darauf. Das war einfältig und eitel von mir. Sag mir bitte nur eines noch, wie geht es dir? Ist alles in Ordnung?« Ein scheuer Blick auf ihren Bauch.

»Uns geht es gut. Der Doktor kommt regelmäßig. Anfangs gab es Komplikationen, aber inzwischen bin ich eine gewöhnliche, überanstrengte, leicht erregbare werdende Mutter.«

Ihre Schultern entspannten sich. Sie sah Max an, wie sie ihn früher angesehen hatte. Max, den sie so gut kannte wie kaum einen Menschen, der ihr immer noch viel bedeutete. Man konnte die Zeit aber nicht zurückdrehen. Sie würden nie ein Paar werden, trotzdem konnten sie einander lieben, auf diese besondere Weise, die nur ihnen beiden gehörte.

»Und was tut sich in deinem Leben, Max, außer dass du der Hofdame des Königs den Laufpass gegeben hast?«

»Ich fürchte, das wird mich noch teuer zu stehen kommen. Susans größter Ehrgeiz besteht darin, vor der Öffentlichkeit den Schein zu wahren. Es ist anzunehmen, dass sie mich jetzt hasst.«

»Kann ihr die Scheidung schaden, im Palast, meine ich?«

»Eine geschiedene Frau darf keinesfalls Hofdame

bleiben. Nicht bei einem König, der eine so mustergültige Ehe führt wie unser Albert.«

»Glaubst du, man wird sie ... entlassen?«

»Sehr wahrscheinlich. Die Windsors haben sogar Wallis Simpson, die Geliebte des vorigen Königs, aus dem Palast geekelt, weil sie geschieden war. Weshalb sollte man mit einer Hofdame gnädiger verfahren?«

»Wenn du willst, könnte ich ...« Violet besann sich. »Ich könnte ein gutes Wort für Susan einlegen.«

»Du?«, rief er überrascht. »Wie willst du das machen?«

»Ich habe neulich Seine Majestät kennengelernt.«

»Du kennst *Bertie*?«, rief er so laut, dass sich ein Paar hinter ihnen umdrehte. »Natürlich, die Spendengala!« Max schlug sich an die Stirn. »Bertie war zusammen mit den Prinzessinnen hier. Ihr habt euch unterhalten?«

»Eine halbe Stunde lang.«

»Ich nehme an, die meiste Zeit hast du geredet«, sagte er augenzwinkernd. »Bertie braucht ja immer eine Weile, bis er ein Wort herausbringt.«

»Hör auf, so über den König zu reden. Öffentliche Ansprachen fallen ihm schwer. Aber wenn man mit ihm allein ist, redet er vollkommen flüssig. Obwohl ich ihn nicht *Bertie* nenne, wäre es mir vielleicht möglich, ihn auf Susans Fall anzusprechen.«

»Violet und der König von England!« Bewundernd schüttelte Max den Kopf. »Es geschehen noch Zeichen und Wunder.« Er setzte den Hut auf. »Lass uns warten, wie sich alles entwickelt, bevor du deine Beziehungen zum Königshaus spielen lässt.«

Gemeinsam schlenderten sie Richtung Ausgang.

»Und wie geht es der guten alten BBC, Max?«

»Der Sender wurde dem Armeeoberkommando unterstellt. Wir fungieren derzeit hauptsächlich als Kriegsberichterstatter. Unsere Meldungen dienen vor allem dazu ...«

Sie hatten die Schwingtüren erreicht. Vor ihnen lachte eine Gruppe junger Italiener. Der Türsteher hatte seine Direktorin schon bemerkt und packte den Haltegriff aus poliertem Messing mit beiden Händen.

Plötzlich zerriss etwas. Violet hörte keinen Knall, sie spürte nur einen Schmerz in den Ohren. Bevor sie und Max zu Boden gingen, sah sie die Glastür zerspringen. Etwas traf Violet am Auge. Unglaubliche Helligkeit, das Licht erreichte sie wie eine Wolke. Sie fühlte eine große Stille. Graugrüne Marmorsplitter flogen an ihr vorbei, der goldene Ring des Deckenleuchters fiel herab. Der riesige Raum schüttelte sich, alles schien plötzlich luftleer zu sein, darüber stülpte sich ein irrsinniger Glanz. Max wurde über Violet geworfen, sein Körper fühlte sich weich an. Wie eine Decke legte Max sich über sie.

Allmählich wurde das Geschehen greifbar. Violet spürte Feuchtigkeit an der Schläfe. Sie hustete, wollte Max zur Seite rollen, schwer lag er auf ihrem Bauch. Warum half er ihr nicht? Mit offenen Augen drängte sie ihn von sich. Von vorn schien er unverletzt, doch als sie ihn zur Seite schob, entdeckte sie die zerfetzte Jacke, spürte das Blut, das viele Blut an seinem Rücken. Sein bleiches Gesicht, seine ungläubigen Augen. Vorsichtig versuchte Violet aufzustehen. Ihr linkes Auge war verschleiert. Sie wischte mit dem Ärmel darüber.

Die Stille nach dem Ereignis, der Rauch. Flammen breiteten sich aus. Der Boden des Raumes hatte sich gesenkt. Die Vorderfront des Savoy war fast vollständig verschwunden. Was übrigblieb, war verkohlt. Dem jungen Italiener fehlte der halbe Kopf. Den Türsteher erkannte Violet nur noch an den Tressen seiner Uniform. Neben ihm zuckten die Beine einer Frau. Hinter

Violet lag ein Hausdiener, sein Bauch war aufgerissen. Irgendwo hatte sie gelesen, man müsse bei Bauchwunden die Gedärme in die Bauchhöhle zurückschieben. Sie bückte sich, legte die Hände des Hausdieners darüber und sagte, er solle pressen. Ein Captain der Royal Navy lag verkrümmt da, die Arme über den Kopf gestreckt, als wollte er nach etwas greifen.

Putz fiel von der Decke. Blut rann Violet ins Auge. Durch den Schleier erkannte sie, dass der Rezeptionist mit zwei Eimern Wasser durch die Lobby rannte und zu löschen versuchte. Violet taumelte zurück zu Max. Er war bei Bewusstsein. Seine Hände tasteten nach hinten, wo der Rücken verbrannt war. Der Anzugstoff war mit der Haut verschmort. Er schien noch keinen Schmerz zu spüren.

»Wie geht es dir?«, flüsterte Max.

»Mir? Gut, Max.« Sie half ihm, sich aufzusetzen. »Ich glaube, mir ist nichts passiert.«

»Du blutest. Und das Baby?«

»Alles in Ordnung, Max. Ich glaube wirklich, ich habe Glück gehabt.«

»Wieso hat es keinen Alarm gegeben?«

»Ich weiß nicht.«

Er wandte sich zur Rezeption. »Ich muss telefonieren.«

Sie hielt ihn fest. »Gleich wird Hilfe hier sein. Ruh dich aus.«

Er hob den Kopf. Violet folgte seinem Blick. Obwohl es Mittag war, lag der verwüstete Raum lichtlos da. Rauch hüllte alles ein. Flammen krochen an den Samtvorhängen empor, auch am Tresen der Rezeption leckte das Feuer. Das Klavier stand offen, der alte geschwungene Flügel, auf dem schon Rachmaninow gespielt hatte. Der Deckel war abgesprengt worden. Die heraushängenden Saiten zitterten unter den Schritten der panisch umhereilenden Menschen.

10

Beim Ticken einer Uhr

»Ich möchte hinfahren«, sagte Albert.

»Das würde möglicherweise ein falsches Zeichen setzen, Your Majesty«, antwortete Lascelles.

»Wenn ich den Leidtragenden mein Mitgefühl ausspreche, setzt das ein falsches Zeichen?« Der König legte den Uniformrock beiseite und ließ sich vom Kammerdiener helfen, die Hose zu wechseln.

»In den letzten vierundzwanzig Stunden gab es fünf Luftangriffe und vierhundert Bombeneinschläge im Großraum London.« Wie gewohnt stand der Sekretär mit seinem Bastkörbchen vor dem König, in dem er dringende Schriftstücke transportierte. »Wenn Your Majesty dem Anschlag auf das Savoy besondere Aufmerksamkeit widmen, könnte das zu falschen Schlussfolgerungen führen.«

»Welcher Art?« Albert zog die Hosenträger hoch.

Es stand Lascelles nicht zu, der Majestät eine direkte Antwort auf diese Frage zu geben. »Wie wäre es, wenn Sie zuerst der zerstörten Werft in Ostlondon einen Besuch abstatten würden, Majesty?«

»Weshalb sollte ein Besuch in den Docks sinnvoller sein als meine Präsenz im Savoy?«

»Bei dem Angriff sind sechsundvierzig Hafenarbeiter ums Leben gekommen, außerdem fünf Frauen und ein Baby.«

Albert wusste, wovor sein treuer Sekretär ihn warnte. Tommy hatte selbstverständlich recht. Man durfte dem König nicht vorwerfen, sein Mitgefühl zuallererst den Reichen und Privilegierten zu schenken. Man durfte dem König nicht vorwerfen, dass er aus Sorge um das Leben Violet Masons den Palast verließ. Er hatte die Hoteldirektorin im Sommer kennengelernt, ihr Gespräch war ihm in guter Erinnerung geblieben. Diese

Frau war die perfekte Galionsfigur ihres Betriebes und schien doch zugleich nicht dorthin zu passen. Etwas Wildes, Unerlöstes ging von ihr aus, eine ungelebte Revolution schlummerte in ihr. Für Revolutionen besaß Albert einen feinen Sensor; in Gegenwart Violet Masons hatte er angeschlagen. Sie wollte das System, das sie repräsentierte, nicht stürzen, beurteilte es aber mit unverhohlener Ironie. Während ihrer Unterhaltung hatte Albert den Eindruck gewonnen, dass Miss Mason nicht nur den König in seiner Paradeuniform, sondern auch sich selbst im flaschengrünen Abendkleid nicht recht ernst nahm und aus einer lächelnden Distanz betrachtete.

Und hatte Miss Mason nicht recht damit? Wäre es nicht auch an ihm, mit mehr Abstand zu betrachten, was er tat? Er ging davon aus, dass Gott ihn an diese Stelle gesetzt hatte, von Gottes Gnaden war er die Majestät dieses Landes. Aber stellte er in Wirklichkeit nicht eher einen Lückenbüßer dar, dem man die Königswürde nicht recht zutraute? Sein Bruder David sollte König werden. Seit seiner Geburt war er auf die Thronfolge vorbereitet worden und hatte den Thron auch fast bestiegen, als ihm die Liebe oder besser seine Obsession für eine Frau einen Strich durch die Rechnung machte. David hatte angenommen, ein König dürfe alles, sogar eine zweimal geschiedene Frau zu seiner Königin machen. Die Regierung und die Kirche hatten ihm die Genehmigung verweigert. Trotzig, wie David seit Kindesbeinen war, hatte er, bevor der Erzbischof ihm die Krone aufs Haupt setzen konnte, alles hingeschmissen. So und nicht durch Gottes Gnade war Albert auf den Thron gelangt. Er hatte nicht darum gebeten und hätte viel darum gegeben, wenn es ihm erspart geblieben wäre. Die Bevölkerung nahm es ihm insgeheim noch übel, dass er ihren beliebten König Edward VIII. abgelöst hatte und seinerseits George VI. geworden war.

Albert schlüpfte in die Stiefeletten. Der Kammerdiener half ihm in die Weste. »Sie haben recht, Tommy. Wir wollen zuerst die Docks besuchen, danach das Savoy. Veranlassen Sie alles Nötige.«

»Soll ich Ihre Majestät, die Königin, von der Ausfahrt unterrichten?«, fragte Lascelles vorsichtig.

»Das halte ich nicht für nötig. Die Königin hat bestimmt andere Pläne.«

An der Miene Lascelles las Albert, dass der Sekretär noch etwas zu erwidern gehabt hätte, aber Tommy wusste, wie weit er gehen durfte. Er verbeugte sich und stellte das Bastkörbchen auf den Schreibtisch. Albert entließ den Kammerdiener, band seine Krawatte selbst und warf einen Blick auf die Uhr.

Der Chefbutler fand den stellvertretenden Hoteldirektor nicht in dessen Büro. Myrtle fand Henry auch nicht in der verkohlten Lobby, wo die Aufräumarbeiten Fortschritte machten. Die zerstörten und gefährdeten Bereiche des Foyers waren gesperrt, man hatte die Rezeption hinter einen improvisierten Tresen verlegt, die Stromleitungen waren repariert worden. Sogar ein Duplikat des goldenen Lüsters hatte man an der Decke angebracht. Gäste und Personal mussten die Lobby zwar auf Holzstegen durchqueren, und die Hotelfront präsentierte sich nach außen wie ein aufgerissener Schiffsrumpf, doch es war erst Anfang September, das Wetter stellte noch kein Problem dar. Nicht einen Tag lang war das Savoy geschlossen worden. *Wir bleiben offen*, lautete Violets Losung.

Myrtle fand Henry auch nicht in der Küche, wo er

kurz vor Mittag gern die Menüs durchkostete. Sie fand ihn in dem winzigen Apartment, das er bezogen hatte, seit Judy im Gefängnis saß. Hier gab es nichts weiter als ein schmales Bett, einen Haken an der Wand, wo er seine Jacke aufhängte, und aberhunderte Uhren. Tagein, tagaus saß er am Arbeitstisch und schraubte, reinigte und ölte. Dabei trug er die Uhrmacherlupe unausgesetzt im Auge, weshalb seine rechte Augenhöhle größer wirkte als die linke.

»Darling?« Myrtle blieb in der Tür. Es wäre auch schwierig gewesen, weiter in den Raum vorzudringen, selbst auf dem Boden lagen Uhren, Gehäuse und Werkzeuge ausgebreitet.

»Ist denn schon Lunchtime?« Mit ruhiger Hand führte Henry einen winzigen Schraubenzieher in das Uhrwerk ein.

»Noch nicht.«

»Habe ich vergessen, dass ich mit irgendwem verabredet bin?«

»Das bist du, aber bis dahin hast du noch Zeit.«

»Wer ist es heute?«

»Ein Ehepaar aus der Schweiz hat darum gebeten, am Direktionstisch sitzen zu dürfen.«

Henry seufzte und schüttelte leicht den Kopf, damit die Lupe nicht aus dem Auge fiel. »Kann Violet das nicht machen?«

»Ich fürchte, nein. Sie ist …«

»Natürlich, sicher, verzeih.« Er blickte auf. »Sie ist im Krankenhaus, ich hatte es vergessen. Wie geht es ihr?«

»Das wissen wir im Augenblick nicht. Henry, du musst mitkommen.«

»Ich muss?« Durch die Lupe sah er sie an.

»Jetzt gleich.«

»Ich repariere eine *Reverso-Tourbillon.* Sie zeigt nicht nur die Zeit an, sondern auch Tag, Monat, Jahr und sogar die Mondphase. Soll ich diese heikle Arbeit unterbrechen, um mich mit zwei Schweizern zu unterhalten?«

»Nein, Darling«, antwortete sie sanft. »Trotzdem wird die *Reverso* warten müssen. Der König besucht das Savoy.«

»Welcher König?« Das Auge mit der Lupe blinzelte.

»Unser König. King George VI.«

»George? Was will er denn hier?«, entgegnete Henry, unfähig, die Tragweite des Gesagten zu begreifen.

»Er möchte dem Hotel und Miss Mason sein Mitgefühl ausdrücken. Er will sich über die entstandenen Schäden informieren.«

»Aber dann …« Henry sprang auf. »Dann muss Violet ihn unbedingt empfangen.«

»Wie wir gerade festgestellt haben, ist sie im Krankenhaus.«

»Weshalb rufst du nicht dort an? Sag ihr, sie muss kommen.«

»Das haben wir versucht. Sie ist nicht zu erreichen.«

»Warum schickst du nicht jemanden hin? Das St. Bartholomew's liegt nur einen Steinwurf entfernt.«

»Dafür reicht die Zeit nicht.« Beim Eintreten achtete Myrtle darauf, nicht in das Messinggehäuse einer Eduardianischen Kaminuhr zu treten. »Der König hat seinen Besuch kurzfristig angekündigt.«

Henry hob abwehrend die Hände. »Ich kann das unmöglich übernehmen, Myrtle!«

»Du bist der stellvertretende Direktor, Darling. Niemand sonst als du könnte Seine Majestät in Violets Abwesenheit empfangen.« Myrtle wandte sich zum Haken an der Wand, wo das Sakko hing. Die Ärmel waren ausgebeult, das Revers hatte einen Riss.

»Zunächst sollten wir allerdings deinen Cutaway holen. Die Schuhe wechselst du besser ebenfalls.«

»Die Schuhe ... den Cutaway, gewiss«, murmelte er, verwirrt, zugleich dankbar für ihre Hilfe.

»Wo hast du deine Sachen?«

»Im Büro.«

»Dann sollten wir dorthin gehen, meinst du nicht auch?«

Ohne Sinn und Ziel drehte sich Henry einmal im Kreis. »Der König! Mein Gott, wenn ich das geahnt hätte.«

Sanft dirigierte Myrtle ihn zur Tür. »Ich helfe dir beim Umziehen.«

»Ist das schicklich, dass eine Frau mich umzieht?«

Beruhigend küsste sie ihn auf die Wange. »Am besten, du siehst in mir keine Frau, sondern nur das Amt, das ich bekleide.«

»Wie du meinst, Darling.« Er folgte ihr, ohne die Lupe aus dem Auge genommen zu haben.

11

Max

»Das Hotel hat wieder angerufen, Miss Mason.« Die Krankenschwester öffnete die Tür einen Spaltbreit.

»Sie werden auch nicht damit aufhören. Und jedesmal behaupten sie, es sei besonders wichtig, nicht wahr?«

»Vorhin klang es ungewöhnlich dringend.«

»Diesmal muss es ohne mich gehen.« Violet machte eine bittende Geste. »Sie sollen mich in Ruhe lassen.«

»Ja, Miss Mason.«

Die Tür schloss sich lautlos. Sie senkte den Blick auf

das schmerzerfüllte Gesicht. Man hatte Max so viel Morphium gegeben, wie zu vertreten war. Er zitterte. Der Schmerz schüttelte ihn. Seine Lider waren halb geschlossen. Violet wusste nicht, ob er sie ansah. Sie streichelte seine kräftige Hand. Die Härchen darauf waren verbrannt. Man hatte ihn auf die Seite gebettet. Die Verbrennungen auf dem Rücken machten das nötig.

Alle Schiffe, dachte sie. Max hatte alle Schiffe hinter sich verbrannt. Um Violet das mitzuteilen, war er ins Hotel gekommen, verwirrt, unglücklich und zugleich stolz, weil er diesen Schritt gewagt hatte. Wie ein Schiffbrüchiger war er ihr vorgekommen mit seinen beiden Koffern. Niemand konnte die Zeit zurückdrehen, aber zurückblicken durfte man, erkennen und verstehen. Violet verstand, wie nahe Max ihr in all den Jahren gewesen war. Obwohl sie einander oft monatelang nicht gesehen hatten, konnten sie sich ihrer tiefen, innigen Verbindung sicher sein. Von Anfang an waren sie ein Paar gewesen, oder zumindest so etwas Ähnliches. Während der zügellosen Zeit beim Radio, während ihres Abenteuers in Berlin, selbst als sie glaubten, nur eine Affäre miteinander zu erleben, hatten sie zusammengehört. Der Gedanke erschien sehr einfach, wenn er erst einmal gedacht war.

Von nun an würde alles anders werden. Jetzt durften sie sich zueinander bekennen. Die Deutschen mochten so viele Bomben auf London werfen, wie sie wollten, Violet und Max waren ein Paar. Vielleicht, wer weiß, würde es das kleine gemeinsame Haus am Meer, in dem der kleine Laurence aufwachsen sollte, doch noch geben. Es würde Nachmittage geben, an denen sie in der Sonne saßen, Nächte, wenn das Kind Fieber hatte und sie wach blieben, oder den frühen Morgen, wenn Max Kaffee trank, bevor er zur BBC aufbrach. Violets Baby würde nun doch kein *Hotelkind* werden. Das Kind hatte einen Vater. Endlich durfte das Leben für sie ganz normal werden.

Violet rückte dicht an Max heran und legte seine Hand auf ihren Bauch. »Spürst du das? Es ist dein Sohn, vielleicht deine Tochter. Du wirst gesund werden, Max, du wirst ein Kind haben. Irgendwann ist der Krieg vorbei. Dann werden wir eine Familie sein.«

Eine Weile saß sie schweigend da, seine Hand auf ihrem Bauch. Sein Puls ging leise. Hannibal hatte sämtliche Schiffe verbrannt. Das Bild gefiel ihr nicht. Man brauchte die Vergangenheit nicht zu verbrennen, um die Zukunft aufzubauen. Die Sache mit den Elefanten fand sie allerdings erstaunlich. Sie nahm sich vor, dem kleinen Laurence einen Plüschelefanten zu schenken, den größten, der zu kriegen war. Dieser Elefant würde sie immer an den Schritt erinnern, den Max für sie gewagt hatte, bevor die Bombe einschlug.

Sie bemühte sich, nicht an das Savoy zu denken, aber es ließ sich nicht ganz verdrängen. Was hatten sie dort gerade für ein Problem? In einem Hotel gab es niemals nur ein Problem, sondern hunderte. In Kriegszeiten durfte man nicht einmal vom ehrwürdigen Savoy Perfektion erwarten. Das Hotel stellte ein Symbol dar, ähnlich wie der Palast, die Tower Bridge oder das Theaterviertel. Das gute alte Savoy war ein Teil von London, London, wie es sein sollte.

»Wir gestalten die Fassade neu«, sagte sie zu Max. »Ich habe eine Idee, was man machen könnte, damit mehr Tageslicht hereinfällt.«

Er zitterte nicht mehr. Das Morphium schien zu wirken. Seine Augen waren geschlossen. Sie war froh, dass er keine Schmerzen hatte. Wie schön das war, mit ihm allein zu sein. Nichts war wichtig außer Max. Sie würde für ihn da sein und er für sie. So wie es von Anfang an festgestanden hatte.

»Your Majesty.«

Der Mann, der dem König gegenübertrat, war einer Ohnmacht nahe. Sein graues Haar stand wie Bohnenstroh zu Berge. Der Cutaway saß erbärmlich, das Plastron war eine Karikatur. Der Hoteldirektor zappelte vor dem König, als ob er Ameisen im Hemd hätte.

»Mein lieber Mister …« Albert machte eine unmerkliche Wendung zum Sekretär, der hinter seiner rechten Schulter stand.

»Wilder«, flüsterte Lascelles, ohne die Lippen zu bewegen.

»Lieber Mr Wilder, wir wollen Sie nicht lange von Ihren wichtigen Pflichten abhalten«, sagte der König. »Es tut mir leid, Ihr wunderschönes Haus in diesem traurigen Zustand zu sehen.«

»Es ist eigentlich nicht mein Haus, sondern das meiner Nichte, Your Majesty«, antwortete der stellvertretende Hoteldirektor.

Albert ließ den Blick über die Ruinen des Foyers

schweifen. »Aber wie es scheint, ist Miss Mason gerade nicht im Haus?«

Der König stand inmitten der Halle. Rund um ihn schufen Angestellte des Hotels einen ehrfurchtsvollen Kreis, den weder patriotische Hotelgäste noch neugierige Reporter durchdringen durften. Myrtle hatte alles so arrangiert. Da Henry kein vernünftiger Satz in den Sinn kam, trat sie als Chefbutler in den Kreis des Königs.

»Mit Eurer Erlaubnis, Your Majesty«, sagte sie mit formvollendeter Verbeugung.

Albert gab zu verstehen, dass sie sprechen dürfe.

»Miss Mason befindet sich zurzeit im St. Bartholomew's Hospital, Majesty.«

»Wurde sie bei dem Angriff denn verletzt?«

Der König war enttäuscht. Er legte beide Hände auf den Rücken und presste den Daumennagel unmerklich in den rechten Handballen. Der leichte Schmerz half ihm, seine bedauerliche Sprechschwäche niederzukämpfen, die fast immer eine Enttäuschung bei ihm auslöste.

»Miss Mason ist so gut wie unverletzt geblieben«, antwortete der Chefbutler.

»Das freut mich. Soweit ich weiß, ist sie guter Hoffnung. Geht es dem ...« Der König hob das Kinn. »Geht es dem K...« Sein Mund fühlte sich trocken an. Mit dem K hatte er immer die größten Probleme. »Geht es dem Kind auch gut?«

»Auch in diesem Punkt konnten die Ärzte ihr Mut machen«, antwortete Myrtle.

»Weshalb ist sie dann im ...« Nun folgte ein Wort mit B. Ob weiches B oder hartes P, beide stellten eine Hürde für ihn dar. Er versuchte den Sprung zum Wort *Bartholomew* ein zweites Mal, scheiterte erneut und gab auf. »Weshalb ist sie im Hospital?«

»Sämtliche Verwundeten des Luftangriffs wurden ins St. Bartholomew's gebracht.« Myrtle warf Henry einen ermunternden Blick zu und trat unter die Dienerschaft zurück.

Der König erwiderte nichts. Lange Pausen stünden einem König gut zu Gesicht, hatte man ihm versichert. Lange Pausen waren Ausdruck von Gravitas, weil es bedeutungsvolle Pausen seien. In Wirklichkeit brachte die Enttäuschung, dass Miss Mason seinen Besuch verpasste, Albert zum Verstummen. Er hüstelte. Gerne hätte er sich eine Zigarette angesteckt, doch angesichts der Verwüstung rundum wäre dies als Geste der Herablassung gedeutet worden. So ungesund der Rauch auch war, Albert hatte das Gefühl, dass seine Kehle dadurch freier wurde. Alle sahen ihn an. Es war das Los des Monarchen, immer und überall angesehen zu werden. Die königliche Pause wurde zu lang. Er gab sich einen Ruck.

»Miss Mason besucht also die verwundeten Gäste und Angestellten ihres Hotels?«

Henry verbeugte sich unnötigerweise wieder. »In erster Linie besucht sie Mr Hammersmith. Er wurde schwer verwundet.«

»Hammersmith?« Zum zweiten Mal wandte sich der König zum Sekretär.

»Der Chefredakteur der BBC.« Diesmal flüsterte Lascelles nicht.

»Ich will nicht hoffen …« Albert gab dem Hoteldirektor die Erlaubnis, zu berichten.

»Er ist ein Freund Violets. Es besteht eine enge Bindung zwischen ihnen.« Henry begriff, dass dies nichts zur Sache tat. »Natürlich ist er nur eines von vielen Opfern.«

Lascelles griff das Stichwort auf, öffnete eine Mappe

und trat näher. »Wenn Sie gestatten, Sir?« Auf das Nicken des Königs hin verlas er eine Aufstellung. »Der Luftangriff auf das Hotel Savoy hat sechs Todesopfer gefordert, darunter befand sich auch der finnische Generalkonsul. Außerdem gab es sechsundzwanzig Verletzte. Die meisten von ihnen sind inzwischen außer Lebensgefahr.«

Der König richtete sich auf. Ruhig legte er die Hände an die Hosennaht. Sein Blick ging über die Diener, die Hotelgäste, die Reporter hinweg und endete auf dem Gemälde von Sir Laurence Wilder, den Alberts Vater noch in den Ritterstand erhoben hatte. Seit dem Tod von Sir Laurence schmückte dessen Porträt die zentrale Treppe. Dem König gefiel das freundliche, spitzbübische Gesicht des alten Mannes. Mehrmals hatten sie Gelegenheit zu einem Gespräch gehabt, wenn Albert das Savoy besuchte. Keiner von beiden wusste damals, dass Sir Laurence mit dem künftigen König sprach.

»Der Einsatz von Gewalt gegenüber der Zivilbevölkerung unserer friedliebenden Nation ist ein Kriegsverbrechen«, sagte Albert ohne die kleinste Unsicherheit. »Der Tag wird kommen, an dem wir die uns verfeindete Regierung für dieses Verbrechen zur Verantwortung ziehen. Ich danke Ihnen allen für Ihren Mut, Ihr Vertrauen und Ihre Unerschütterlichkeit, wonach mit Gottes Hilfe unser Vereinigtes Königreich den Sieg davontragen wird.«

Der Applaus war unvermittelt, stark und steigerte sich noch. Rufe begleiteten den Beifall. »Lang lebe der König!«

Albert grüßte mit erhobenem Arm und leichter Drehung seiner Hand. Lascelles wies ihm schließlich den Weg, der über einen Holzsteg zum Ausgang führte. Draußen öffnete ein Lakai des Palastes das Fahrzeug Seiner Majestät.

Bevor Albert das Ende des Steges erreichte, trat ihm eine Frau entgegen. Er erkannte sie, seine Miene hellte sich auf. Wenige Schritte vor ihm stolperte die Frau, obwohl kein Hindernis zu erkennen war. Sie sank förmlich vor ihm auf die Knie. Albert blieb stehen und musterte Miss Mason. Ihr Gesicht erschreckte ihn. Alles Blut war aus ihren Wangen gewichen. In ihren Augen lag der Ausdruck eines stummen Schreies.

»Miss Mason.« Der König beugte sich zu ihr.

Eine Sekunde später war Lascelles an seiner Seite. Ihm lag daran, eine Situation zu vermeiden, in der die anwesenden Fotografen den König ablichteten, wie er sich tief zu einer Untertanin bückte.

»Your Majesty.« Violet flüsterte, und doch klang es lauter als ein Schrei. Sie hob die Hand.

Albert ergriff die Hand der Frau, der scheinbar die Sinne schwanden. »Was ist denn, liebe Miss Mason?«

Noch während Violet die Hand des Königs festhielt, brach sie zusammen. Sie sagte etwas, doch Albert war nicht sicher, ob er richtig verstanden hatte.

»Max ist tot«, hauchte Violet. »Max ist tot. Max ist tot«, wiederholte sie ein ums andere Mal.

12

Die Raupe

Das Begräbnis von Max Hammersmith fand an einem Sonntag statt, weil an den Wochenenden die Luftangriffe erfahrungsgemäß abnahmen. Viele Kollegen von der BBC waren gekommen, seine Familie, Mutter, Bruder, Schwägerin. Als Vertreter der Regierung erschien der Lordsiegelbewahrer, Sir Attlee. Die schlichte Zeremonie fand auf dem Brompton Cemetery statt. Das einzig Pompöse dabei war der Auftritt von Susan Hammersmith. Sie trug eine bodenlange schwarze Robe und einen geschwungenen Hut. Obwohl Susans Vater dem

Begräbnis beiwohnte, ließ sie sich vom Zeremonienmeister des Buckingham Palace aus dem Wagen helfen und ans offene Grab geleiten. Susan machte deutlich, dass eine Repräsentantin der Krone von ihrem Gatten Abschied nahm.

Durch die Bombe auf das Savoy hatte sich Susans Situation grundlegend verändert. Vor wenigen Tagen war sie noch eine verlassene Ehefrau gewesen, eine gedemütigte Hofdame, deren Mann ihr davonlief. Von nun an würde sie die Witwe von Max Hammersmith sein, respektiert und unantastbar. Die sexuelle Beziehung zu ihrem Cousin ersten Grades erfuhr dadurch eine perfekte Camouflage. Niemand würde andere als verwandtschaftliche Beziehungen zwischen der trauernden Witwe und ihrem Vetter vermuten. Susan hatte Max dieses Ende nicht gewünscht, doch das Familienglück mit Violet hätte sie ihm missgönnt. Sie feierte den Abschied von Max als ihren persönlichen Triumph. Miss Mason zeigte sich, sehr zu Susans Erstaunen, nicht auf dem Brompton Cemetery.

Es war das Herz. Violets Herz machte die Belastung nicht länger mit. Sie war vor Seiner Majestät zusammengebrochen, weil das Herz ihr den Dienst versagte.

Ihr dramatischer Auftritt hatte Schlagzeilen gemacht, die sowohl Albert als auch ihr Sympathien einbrachten. Keine Zeitung im Königreich ließ sich das Foto entgehen, auf dem Violet vor dem König kniete und er ihr die Hand reichte.

Wegen ihres Herzens lag Violet in einem Zimmer, das ihr zutiefst vertraut war. Sie fand es undenkbar, ihr Hotel jetzt im Stich zu lassen, und hatte sich geweigert, wieder ins Krankenhaus gebracht zu werden. Dennoch wusste sie, dass sie die Herzschwäche ernst nehmen musste, das Leben ihres Kindes hing davon ab. In dieser Situation war Dr. Morphed eine große Hilfe gewesen. Er hatte die Dachsuite im Savoy inspiziert und es vertretbar gefunden, Violet hier zu behandeln.

Nach dem Tod von Sir Laurence war diskutiert worden, was mit der Suite geschehen sollte, die er als Direktor bewohnt hatte und die nach seinem Schlaganfall in eine Krankenstation umgewandelt worden war. Violet wollte die Privaträume ihres Großvaters nicht dem Hotelbetrieb angliedern, konnte sich aber auch nicht entschließen, die Suite selbst zu nutzen. Deshalb wurde nichts verändert. Nach wie vor stand Larrys Krankenbett darin, die medizinischen Geräte schienen auf einen neuen Patienten zu warten.

Violet erwachte ohne Schmerzen und griff nach dem Wasserglas. Selbst die kleine Bewegung zeigte ihr, wie erschöpft sie war. Sie trank, sank zurück und dachte über ihren Zustand nach. Musste sie sich schämen, weil sie zu schwach war, um Schicksalsschläge, die derzeit viele Menschen ertrugen, hinzunehmen? Überall schlugen Bomben ein, überall verloren Frauen Männer, Söhne, Brüder. Trotzdem wurden Kinder geboren, Geburtstage gefeiert, es wurde Tee getrunken. Gebärdete sich Violet wie eine Prinzessin auf der Erbse, indem sie für ihre Erholung diesen luxuriösen Ort beanspruchte? Wäre es nicht normal, ins Krankenhaus zurückzukehren und sich zu den anderen zu legen? Aber wer kümmerte sich dann um das Savoy? Dem Rang nach war Henry ihr Stellvertreter, doch jeder wusste, dass er der Aufgabe nicht gewachsen war. Myrtle stellte eine ungeheure Hilfe dar, aber ein Chefbutler konnte das Hotel nicht leiten. Andere Vertreter hatte Violet nicht, das war ihre eigene Schuld. Von Anfang an hatte sie alles selbst geschultert und sich unersetzbar gemacht.

Dr. Morphed hatte festgelegt, dass Violet maximal

eine Stunde am Tag mit Hotelgeschäften belästigt werden durfte. In dieser Stunde vor dem Mittagessen kamen die Abteilungsleiter, brachten Papiere zur Unterschrift, berichteten das Wichtigste und bemühten sich, möglichst wenige Probleme anzuschneiden.

Probleme gab es an allen Ecken und Enden genug. Der Herbstregen setzte ein, die offene Fassade war nicht länger tragbar. Wegen der unausgesetzten Bombenangriffe ging der Bruch von Fensterscheiben in London in die Hunderttausende. Es war also unwahrscheinlich, dass die Glasfront des Hotels in nächster Zeit ersetzt werden würde, doch man musste den Eingangsbereich vor dem Wetter sicher machen. Der lichte hohe Raum wurde mit Bohlen und Brettern vernagelt. Die einzige Scheibe, die nicht zersprungen war, diente dem Lichteinfall. Den ganzen Tag über brannten die Lampen. Wenn ein Bombentreffer die Stromversorgung im Viertel lahmlegte, liefen Diener und Pagen mit Kerzenleuchtern durch das Hotel und wiesen Gästen den Weg. In diesem Fall fielen auch die Fahrstühle aus. Ältere Gäste hatten Mühe, auf ihre Zimmer zu kommen.

Die Buchungen gingen drastisch zurück. Wer war so waghalsig, freiwillig eine bombardierte Stadt zu besuchen? Durch die Luftangriffe waren bereits siebentausend Londoner ums Leben gekommen, fünfzehntausend verletzt worden. In wenigen Wochen wurden im Königreich fünfzigtausend Gebäude in Schutt und Asche gelegt. Churchill gab zu, dass sich die britische Flugabwehr als zu schwach erwies. Zu Beginn hatten nur hundert Flakgeschütze zur Verfügung gestanden, deren Scheinwerfer in eine Höhe von dreitausendsechshundert Metern reichten. Die deutschen Bomber flogen London einfach in größerer Höhe an. Anders als die Royal Navy verfügte die Air Force über keinen Radar und konnte nachts nicht aufsteigen. Durchschnittlich starteten in Belgien jede Nacht dreihundert deutsche Bomber, die von doppelt so vielen Begleitjägern beschützt wurden. Ihre Verluste waren kaum nennenswert, während in Südengland bereits wichtige Bahnverbindungen zerstört worden waren.

Violet zog die Bettdecke über ihr Gesicht, bis es ganz dunkel wurde. Sie bemühte sich, nicht ständig an Max zu denken. Umsonst versuchte sie, die verfluchte *Was-wäre-gewesen-wenn*-Frage nicht zu stellen. Wenn Max Susan nicht verlassen hätte, wäre er nicht ins Savoy gekommen. Wenn er nicht direkt vor ihr gestanden und damit die Wucht der Explosion abgefangen hätte, wäre er jetzt nicht tot. Wenn sie ihm ihre Liebe früher gestanden, ihm deutlich gesagt hätte: »Unser Kind braucht einen Vater«, hätte Max den Trennungsschritt womöglich früher vollzogen und alles, alles, alles wäre anders gekommen.

Unter der Decke atmete sie tief ein und aus. Schluss mit Selbstvorwürfen, sie musste an ihr Kind denken. Ihr Baby, das nichts dafürkonnte, dass seine Mutter krank und elend, erschöpft und in tiefer Trauer war. Sie musste auf den Arzt hören und gewährleisten, dass sie imstande war, das Kind zur Welt zu bringen. Der Verdacht auf eine *Plazenta praevia* wurde von Dr. Morphed noch nicht ausgeschlossen. Ruhiges Daliegen war das beste Mittel, um Violets Körper auf seine kommende Aufgabe vorzubereiten. Sie musste ihre düsteren durch lichte Gedanken ersetzen.

Violet schlug die Decke zurück und ließ den Blick durch das Zimmer schweifen. Dort standen der mitternachtsblaue Sessel, links der Paravent und die Bücherwand. Im Hintergrund lag noch die zerkaute Hundedecke, auf der Trudy, Larrys Hund, sein Plätzchen gehabt hatte. Wenige Wochen nach dessen Tod war Trudy ihrem Herrn gefolgt. Der japanische Paravent erinnerte Violet an etwas. Hinter dem eleganten Möbel aus der Jahrhundertwende hatte Sir Laurence sich umgezogen. Es handelte sich um eine Seidenstickerei auf Bambusrahmen, das Motiv stellte eine japanische Raupe dar, die an einem Schilfhalm emporkroch. In der Zeit des Fin de Siècle hatte japanisches Design hoch in Mode gestanden.

Vorsichtig setzte Violet sich auf. Es war keine Erinnerung, eher eine Vision. Die fleißige Raupe, die das Ende des Halmes zu erreichen suchte, würde Laurence, dem kleinen, ungeborenen Laurence, gefallen. Dieses Zimmer war das perfekte Kinderzimmer. Sobald sie gesund sein würde, wollte Violet die Räume des alten Larry für den kleinen Larry oder Larrys Enkelin umgestalten. Das war die Aufgabe, die sie brauchte, die alles andere in den Schatten stellen sollte. Von nun an war das Kind in ihrem Leib kein unbekanntes Wesen mehr, es war nun der künftige Bewohner dieses Zimmers.

Eine Stunde später, sie hatte ein bisschen geschlafen, klopfte es an der Tür. Die Schwester fragte, ob Violet Besuch empfangen wolle.

»Wer ist es?«

Einen kleinen Blumenstrauß in der Hand trat Lieutenant Burke ein.

»Wenn du zu müde bist, komme ich ein andermal.« Er strich über den Haarwirbel am Hinterkopf.

»Komm herein, Lionel, ich freue mich. Die schönen Blumen. Ich danke dir.«

»Soll ich sie in eine Vase stellen?«, fragte die Schwester.

»Danke, nein. Ich möchte sie noch ein bisschen behalten.« Violet legte den Strauß an ihre Brust. Die Schwester ging. »Setz dich, Lionel.«

»Setzen?« Er sah sich suchend um.

»Ich weiß, hier gibt es nichts Richtiges zum Sitzen.«

»Ich kann stehen.«

»Zieh dir den blauen Sessel ans Bett, willst du? Er ist schwer, aber ich habe es früher genauso gemacht.«

Der Lieutenant wandte sich zu dem wuchtigen Möbel. »Früher?«

»Als mein Großvater krank war. Bei jedem Besuch habe ich mir den Sessel an sein Bett geschoben. Seltsamerweise stand er wieder genau an seinem Platz, wenn ich das nächste Mal heraufkam. Fleißige Hände müssen ihn zurückgerückt haben.«

Der Lieutenant setzte sich und stützte die Ellbogen auf die Knie. »Wie geht es dir?«

Violet wollte Lionel von ihrer Idee erzählen, in diesem Raum das Kinderzimmer einzurichten. Sie roch an den Blumen. »Es geht. Und bei euch? Was tut sich unten in meinem Wäschekeller?«

Er hob den Zeigefinger. »Mir wurde von Dr. Morphed eingeschärft, nichts mit dir zu besprechen, was den Krieg, das Hotel oder sonstige Probleme betrifft.«

»Worüber sollen wir dann reden?« Sie lachte. »Ist eure Maschine inzwischen fertig?«

»Fertig ist sie, aber sie funktioniert noch nicht. Sie entschlüsselt nur Unsinn. Wir werden weiter daran basteln.«

Violet hob die Blumen, um sie besser zu betrachten. »Diese hellen Blüten, die so stark duften, was ist das?«

»Ich glaube, das ist Phlox. Aber sicher bin ich nicht.«

13

There'll always be an England

Das jährliche Treffen des *Marylebone Cricket Club* neigte sich dem Ende zu. Bis zur Jahrhundertwende war der MCC die Dachorganisation des Weltcrickets gewesen und blieb auch nach dem Großen Krieg die einzige Autorität in sämtlichen Cricketfragen. Die heutige Versammlung galt der Spendensammlung für die Winterkriegshilfe. Die Clubmitglieder folgten dem Aufruf und griffen tief in die Tasche. Nach dem Dinner wandte sich das Jahrestreffen wieder den brennenden Fragen ihres geliebten Spieles zu.

Auf der Rednertribüne ergriff Victor Fryer, Präsident des MCC, das Wort. »Besondere Zeiten erfordern besondere Maßnahmen. Die Lage ist zu ernst, als dass wir uns der Aufgabe nicht aus vollem Herzen stellen.«

Zustimmung schlug ihm entgegen.

»Acht Bälle pro Over«, setzte der Präsident fort. »Das klingt verrückt, aber sind es nicht Verrücktheiten wie diese, die das Cricket auf der ganzen Welt groß gemacht haben?« Um den Applaus zu unterbinden, hob er die Hand. »Ein Jahrhundert lang haben wir vier Bälle pro Over gespielt. Mit der neuen Epoche kam das Fünf-Ball-Over auf, und selbst der Große Krieg hat nicht verhindert, dass wir zum Sechs-Ball-Over übergegangen sind. Jeder dieser Schritte kam einer Cricket-Revolution gleich.«

Sie beklatschten ihren Präsidenten, ob er wollte oder nicht.

»Wieder ist die Zeit reif für eine solche Revolution!« Gehoben durch die Ovation setzte Fryer seine Rede in martialischem Ton fort. »Geben wir dem Acht-Ball-Over eine Chance! Das Acht-Ball-Over wird Cricket größer machen, zum weltweit größten Spiel auf grünem Rasen!« Enthusiastisch erhob Fryer sein Glas. »Stimmen Sie mit mir in einen Toast ein! Wie lautet unser Slogan?«

Mit der britischen Gelassenheit war es vorbei. Die meisten sprangen von den Sitzen auf und riefen im Chor: »*East or West, Cricket is the best! One team, one dream! Go big or go home!*«

Während die Tagungsmitglieder applaudierten, während der Präsident eine Unterhaltungseinlage ankündigte, während fleißige Kellner leere Flaschen auf den Tischen gegen volle austauschten und die Gläser füllten, schob sich Otto Stichler unauffällig zwischen den Feiernden hindurch und stellte sich neben Myrtle Hahn.

Die Anwesenheit des Chefbutlers betonte die Bedeutung dieser Veranstaltung. Myrtle stand an der Getränkebar.

»Was gibt es, Otto?«, fragte sie, ohne ihn anzusehen.

»Warum unternehmen Sie nichts?« Er trug die Montur, die seinen Rang auswies, einen Frack mit überkreuzten Schlüsseln auf dem Revers.

»Was meinen Sie?« Myrtle gab dem Barkellner die Zustimmung, eine neue Flasche Whisky zu öffnen.

»Zuerst klagen Sie mich wegen erfundener Anschuldigungen an und behaupten, ich hätte …« Eine vielsagende Geste. »Na, Sie wissen schon. Und dann passiert tagelang nichts.«

»Unser Haus wurde von einer Fliegerbombe getroffen, wie Sie bemerkt haben dürften. Es gibt derzeit Wichtigeres als Ihren illegalen Nebenverdienst.«

»Ich will die Sache aber nicht auf mir sitzen lassen«, zischte er, darauf bedacht, dass der Kellner ihn nicht hörte.

»Sie haben Ihr Privatunternehmen inzwischen eingestellt, höre ich. Warum lassen wir es nicht bei dem momentanen Waffenstillstand?«

»Haben Sie mit Miss Mason über meine Angelegenheit gesprochen?«

»Miss Mason darf bis auf Weiteres nicht gestört werden.«

»Bedeutet das, die Sache ist ausgestanden?«

Da Otto kleiner war, beugte sich Myrtle zu ihm. »Nein, Mr Stichler. Die Sache ist nicht ausgestanden. Sie haben das Ansehen des Savoy beschmutzt. Das muss Konsequenzen haben.«

»Wollen Sie damit sagen, dass Sie mich in der Hand haben, Miss Hahn?« Aus schmalen Augen starrte er sie an.

»So ist es, Otto. Die dreckige Jüdin hat Sie in der Hand. Wie finden Sie das?«

Bevor er antworten konnte, setzte im Saal getragene Musik ein. Arturo Benedetti hatte mit seinem Orchester das Podium betreten und dirigierte das Vorspiel zu einem Lied, das in diesen Tagen überall gesungen wurde. Während die Trommeln wirbelten, die Posaunen erklangen, betrat eine schmale, schüchtern wirkende Person die Bühne, Applaus brandete auf. Vera Lynn, die Sängerin, bedankte sich mit einer Verbeugung und trat hinter das Mikrofon. Benedetti drosselte das Orchester. Vera Lynn sang die Worte, die allen aus tiefster Seele sprachen.

»There'll always be an England
While there's a country lane.
Wherever there's a cottage small
Beside a field of grain.«

Und plötzlich standen alle auf, wie sie da waren, die Alten und die Jungen, die Männer und ihre Ehefrauen, die aktiven Cricketspieler und die Reservisten, auch solche, die sich kaum noch auf den dünnen Beinen halten konnten. Sie standen und sangen mit. Die Kellner beendeten ihre Tätigkeit und sangen, die Zigaretten-Girls stellten den Bauchladen ab und sangen. Sogar Otto Stichler stand stramm, als die Melodie im Saal erklang.

»Wie fühlt sich das für einen überzeugten Nazi an, Otto?«, fragte Myrtle von der Seite. »Was fühlen Sie bei diesen Klängen?«

Otto reagierte nicht. Wie alle anderen sang er die berührende Weise mit.

»Es wird immer ein England geben, Otto. Unser Königreich wird für immer bestehen, egal, wie viele Bomben die Nazis auf uns werfen mögen. Großbritannien wird niemals untergehen.«

14

Albert und Violet

Die Schlacht um Frankreich begann im Juni, nachdem die Briten durch die Evakuierung ihrer Truppen aus Dünkirchen die französischen Alliierten auf dem Festland sich selbst überlassen hatten. Fünf Tage später überschritten die deutschen Armeen die Seine und besetzten die französische Hauptstadt. Um deren Zerstörung zu verhindern, wurde Paris kampflos von den Franzosen geräumt. Die deutsche Generalität pries Hitler als den größten Feldherrn aller Zeiten. Sechs Wochen und drei Tage hatte der Blitzkrieg gedauert, bei dem ganz Westeuropa unterworfen worden war. Die Deutschen brachten die französischen Flugfelder und Marinebasen in ihre Hand. Einer Invasion Englands stand damit nichts mehr im Weg. Für den weiteren Kriegsverlauf konnte Deutschland auf die Wirtschaftsressourcen von West-, Mittel- und Osteuropa zurückgreifen. Industriegüter aus Böhmen und Mähren, Erz aus Schweden, Agrargüter aus Polen, Dänemark und Holland sowie Erdöl aus Rumänien standen dem Reich unbegrenzt zur Verfügung.

Winston Churchill saß. Der Major General zog es vor zu stehen. Der König saß den beiden im Audienzraum gegenüber, einem Zimmer, das er nicht besonders mochte. Das lag an den unterschiedlichen Gelbtönen, die hier vorherrschten. Die Tapete, die Möbelbespannung, selbst die Gemälde wiesen vorwiegend Gelb auf. Der König bedeutete Churchill, fortzufahren.

»Da nach dem Fall Frankreichs und seit den deutschen Luftangriffen jederzeit mit einer Invasion gerechnet werden muss, habe ich die Hauptkräfte unserer Armee auf der britischen Insel gebunden«, sagte der Premierminister.

Albert hätte nur zu gern geraucht. Doch da sich auch Winston seine Zigarre bisher versagte, ließ Albert es ebenfalls sein.

Churchill tupfte sich die Mundwinkel mit dem Taschentuch ab. »Neben der Verteidigung Englands ist das Mittelmeer von vorrangiger Bedeutung für das Empire, Your Majesty. Seit die Italiener in Nordafrika einmarschiert sind, ist unser Zugang zum Suezkanal in Gefahr. Da mit dem baldigen Kriegseintritt des faschistischen Spanien gerechnet werden muss, ist die Durchfahrt bei Gibraltar ebenfalls bedroht. Ich habe General Montgomery den Auftrag erteilt, alle erforderlichen Maßnahmen zu ergreifen, militärische Unterstützung aus den Ländern des Commonwealth in den Nahen Osten zu beordern.«

Churchill fasste in seine Innentasche. Wie ein Fuchs auf der Lauer achtete Albert darauf, ob der Premierminister sein Zigarrenetui hervorholte. Gleichzeitig wandte er sich an den Befehlshaber. »General.«

Montgomery trat vor. »Your Majesty.«

Albert hatte den General erst im Juni persönlich ausgezeichnet, nachdem es seiner Rückzugstaktik zu verdanken war, dass die britischen Divisionen ohne große Verluste nach Dünkirchen verlegt werden konnten.

Auch die Rettung der Armee vom europäischen Festland wäre ohne das Zusammenwirken von Churchill und Montgomery unmöglich gewesen.

»Es erscheint am aussichtsreichsten, die Truppen Australiens nach Nordafrika zu entsenden«, begann Montgomery. »Sie werden sich an das Wüstenklima am schnellsten anpassen. Einheiten aus Südafrika und Britisch-Indien werden dazustoßen, die wir per Schiff in den Nahen Osten beordern. Auf dem Landweg durch die Wüste sind kongolesische Truppen unterwegs.«

»Fahren Sie fort.«

Der Wunsch nach einer Zigarette war einfach zu stark. Albert stand auf und machte ein paar Schritte zum Fenster. Sofort erhob sich Churchill ebenfalls. Als der König das Zigarettenetui öffnete, griff der Premierminister seinerseits zu einer Zigarre. Während des allgemeinen Anzündens, während die ersten Rauchwolken zur Decke schwebten, setzte Montgomery seinen Bericht fort.

»Die größten Schwierigkeiten macht uns die Geografie Nordafrikas. Unser Schlachtfeld ist ein tausend Kilometer langer Streifen, der im Westen durch die Festung El Agheila begrenzt wird, im Norden durch das

Mittelmeer und im Süden von der Sahara. Das Gelände ist voller Geröll, was unseren Fahrzeugen zu schaffen macht. Da es in dem Gebiet kaum Dörfer gibt, besteht die Gefahr der Überdehnung unserer Versorgungswege. Dazu kommen das Klima und die Sandstürme.«

»Haben die Italiener nicht mit den gleichen Schwierigkeiten zu kämpfen wie wir?«, gab Albert zu bedenken.

»Das ist richtig, Your Majesty.« Churchill näherte sich respektvoll, doch sein Ziel war nicht der König, sondern der Aschenbecher. »Unsere Lage wird allerdings zusätzlich erschwert, da Hitler die italienischen Verbände durch Lufteinsätze unterstützt.«

»Ach, die Luftwaffe.« Albert stippte die Asche ab. »Diese Luftwaffe ist scheinbar überall.«

»In der Tat, Your Majesty.«

Der König zeigte aus dem Fenster zum Osttrakt des Palastes. »Nun haben sie uns ja leider auch getroffen.«

»Bedauerlich«, nickte Churchill. »Mir wurde allerdings berichtet, die Beschädigung des Palastes soll gottlob nur oberflächlich sein.«

Die Zigarette im Mundwinkel blickte Albert nach draußen, wo Militärfahrzeuge mit schwerem Gerät durch den Palastgarten fuhren. »Ich hoffe, dass sie das Dach bald repariert haben.«

Rauchend blickten der König und der Premierminister auf die geschäftige Tätigkeit an der Fassade.

»Wissen Sie, Winston, ich bin fast froh, dass nun auch mein Haus bombardiert wurde.«

»Wieso, Your Majesty?«

»Jetzt kann ich den vielen Menschen, die im Eastend und an den Docks ihr Heim verloren haben, guten Gewissens ins Gesicht sehen.«

Winston bekam diesen besonderen Gesichtsausdruck, den Albert an ihm mochte, eine Mischung aus zorniger Bulldogge und listigem Fuchs.

»Ich verstehe, Your Majesty.«

Nachdem die Nordafrika-Sache besprochen war, Albert zwei Zigaretten und Winston seine Zigarre zur Hälfte geraucht hatte, klingelte der König. Die Tür ging auf, Churchill und der General zogen sich zurück. Albert schaute noch eine Weile aus dem Fenster. Wie immer bedauerte er, dass die Themse vom Palast aus unsichtbar ihre Schleifen durch die Stadt zog.

Violet stand auf. Weil es ihr besser ging, weil sie es im Bett nicht mehr aushielt, weil es zu viel zu tun gab. Sie hatte keine Zeit, länger von einem Kinderzimmer zu träumen. Selbst für die Trauer um Max fehlte ihr die Ruhe.

Die schweren Männer, die sonst Rinderhälften und Gemüsekisten ins Hotel schleppten und mittlerweile Sandsäcke vor der Fassade stapelten, hatten den Schreibtisch aus Violets Büro ins Krankenzimmer hochgebracht. Eine zusätzliche Telefonleitung war gelegt worden. Sie hatte sich Sachen zum Anziehen kommen lassen. All das geschah entgegen der Warnung von Dr. Morphed.

»Wenn ich tatenlos im Bett liege, geht es mir auch nicht besser«, widersprach sie ihm. »Das macht mich nur nervös. Besser geht es mir, wenn ich etwas von dem Berg Arbeit erledige, der liegengeblieben ist. Mein Bett steht nur wenige Schritte entfernt, sollte ich mich nicht gut fühlen, und die Schwester sitzt gleich hinter der Tür.«

»Ich habe nichts gegen leichte Arbeit«, lenkte Morphed ein. »Das bringt Sie auf andere Gedanken. Aber ich kann nicht ständig überwachen, ob Sie sich nicht zu viel zumuten.«

»Dafür sind Schwester Ruth und Schwester Adelaide da.«

»Meine Krankenschwestern haben aber einen Mordsrespekt vor Ihnen, Miss Mason.« Morphed lächelte. »Und mein junger Assistenzarzt ist Wachs in Ihrer Hand, fürchte ich.«

Violet gelobte, es mit der Arbeit nicht zu übertreiben. Sie ließ sich von Dr. Morphed untersuchen, der mit dem Schwangerschaftsverlauf unter den gegebenen Umständen zufrieden war. Gleich darauf bestellte sie Maître Dryden zu sich. Die Hotelmenüs mussten der Kriegslage angepasst werden. Es ging nicht an, dass das Savoy Fleisch servierte, während man Fett, Eier, Zucker, Obst und Gemüse, sogar Kartoffeln rationierte. Nur Schwer- und Schwerstarbeiter bekamen mithilfe von Lebensmittelkarten Fleischrationen zugestanden, genau wie stillende Mütter. Der Küchenchef machte Vorschläge für Rezepte, bei denen er Sellerie statt Rindfleisch, Schwarzwurzeln statt Schweinefleisch und Kohlrabi statt Fisch in den Speiseplan aufnahm. Violet hatte angenommen, es würde Dryden schwerfallen, das Savoy seiner gewohnten Delikatessen zu berauben. Sie freute sich, dass er seine Phantasie spielen ließ, um trotz geschmälerter Mittel neue Köstlichkeiten zu kreieren.

Sie ließ die Hausdamen und sämtliche Zimmermädchen antreten. »Wir müssen besser mit der Seife haushalten. Ein gebrauchtes Seifenstück darf nicht weggeworfen werden, wenn ein Gast abreist. Diese Seife ist abzuspülen und in einer ansprechenden Schale erneut auszugeben. Außerdem müssen wir Strom sparen, besonders auf den Korridoren, die meist leer stehen. Drehen Sie jede zweite Glühbirne aus der Halterung. Das verbleibende Licht sollte reichen.«

»Was ist mit den Stromleitungen, die in den Keller laufen?«, fragte Mrs Drake, die dienstälteste Hausdame. »Als ich neulich an den Kabelsträngen vorbeigekommen bin, fiel mir auf, dass sie heiß werden. Dort müssen ungeheure Mengen Elektrizität durchfließen.«

»Danke, dass Sie mich darauf hinweisen. Ich kümmere mich darum.«

»Soll ich nicht besser unseren Hausmechaniker hinschicken, damit er die Leitungen prüft?«

»Vielen Dank, Mrs Drake, das mache ich selbst.«

Nachdem die Zimmermädchen gegangen waren und Violet dem Floristen aufgetragen hatte, Seidenblumen statt der täglich erneuerten Schnittblumen aufzustellen, bat sie Schwester Adelaide zu sich.

»Ich würde gern noch etwas von dem Medikament nehmen«, sagte sie zu der zweifachen Mutter. »Das herzstärkende, das so bitter schmeckt.«

Die Schwester ging zum Medikamentenschrank. »Darf ich fragen, weshalb?«

»Ich muss kurz mal runter«, gestand Violet.

Schwester Adelaide träufelte mehrere Tropfen auf ein Stück Zucker. »Dr. Morphed sagt, Sie sollten diese Räume besser nicht verlassen.«

»Es dauert bestimmt nicht lange.« Sie zog die dunkle Jacke über ihre Bluse.

»Der Doktor sagt, es ist etwas anderes, ob Sie die Tagesgeschäfte von hier oben dirigieren oder ins Hotel hinuntergehen«, entgegnete die Schwester besorgt.

»Ich mache Ihnen einen Vorschlag. Ich nehme die Tropfen, und dann schauen wir auf die Uhr. Ich verspreche Ihnen, in einer halben Stunde bin ich spätestens zurück.«

Violet ließ weitere Einwände nicht gelten und machte sich auf den Weg. Sie war sicher, Adelaide würde Dr. Morphed anrufen, um ihm Violets Sünde zu berichten.

Als sie zum ersten Mal nach Tagen das Vorzimmer hinter sich ließ, durch den Korridor eilte und den Fahrstuhl erreichte, hatte sie auch das Gefühl, etwas Verbotenes zu tun.

Violet fuhr in die Lobby und trat durch die unauffällige Tür, jenem Eingang zu den Aktivitäten des Geheimdienstes. Sie benützte ihren Schlüssel bei der ersten Tür, gab den Zahlencode bei der zweiten ein und passierte sämtliche Schleusen, bis sie zum ersten Mal seit Langem wieder den Wäschekeller betrat.

Die große Maschine war zu einem Monster herangewachsen, das bis unter die Decke reichte. Die Männer vom SIS waren über das Auftauchen der Hoteldirektorin überrascht. Sie bat, mit dem diensthabenden Offizier zu sprechen.

»Was können wir für Sie tun, Miss Mason?« Ein Major mit flaschendicken Brillengläsern trat auf sie zu.

»Es geht um den Stromverbrauch. Das Hotel ist bemüht, sich den Rationierungen anzupassen, und die gelten auch für die Elektrizität.«

Der Major gab zu bedenken, dass die Tätigkeit des SIS im Auftrag der Regierung stattfand und von den Rationierungen ausgeschlossen sei.

»Sie sind Gast in meinem Haus, Major. Bitte halten Sie sich an meine Regeln«, entgegnete sie entschieden. »Ich habe erfahren, dass Ihre großartige Maschine bisher gar nichts leistet. Wieso verbraucht eine wirkungslose Maschine so viel Strom?«

»Von wem wissen Sie, dass wir bei der Maschine mit Anfangsschwierigkeiten kämpfen?«

»Ich möchte, dass sie abgeschaltet wird.«

Während der Major zu einem weiteren Beschwichtigungsversuch ansetzte, trat Lieutenant Burke aus dem Besprechungszimmer.

»Miss Mason hat recht.« Er blickte zu der Konstruktion aus Zahnrädern, Walzen und endlosen Leitungen hoch. »Auch ich frage mich, weshalb wir das Ding weiterlaufen lassen, statt unseren Leuten in Bletchley Park Zeit zu geben, die deutschen Codes zu knacken.«

Violet begrüßte Lionel mit einem Nicken. »Was geschieht denn in Bletchley Park?«

»Dort arbeiten wir mit einer ähnlichen Apparatur«, erklärte er. »Die Deutschen ändern die Einstellung ihrer Codierung täglich um achtzehn Uhr. Uns bleiben jedesmal nur vierundzwanzig Stunden, um den aktuellen

Tagescode zu entschlüsseln. Wenn wir es bis sechs nicht schaffen, beginnt die ganze Arbeit von vorn.«

»Ich erinnere Sie daran, dass Sie hier nichts mehr anzuordnen haben, Lieutenant«, ging der Major dazwischen. Zu Violet gewandt sagte er: »Ich werde Ihren Vorschlag an die Admiralität weiterleiten.« Da er am Telefon verlangt wurde, zog er sich mit militärischem Gruß zurück.

Violet hatte plötzlich das Gefühl, dass sie sich besser setzen sollte, und nahm an einem freien Schreibtisch Platz. »Was meint der Major damit, dass du hier nichts mehr anzuordnen hast?«

»Ich werde zu einer anderen Einheit abkommandiert.«

»Was ist geschehen?«

»Man versetzt mich.«

»Wohin?«

»Nordafrika.«

Violet verbarg ihre Überraschung nicht. »Was gibt es denn so Besonderes in Nordafrika?«

»Auch dort findet der Krieg statt.«

»Aber du arbeitest für den SIS.«

»Es ist eine Frage der Priorität«, erklärte Lionel. »Ich

heiße nach meinem Vater, Lionel Burke. Der Name meiner Mutter ist Fatima, sie ist Ägypterin. Meine Eltern haben sich in El Qantara kennengelernt. Geboren wurde ich in Port Said, wo, wie du weißt, der Suezkanal ins Mittelmeer mündet. Ich habe viele Jahre dort verbracht. Die Army ist der Meinung, dass meine Ortskenntnisse von Bedeutung sein könnten.«

Die Neuigkeit machte Violet trauriger, als sie sich erklären konnte. Sie und der Lieutenant hatten einander in letzter Zeit selten gesehen. Der Bombeneinschlag, der Tod von Max und Violets Schwangerschaft waren die einschneidenden Ereignisse der vergangenen Wochen gewesen. Trotzdem hatte sie den Eindruck, mit seiner Abberufung einen lieben, guten Freund zu verlieren.

»Ich finde es bedauerlich, dass du nicht mehr im Savoy sein wirst.«

Er strich die Zierleiste des Schreibtisches entlang. »Mir geht es genauso.«

»Wann bist du zurück?« So unsinnig die Frage auch sein mochte, sie kam von Herzen.

»Nicht so bald.« Für einen Moment sah er sie an und flüchtete dann in eine weitschweifige Erklärung. »Die

Italiener stoßen von Libyen auf Ägypten vor und sind uns zahlenmäßig überlegen. Wenn sie den Kanal in ihre Hand bekommen, können sie ihre Besitzungen in Nord- und Ostafrika verbinden. Damit wäre uns der Weg von Indien nach Europa abgeschnitten.« Er schüttelte den Kopf. »Entschuldige, das alles interessiert dich wahrscheinlich nicht besonders.«

»Doch, das ist natürlich von Bedeutung«, antwortete sie ohne Schwung. »Wohin wirst du denn versetzt?«

»Marsa Matruh. Dort stehen die Haupteinheiten der Desert Force.«

»Marsa Matruh«, wiederholte sie, als ob es von Bedeutung wäre. Violet hätte nun aufstehen und in ihr Zimmer zurückkehren sollen, ihr Anliegen hatte sie vorgebracht. Doch sie blieb sitzen und betrachtete die Hand des Lieutenants, die an der Zierleiste entlangstrich.

»Mein König ruft, was soll man da machen?« Er blickte auf.

Langsam, mühevoll kam Violet hoch. »Wenn der König ruft, dann folgt man ihm.«

Der Lieutenant stützte sie am Ellbogen. Sie standen voreinander. »Alles Gute für die Geburt«, sagte er.

»Komm gesund zurück, Lionel.«

»Wir sehen uns wieder.«

»Wir sehen uns wieder.«

Ein Händedruck. Nur ein Händedruck. Violet verließ den Wäschekeller.

15

Nichts als Himmel

Violet kehrte in die Lobby zurück, betrachtete seufzend die mit Brettern vernagelte Fassadenfront, nickte dem Rezeptionisten hinter seinem improvisierten Pult zu und wandte sich zu Fahrstuhl Nummer eins.

»Miss Mason«, begrüßte sie der Liftpage überrascht, während er das Scherengitter öffnete. »Wie schön, dass es Ihnen besser geht.« Ein hübscher Bursche war das, fast so hübsch wie Otto, als er damals hier begonnen hatte.

»Fünfter, Miss Mason?«

»Ja, bitte, ähm …« Sie hielt sich zugute, die Namen sämtlicher Angestellten zu kennen, doch seiner wollte ihr im Moment nicht einfallen.

»Harold«, half er ihr weiter. »Ich bin Harold.«

»Fahren Sie mich hinauf, Harold.«

Mit einem Mal war sie so entsetzlich müde, dass es ihr schwerfiel, sich auf den Beinen zu halten. Oben angelangt trat Violet ohne Verabschiedung aus dem Lift, auf dem Korridor musste sie sich mehrmals an der Wand abstützen. Als sie die Dachsuite endlich erreichte, tat sie Schwester Adelaides vorwurfsvollen Blick mit einem Scherz ab.

»Was habe ich gesagt? Pünktlich auf die Minute.«

Die Schwester maß ihren Puls. »Sie müssen sich ausruhen.«

»Ja, ich sollte wirklich schlafen.«

Wieder in ihrem Zimmer tat es Violet leid, nicht wenigstens ein paar Minuten an der frischen Luft gewesen zu sein. Ein Blick auf London hätte ihr gutgetan, auf den Fluss, die Gebäude am anderen Ufer.

Sie schmunzelte. Nichts hinderte sie daran, das nachzuholen. Sie musste dazu nur eine weitere Treppe bewältigen. Ihr Blick wanderte zur Wendeltreppe in der

Zimmerecke, die auf das Dach führte. Ihr Großvater hatte Violet als Kind verboten, dort hinaufzusteigen, da das Flachdach kein Geländer hatte und die Begehung dem Schornsteinfeger vorbehalten war. Genauso verboten kam es ihr auch diesmal vor, als sie eine Hand an ihren Bauch legte und mit der anderen das Treppengeländer fasste. Vorsichtig nahm sie die ersten Stufen.

Violet stand auf dem Dach ihrer Welt. Vom tiefsten Punkt des Hotels war sie zum höchsten hinaufgeklettert. Hier oben war nichts als Himmel, die Stadt, der Fluss, die Wahrzeichen und das Dächermeer. Die frische Luft erschien ihr weniger frisch als erhofft. Das Wetter schlug um und gab einen Vorgeschmack auf den langen, feuchten Winter. Die Londoner hatten zu heizen begonnen. Auf Höhe der versammelten Schornsteine schmeckte die Luft rauchig, bitter, Rußpartikel flogen umher. Violet zog ihr Schaltuch vor den Mund.

Damals, als ihr der Aufstieg noch verboten gewesen war, hatte sie in ihrer kindlichen Vorstellung angenommen, von hier oben könne man ganz London überblicken. Natürlich entdeckte sie Big Ben und die Parlamentsgebäude, auch Richtung Westen gab es manches zu sehen, doch der Palast von Buckingham blieb dem Auge verborgen.

»Dürfen wir den König persönlich erwarten?«, hatte Violet vor vielen Monaten gefragt.

»Das steht noch nicht fest«, lautete die Antwort von Susan Hammersmith. »Die Prinzessinnen werden der Gala beiwohnen. Ihre Königliche Hoheit, Prinzessin Margaret, wird eine Rede halten. Ihre Königliche Hoheit, Prinzessin Elizabeth, wird in Vertretung ihres Vaters die Spende der königlichen Familie in Form eines Schecks überreichen.«

Wieso fiel Violet gerade jetzt das Telefonat mit Susan ein? Weil damit alles begonnen hatte. Susan, die Ehefrau von Max, hatte Violet, die Geliebte von Max, angerufen, vor dem Sommer, als er noch gelebt hatte.

Den Blick dorthin gerichtet, wo sie den Palast vermutete, gab sich Violet der Erinnerung hin. Der Rolls-Royce des Palastes hatte vor dem Hotel gehalten. Gemeinsam mit Violet erwarteten der Schatzkanzler, der Lordsiegelbewahrer und der Minister für Wiederaufbau die Ankunft der Gäste. Ein Kammerdiener öffnete den Schlag. Die jüngere Prinzessin Margaret stieg zuerst aus, sie sprang vom Trittbrett, besann sich auf ihre Prinzessinnenwürde und reichte Violet die Hand.

»Königliche Hoheit, wir sind geehrt.«

Bevor die Prinzessin die Minister begrüßte, wartete sie, bis ihre Schwester aus dem Rolls kletterte. Elizabeth folgte und begrüßte die Hoteldirektorin ebenfalls.

Die Unruhe in der Menge, die hinter einer Absperrung dem Ereignis beiwohnte, machte Violet aufmerksam. Weshalb drängten sich die Leute plötzlich so dicht an den Wagen? Der König stieg als Letzter aus. Unvermittelt stand George VI. vor der Direktorin des Savoy.

»Your Majesty.« Sie hatte öfter Gelegenheit, ihren Hofknicks zu erproben. Gekrönte Häupter aus vielen Ländern stiegen hier ab. Doch Aug in Aug mit dem König machte sie nun einen eher ungelenken Knicks und schlug die Augen nieder.

Bei Anlässen wie diesem trug Albert meistens einen Straßenanzug, abends Frack mit Schärpe und dem Victoria-Orden. Diesmal kam er in Uniform. Er war ein König in Kriegszeiten, die Veranstaltung im Savoy diente der Spendensammlung für die Armee. Albert erschien als *Admiral of the Fleet,* dem höchsten Rang der Royal Navy. Seine goldenen Schulterspangen trugen das Emblem der Krone, den Lorbeerkranz mit überkreuzten Stäben und die Inschrift GVIR, die für George der Sechste, Rex stand.

Auf Zeitungsbildern, fand Violet, sah der König müde und besorgt aus. So gut wie nie gelang es, ihn mit einem Lächeln abzulichten. Albert war ein ernster Mensch, so der Eindruck der Bevölkerung. Auch heute wirkte er blass, sein Ausdruck formell. Doch kaum hatte er den Rolls verlassen, schärfte sich sein Blick, die hellen Augen waren auf Violet gerichtet, und der König lächelte.

»Miss Mason.« Nachdem sie aus dem Knicks glücklich wieder hochgekommen war, reichte er ihr seine Hand, die in keinem Handschuh steckte. Der königliche Händedruck erschien ihr kräftig und warm.

»Wissen Sie noch?«, fuhr Albert fort, obwohl die Minister seine Begrüßung erwarteten.

»Was denn, Your Majesty?«

»Wir begegnen uns heute nicht zum ersten Mal. Erinnern Sie sich etwa nicht?«

»Der Sommerball, Your Majesty, vor vier Jahren.«

»Sie wissen es noch, wie schön.«

»Damals haben Sie uns zusammen mit der Königin beehrt.«

»Falsch, ganz falsch.« Er legte die Hände an die Hosennaht.

»Wieso falsch, Your Majesty?«

»Damals war meine Frau noch keine Königin«, entgegnete er verschmitzt. »Auf diesem Fest kam ich als glücklicher Duke of York zu Ihnen. Meine Frau war die Duchess, und wir hatten Frieden. Die Welt sah anders aus damals.«

»Das ist leider richtig, Sir.«

Der König wandte sich zum Lordsiegelbewahrer. »Attlee, gut, dass Sie da sind.« Mit einer Frage trat der König zu den Mitgliedern seiner Regierung.

Das Dinner hätte den vorgesehenen Verlauf genommen, wäre durch den überraschenden Besuch des Königs die Sitzordnung nicht durcheinandergeraten. An der Stirnseite der Tafel war ursprünglich für Violet als Gastgeberin, die Prinzessinnen, die Minister und für Onkel Henry gedeckt worden. Es verstand sich von selbst, dass der König den Vorsitz innehatte und die Gastgeberin neben ihm saß. Rechts von ihr nahm Margaret mit verdrießlichem Gesicht Platz, weil sie den schwerhörigen Wiederaufbauminister als Tischnachbarn hatte. Links vom König saß Prinzessin Elizabeth, neben ihr Lord Attlee. Das hatte zur Folge, dass Onkel Henry von der Front der Ehrengäste ausgeschlossen und an einen Platz am unteren Ende der Tafel verbannt wurde. Niemand außer Violet wusste, wie sehr ihm dieser Umstand gelegen kam.

Sie saß neben dem König und machte sich bereit, die Themen, die man mit einem Monarchen erörtern durfte, ins Gespräch zu bringen.

Albert war daran nicht interessiert. »Sie haben eine besondere Maschine in Ihrem Keller, Miss Mason?«, fragte er, während sie bei der Suppe waren.

Violet fand das Pastinakenpüree nicht die gelungenste Kreation ihres Küchenchefs, doch Albert löffelte mit Appetit. »Sie meinen die Dechiffrierungsmaschine, Your Majesty?«

»Wir alle sind gespannt, was sie leistet.«

»Sie wächst mit erstaunlicher Geschwindigkeit.«

»Wissen Sie, was Churchill unserer Schatzkasse für den Bau dieser Apparatur aufgebürdet hat?«

»Nein, Sir.«

»Einhundertfünfzigtausend Pfund.«

»Erstaunlich«, antwortete sie zurückhaltend, da sie mit Kosten dieser Art nicht vertraut war.

»Hundertfünfzigtausend, die unsere Rüstung an anderer Stelle gut gebrauchen könnte. Ich hoffe, dass die mysteriöse Erfindung ihre Kosten rechtfertigt.«

Violet hatte einen Einfall, der möglicherweise zu kühn war, doch sie hatte den Eindruck, dass der König kühnen Ideen nicht abgeneigt war. »Wären Sie daran interessiert, Ihre Maschine zu begutachten, Sir?«

Ein Funkeln trat in seine Augen. »Ich dachte, sie ist noch nicht fertig.«

»Die Gentlemen vom SIS nennen sie das *Monster.* Sie hat bereits monströse Ausmaße.«

»Wäre es möglich, das Monster zu sehen?«

»Der britische Geheimdienst untersteht der Royal Navy, Sir. Als Oberbefehlshaber der Marine gehört die Maschine Ihnen, wenn ich mich nicht täusche.«

»Recht haben Sie. Ich will mir die Maschine nachher gerne ansehen.« Alberts Teller wurde abgeräumt. »Allerdings wird man böse auf mich sein.«

»Wer dürfte Ihnen böse sein, Sir?«

»Colonel Menzies. Mein Geheimdienstchef wäre bestimmt gern dabei, wenn ich seine Arbeit begutachte.«

»Das habe ich nicht bedacht.«

»Aber wenn ich schon einmal im Savoy bin, will ich auch die Geheimnisse kennenlernen, die sich hier verbergen.« Der König zog sein Etui und entnahm ihm eine Zigarette. »Stört es Sie?«

»Nein, Sir.«

Statt die Zigarette anzuzünden, warf er Violet plötzlich einen entschuldigenden Blick zu. »Verzeihen Sie, das war gedankenlos von mir.«

»Inwiefern?«

»In Ihrem Zustand.« Er verstaute das Etui wieder. »Meine Frau hat mir das Rauchen verboten, während sie mit den Mädchen schwanger war. Ich habe mich daran gehalten.«

»Danke für Ihre Fürsorge.«

Der Hauptgang wurde serviert, Kalbfleisch in heller Sauce. Prinzessin Margaret hielt ihre Rede. Ein Sorbet folgte und der Nachtisch, heiße Kirschen mit Pistazieneis. Elizabeth war an der Reihe. Sie beriet sich mit ihrem Vater, ob es nicht richtiger sei, wenn der König den Scheck überreiche, aber Albert bestärkte sie darin, dass sie die Spende übergeben sollte. Die Prinzessin erhielt Applaus, das Dinner neigte sich dem Ende zu.

Er ist nicht mit mir in den Keller gestiegen, dachte Violet auf dem Dach. Das Protokoll sah einen raschen Aufbruch vor. George VI. brachte einen letzten Toast aus, das Orchester spielte die Nationalhymne. Gemeinsam mit seinen Töchtern schritt er aus dem Saal. Violet begleitete die Gäste bis auf die Stufen. Bevor Albert in den wartenden Wagen stieg, gab er ihr die Hand.

»Ein andermal«, sagte er mit Bedauern.

Violet fror, sie wollte ihren Aussichtspunkt aber noch nicht verlassen. Der König, das höfische Zeremoniell, zu dem auch Susan gehörte, die ihre Stellung als Hofdame verloren hätte, falls die Trennung von Max publik geworden wäre. Alles hing zusammen. Susan durfte bei Hof bleiben, sie war jetzt die Witwe von Max Hammersmith. Auf sonderbare Weise waren der König und Max ebenfalls miteinander verbunden. »Ich könnte beim König ein gutes Wort für Susan einlegen«, hatte Violet in der Lobby gesagt, Sekunden bevor die Bombe einschlug. »Du kennst Bertie?« Max nannte den König beim Spitznamen. »Violet und der König von England, es geschehen noch Zeichen und Wunder.« Das waren seine letzten Worte gewesen. Er hatte den Hut aufgesetzt und wollte das Hotel verlassen. Er war nicht mehr bis zur Tür gekommen.

»Zeichen und Wunder«, flüsterte Violet. Es gab keine Wunder. Es gab nur diese Stadt und die Dächer und die unzähligen Schornsteine, die Dreck hervorschleuderten. Es gab den Krieg und den Tod. Max war tot. Sein Kind würde ihn nie kennenlernen. Violet fühlte sich ausgesetzt in schwindelnder Höhe. Tief unten zog die Themse vorbei, dort war Waterloo Bridge und das andere Ufer. Sie machte einen Schritt rückwärts, noch einen, bis sie einen Schornstein im Rücken spürte. Nur nicht hinuntersehen, beschwor sie sich, keine Weite, kein Morgen, keine Zuversicht. Sie presste den Rücken gegen die Ziegelsteine, mit beiden Händen hielt sie ihren Bauch fest.

Sie hörte den Ton erst nur aus der Ferne. Die Luftschutzmänner drehten auf den Straßen ihre Kurbeln und brachten damit die Sirenen zum Heulen. Die Sirenen erschienen wie eine Erleichterung. Nur weg von hier oben, wo man zu weit sehen konnte. In Wirklichkeit sah man gar nichts, nicht einmal den nächsten Schritt. Über dem Kanal waren deutsche Bomber gesichtet worden. Bald würden sie hier sein. Mittlerweile hatte die Luftwaffe keine Skrupel mehr, auch tagsüber anzugreifen, nicht nur im Schutz der Nacht. Sie zerstörten London, wie es ihnen gefiel. Man war machtlos. Man versteckte sich. Violet kehrte zur Dachluke zurück. Ein ganzes Land musste sich verstecken.

16

Das Licht, der Sturm

Marsa Matruh, im Oktober 1940

Liebe Violet,
das Blau ist blauer, das Weiß heller – Farben, die einem Fiebertraum entsprungen sind. Wenn man den Blick hebt und die Sonne im Zenit steht, erlebt man ein Licht, das einem die Sinne raubt. Tagsüber ziehe ich mich manchmal ins Zelt zurück und schließe die Augen. Sie müssen ausruhen. Die Wüste zwingt mich, auszuruhen.
Die Männer vom Desert Corps sind das heiße, tro-

ckene Klima gewohnt, ich fühle mich angegriffen davon. Du wirst natürlich sagen: Ob heiß, ob kalt, die britische Armee ist auf der ganzen Welt zu Hause, und englische Offiziere halten jeder Witterung stand. Ich bin kein typischer englischer Offizier. Obwohl von Geburt Halb-Ägypter macht mir das Klima zu schaffen. Wenn ich schweißtriefend die Offiziersmesse betrete, das Haar staubig vom Wüstensand, lachen meine Kameraden mich aus.

Solange die Italiener nicht angreifen, gibt es hier nur wenig zu tun. Ein Angriff von unserer Seite wäre falsch, Montgomery weiß das. Die Uniformen taugen nicht viel in dieser Gegend. Der Wind trägt Meersalz mit sich, das den Stoff angreift. Er fühlt sich brüchig an, als trüge man Hosen aus Papier. Obwohl die Jahreszeit dafür vorbei ist, weht der heiße Frühlingssturm Chamsin. In den roten Schwaden aus Sand sieht man nicht das Geringste. Man hört auch nichts in diesem singenden Lärm. Obwohl der Sturm nicht ins Zelt eindringt, fühlt es sich an, als ob auf deinem Körper tausend Ameisen krabbeln würden. Die Wüste ist das schreiende Nichts. Wie kann man in einem Nichts leben? Die Küste besteht aus scharfkantigem

Fels, dahinter beginnt eine Geröllandschaft. Auf dem Mond könnte es nicht öder sein. Die scharfen Steine schlitzen die Reifen unserer Laster auf. Es wächst nichts als Dornensträucher und Tamarinden. Mit Ausnahme der Kamele überleben nur die heimtückischsten Tiere. Ich habe Geier gesehen, Skorpione und die Ägyptische Kobra. In den Bergen soll es nubische Springböcke geben.
Wie oft ich Dein Gesicht vor mir sehe, Dein Lächeln spüre, Deine Ungeduld, wenn etwas nicht so ist, wie Du es anordnest. Mehrmals wollte ich Dir schon von meinen Gefühlen schreiben, habe diese unziemliche Absicht aber wieder verworfen. Ich höre nichts von Dir, natürlich nicht, das Hotel verlangt Deine volle Aufmerksamkeit und Dein Kind. Du hast mir nicht gesagt, wann die Geburt sein soll. Vielleicht war es schon so weit. Vielleicht bist Du bereits eine junge Mutter und freust Dich an dem kleinen Wesen. Ich kenne dieses Gefühl nicht. Alles, was ich kenne, ist die Armee, armselig, nicht wahr?
Für heute soll es genügen. Ein andermal erzähle ich Dir mein Erlebnis mit der Schlange. Meine Gedanken sind bei Dir. Ich wünsche Dir alles Glück, das

der Krieg zulässt, das Beste, das Schönste. Bis zum nächsten Mal, Violet, verzeih meine Offenheit. Es grüßt Dich
Dein Lionel Burke

Sie ließ die Blätter sinken. Es war der dritte Brief von ihm. Den zweiten hatte sie erst gestern bekommen. Er war aus Port Said abgeschickt worden und wochenlang unterwegs gewesen. Verspätungen der Royal Mail waren an der Tagesordnung. Violet sah die Wüste vor sich, die Felstürme, ausgehöhlt vom Meer, sie roch das Salz, den Sand, die Eintönigkeit. Es kam ihr vor, als ob sie selbst in der Wüste wäre, bei Lionel. Dr. Morphed linderte ihre Schmerzen mit Spritzen. Sie war nicht ganz bei sich. Das machte es leicht, in Lionels Welt einzutauchen. Sie stellte sich vor, mit ihm zusammen auf einem Fels zu sitzen, den der Wind glattgeschliffen hatte. Sie bedeckte ihre Augen vor dem Licht, den Mund gegen den Staub. Lionels Uniform knisterte wie Papier.

Seit einer Woche war sie im Krankenhaus. Die Behandlung im Hotel war zu riskant geworden. Dr. Morphed sagte, man müsse jederzeit bereit sein. Er versuchte, sie zu beruhigen. Das beunruhigte Violet noch mehr.

Sie hielt ihr Schreibbrett auf der Bettdecke, den Stift erhoben. Doch warum sollte sie Lionel schreiben, wenn sie doch gerade bei ihm in der Wüste war und ihm sagen konnte, was sie schreiben wollte?

»Ich hätte offener zu dir sein sollen. Ich habe es doch gespürt, die ganze Zeit habe ich gespürt, was du fühlst, Lionel.« Sie sah den Mann in der staubigen Uniform an. »Erinnerst du dich an unser Gespräch im Keller, als ich sagte, dass wir unverbesserliche Briten sind? Weißt du es noch? Unsere Zurückhaltung ist nichts als Feigheit.«

Lionel schaute aufs Meer. Der Sand ließ sein dunkles Haar goldgelb erscheinen.

»Immer warst du zuvorkommend, dabei zurückhaltend, ein perfekter Freund und Offizier. Ich dagegen war hoheitsvoll, unausstehlich. Ich habe meine Freundlichkeiten in kleinen Portionen an dich verschenkt.«

»Du warst schwanger«, erwiderte er. »Du hast mir verraten, wer der Vater des Kindes ist. In diesem Fall galten besondere Gesetze.«

Violet betrachtete ihre nackten Füße im Wüstensand. »Max hat sich am britischsten von uns dreien verhalten. Er hätte mich einfach in den Arm nehmen und sagen sollen, dass er mich liebt.« Langsam ließ Violet ihren Kopf an Lionels Schulter sinken. »Du bist anders. Dein Brief hat mich gefreut.«

»Es ist leichter, meine Gefühle zu zeigen, wenn wir getrennt sind.« Er legte den Arm um ihre Schulter. »Im Savoy bist du die Direktorin. Wer sich an deiner Seite zeigt, erregt Aufmerksamkeit.«

»Der ganze Zirkus bedeutet mir nichts.«

»Trotzdem ist er da. In deinem Keller sind wir umgeben von den SIS-Leuten, in der Dorchester Suite von Journalisten, im Krankenhaus hat mich der Arzt aus dem Zimmer geworfen.«

»Es ist uns nie gelungen, allein zu sein«, antwortete sie. »Bis jetzt.«

»Bis jetzt.« Er nickte zärtlich. »Dabei sind wir weiter voneinander entfernt als je zuvor.«

Violets Blick fiel auf die Feder in ihrer Hand, auf das Schreibbrett, unter dem sich ihr Bauch wölbte. Nein, sie wollte die Wüste noch nicht verlassen.

»Die Sonne sinkt.« Sie zeigte zum Horizont. »Hier geht sie schneller unter als bei uns. Willst du Feuer machen? Es wird kühl.«

Rund um das Feuer, das Lionel entfachte, war Wärme und Geborgenheit. Das Licht hielt die Tiere fern. Nachts kamen sie, um zu fressen. Lionels linke Gesichtshälfte war grellgelb von den Flammen, die rechte verschluckte das Blau der Nacht.

»Einmal kam mein Regiment in ein Nomadendorf«, erzählte er. »Ich fragte die Bewohner, wieso ihre Hütten so winzige Türen hätten, dass sie hineinkriechen mussten. In der ersten Nacht verstand ich den Sinn der Konstruktion. Ein Schakal hatte eine Ziege gerissen. Auch Wüstenfüchse dringen nachts in die Hütten ein, falls der Eingang groß genug ist. Diese Leute besitzen weder Gewehre noch Hunde, um sich vor Räubern zu schützen. Nachdem der Schakal sich sattgefressen hatte, schleppte er den Kadaver in die Wüste.«

»Erzähl mir die Geschichte von der Schlange.« Violet trank aus Lionels Feldflasche.

»Davon schreibe ich dir im nächsten Brief.«

»Erzähl mir jetzt davon, so wie in dem Brief von den Kranichen, die sich aus dem Nildelta in die Wüste verirrten, dort verdursteten und Beute der Aasvögel wurden.« Violet hörte den Schrei des Geiers.

Lionel warf Dornengestrüpp in die Flammen. Es prasselte, Funken sprühten. »In der Wüste leben nur ein paar tausend Menschen auf hunderten Meilen. Die wenigsten kommen auf die Idee, in der verfluchten Einöde sesshaft zu werden. Die Mehrzahl sind Nomaden. Einer ihrer Stämme hat angeboten, unser Lager neben ihrem aufzuschlagen. Ich habe mich mit ihnen verständigt.«

»Du sprichst die Sprache der Nomaden?«

»Als Kind habe ich Arabisch gelernt.« Lionel legte sich vor dem Feuer in den Sand. »Alles, was diese Menschen tun, bezieht sich auf ihre Tiere. Sie haben Ziegen für Milch und Fleisch. Sie haben Kamele, ihr Leben ist von ihnen abhängig. Obwohl es Muslime sind, ist ihre Welt von Geistern und Naturgöttern erfüllt. Gott Tishkan soll mit seiner Schwester Tishkiry den ersten Nomaden erschaffen haben. Aus dessen Rippe schuf er die erste Wüstenfrau. Erstaunlich, wie sehr der Mythos unserer Schöpfungsgeschichte ähnelt. Wenn ein Nomade stirbt, wird er symbolisch auf den Sattel eines Kamels gebunden. Seine Seele reitet ins Jenseits. Auch das Jenseits ist Wüste. Der Boden ist so hart, dass sich die Beine des Kamels bei der Wanderung abnutzen. Erst wenn das Kamel seine Beine ganz verloren hat, kann die Seele des Toten neu geboren werden.«

Violet schreckte aus dem Schlaf hoch. Der Schmerz setzte ein. Sie keuchte, wollte sich krümmen, ihr Bauch ließ das nicht zu. Sie hatte die letzte Spritze erst vor einer Stunde bekommen. Sie wollte den Schmerz noch ein bisschen länger ertragen, wenigstens bis es dunkel wurde. Das schwindende Tageslicht erinnerte sie an die viele Arbeit im Hotel. Nachts fühlte sie die Erleichterung, dass auch das Savoy im Schlaf lag. Der Barmann servierte den letzten Drink, der Schuhputzer sammelte die Schuhe vor den Zimmertüren ein, der Nachtportier waltete seines Amtes, Onkel Henry saß bei seinen Uhren. Der Chefbutler machte seinen letzten Kontrollgang.

17

Die Wanderung

Onkel Henry lag im Bett, umgeben von seinen tickenden Lieblingen, und lauschte der Stimme von Vera Lynn im Radio. Er hatte sich dicht an die Wand gedrängt, sein Bett war schmal, Henry war nicht allein. Neben ihm rauchte Myrtle eine Zigarette. Sie trug Frackhose und Frackhemd, selbst die Schuhe hatte sie anbehalten. Jede Nacht, bevor er schlafen ging, schaute sie bei ihm vorbei. Dann besprachen sie den verstrichenen Tag.

Henry war froh, dass ihre Sexualität zum Erliegen gekommen war. Er hatte nie viel von Sex gehalten.

Während seiner Jahre mit Judy war das Thema gänzlich vernachlässigt worden. Judy sah nicht ein, weshalb man sich zum Narren machen sollte, indem man sich ungebührlich verrenkte. Zu Beginn seiner Affäre mit Myrtle hatte es Henry geschmeichelt, dass sie seine Männlichkeit wiedererweckte, doch inzwischen bewegte sich ihre Beziehung im ruhigen Fahrwasser zweier Menschen, die Besseres zu tun hatten, als übereinander herzufallen.

Henry knabberte Nüsschen, die er sich aus dem *Nightingale Room* hatte kommen lassen. Sie waren sich einig, dass man die Bäume vor den Hotelfenstern beschneiden müsse, da die Zweige den Zimmern das Licht raubten. Doch bei den täglichen Bombenangriffen schien es fast unmöglich, mit der Arbeit zu beginnen.

»Bald kommt der Winter, dann stellen die Blätter kein Problem mehr dar«, schloss Myrtle das Thema ab.

Henry teilte ihr nicht zum ersten Mal seine Befürchtung mit, dass die schwindende Gästezahl ein ernstes Problem darstellte. Bald werde man mit der Bank über ein Darlehen verhandeln müssen. Er seufzte. »Ich kann mir gar nicht vorstellen, dieses Haus zu verlassen.«

»Weshalb solltest du es verlassen?« Sie dämpfte die Zigarette aus.

»Was geschieht, wenn uns die Kosten über den Kopf wachsen? Wenn der Krieg noch Jahre dauert? Ohne Violet treibt das Hotel führungslos dahin. Ich bin nicht der Mann, der das Ruder herumreißen könnte.«

Myrtle nahm ihn in den Arm. »Ist dieses Gebäude nicht Teil des *British Heritage?*«

»Was meinst du damit?«

»Falls ihr euch den Betrieb nicht mehr leisten könnt, müsste der Staat für die Erhaltung aufkommen.«

»Das Savoy gehört nicht zum britischen Kulturerbe«, antwortete er nach kurzer Überlegung. »Dafür ist das Haus nicht alt genug.«

»Der König und seine Regierung haben aber ein unübersehbares Interesse an dem Hotel.«

»Weder der König noch seine Regierung werden uns aus den finanziellen Schwierigkeiten helfen.«

Myrtle strich über Henrys strohiges Haar. »Das Savoy ist ein Wahrzeichen, Darling. London braucht das Savoy. So häufig, wie ich hier hohe Offiziere ein und aus gehen sehe, solltest du dir in dieser Hinsicht keine Sorgen machen.«

»Offiziere?«

»Fällt dir das nicht auf? Offiziere der unterschiedlichsten Waffengattungen kommen und gehen.«

»Nun ja, wir haben Krieg.«

Myrtle nahm das Buch vom Nachttisch, in dem Henry gerne blätterte. »Du liest Virginia Woolf?«

»Da gibt es ein Kapitel, in dem die Lady ihre Uhr zur Reparatur bringt. Das ist wirklich köstlich beobachtet.«

»We're Gonna Hang Out the Washing on the Siegfried Line«, sang ein Tenor im Radio.

Henry wollte gerade abdrehen, als das Telefon klingelte. »Um diese Zeit? Ich hätte hier keinen Apparat aufstellen lassen sollen.«

»Nimmst du nicht ab?«

»Wer kann das sein?«

»Wenn du abhebst, findest du es heraus.«

Als er weiterhin zögerte, griff Myrtle zum Hörer und hielt ihn Henry hin.

»Hallo?«, flüsterte er.

»Mr Wilder?«, fragte eine Männerstimme.

»Wer ist denn da?«

»Hier spricht Dr. Morphed.«

»Guten Abend, Doktor. Ich dachte, Violet schläft

schon. Wollen Sie mich um diese Zeit zu ihr durchstellen?«

»Es wäre ratsam, wenn Sie so schnell wie möglich kommen könnten, Sir.«

»Ins Krankenhaus?« Henry fuhr vom Bett hoch. »Ist etwas geschehen?«

Im Radio krakeelte der Tenor. Ein Knopfdruck Myrtles, und er hatte seinen letzten Ton getan.

»Wie geht es Violet?«

»Das würde ich Ihnen lieber erklären, sobald Sie hier sind, Sir.«

Henry starrte den Hörer an. »Weshalb?«

»Regen Sie sich bitte nicht auf. Sie sind der nächste Anverwandte. Da wir den Vater des Kindes nicht kennen, ist es wichtig, dass jemand von der Familie dabei ist.«

Noch während Henry das Gespräch beendete, stellte Myrtle seine Schuhe bereit.

Ein scharfer Schmerz, ein gekeuchter Schrei.

Dr. Morphed zog Violets Nachthemd hoch, er tastete Bauch und Scham ab. Violet schrie, schrie ein zweites

Mal, kraftlos wie ein Echo. Dr. Morphed machte die Spritze bereit.

Die Schwester trat ein. »OP 2 ist fertig. Wir sollten uns aber beeilen.«

»Weshalb?« Das Licht vom Flur ließ Morpheds schwarzes Haar schimmern.

»Sie haben einen Luftangriff gemeldet.«

»Verdammt nochmal, im Keller kann ich das nicht machen.« Er stach die Nadel in Violets Haut. »Ist Eric da? Ich brauche Eric für die Anästhesie.«

»Ich rufe ihn.« Die Schwester ging.

Violet sank zurück. In knappen, ruhigen Sätzen erklärte ihr Morphed, was nun bevorstand. Zwei Pfleger kamen.

»Jetzt werde ich Ihr Baby auf die Welt bringen, Miss Mason.« Dr. Morphed machte Platz für die Pfleger.

Sie lag auf einem Tisch, über ihr eine kreisrunde Lampe. Rund um Violet war es blendend hell. Dr. Morphed bat sie, bis zwanzig zu zählen.

»Eins.«

Hatte der Doktor gerade noch etwas gefragt?

»Zwei.«

Sie verstand ihn so schlecht, er trug eine Maske.

»Drei.«

Violet spitzte die Ohren.

»Vier.«

»Haben Sie einen Brief an Lieutenant Burke geschrieben?«, fragte Dr. Morphed.

»Stört es Sie, dass ich Lionel schreibe?« Sie hörte mit dem Zählen auf.

»Ich freue mich, dass Sie und der Lieutenant befreundet sind.«

Violet schaute ins Licht der Lampe. »Ich traue mich fast nicht, es zu sagen, aber wenn ich Lionels Briefe beantworte, ist es, als ob ich dem Vater meines Kindes schreiben würde. Neulich hat er mir die Geschichte von der Schlange erzählt.«

»Wirklich? Die Geschichte von der Schlange würde ich auch gerne hören.« Morphed wandte sich an die Assistenzschwester. »Wie sieht es mit Ihnen aus, Doris?«

Auch die Krankenschwester meinte, dass sie neugierig auf die Schlangengeschichte sei.

»Lionel sagte, ich würde Zeugin eines seltenen Schauspiels werden.«

»Waren Sie etwa bei ihm in der Wüste?«, fragte Morphed.

»Ich bin in letzter Zeit oft bei ihm. Er wollte, dass ich wegen der Schlangen hohe Stiefel anziehe.«

»Was ist passiert?«, fragte Doris.

»Eine Königskobra hatte sich in die Hütte einer Familie verirrt.«

»Ich dachte, Kobras gibt es nur in meiner Heimat Indien«, wandte Morphed ein.

»Die Ägyptische Kobra ist die gefährlichste Schlange der Welt. In dunklen Behausungen fühlt sie sich am wohlsten. Als die Familie die Kobra in ihrem Haus entdeckte, rief der Vater einen Geisterbeschwörer, um die Schlange an einen anderen Ort bringen zu lassen.«

»Wieso einen Geisterbeschwörer?«

»Die Kobra ist ein heiliges Tier. Man darf sie nicht töten. Man muss ihr freundlich anbieten, sich ein anderes Zuhause zu suchen. Nur ein Geisterbeschwörer versteht, mit der Schlange zu verhandeln. Lionel und ich erreichten den Schauplatz, als der Schamane gerade mit seinem Stab in der Hütte verschwand. Das Einfangen der Schlange ist eine rituelle Handlung, da die Kobra zwar tödlich, aber gleichzeitig ein Freund der Menschen ist. Ich hörte seltsame Geräusche, doch im nächsten Moment tauchte er schon wieder auf. An seinem Stab wand sich eine Schlange von zwei Meter Länge. Sie sperrte das Maul weit auf, ich konnte die Giftzähne sehen. Wie gelähmt ragte ihre gespaltene Zunge aus dem Maul. Der Familienvater hielt einen Ledersack bereit. Der Schamane näherte den Kopf der Schlange dem Sack und ließ sie los. Die Kobra hätte sich zu Boden fallen lassen und davonkriechen können. Sie hätte den alten Mann und den Vater beißen können, doch die Kobra hielt ihren Körper auf der Länge eines halben Meters aufgerichtet, wandte sich nach links zum Geisterbeschwörer, nach rechts zum Vater. Sie zischte. Beim Biss einer Königskobra wird so viel Gift freigesetzt, dass drei Menschen davon sterben können. Ohne Furcht sah der Weißhaarige die Schlange an und murmelte etwas. Als ob sie ihn verstanden hätte, sank die Kobra in sich zusammen, ihr Kopf tauchte in die Öffnung des Sackes. Der heilige Mann half ihr, den Körper nachzuziehen. Kaum war sie verschwunden, band der Familienvater den Sack zu. Die Dorfbewohner gratulierten dem Weißhaarigen, der mit dem Sack hinaus in die Wüste zeigte.«

»Hat er die Schlange dorthin gebracht?«, fragte Dr. Morphed.

»So ist es.«

»In der Wüste findet die Kobra nichts zu fressen«, gab Schwester Doris zu bedenken. »Was geschieht, wenn sie ins Dorf zurückkehrt?«

»Dann ist das der Wille der Schlange.«

Rund um sich spürte Violet die Nacht, Einsamkeit stieg in ihr auf. Das helle Licht war nicht mehr die Wüstensonne, auch nicht der Mond. Es war ein Licht, das dem Menschen auf seiner Reise nach drüben scheint, dieses weiße, kreisrunde Licht. Violet war nicht länger in Gesellschaft von Lionel, sie näherte sich einem anderen Mann. War das Max, der sie erwartete?

Wenn ein Nomade starb, wurde er auf den Sattel eines Kamels gebunden. So ritt seine Seele ins Jenseits. Das Jenseits der Nomaden war die Wüste, ihr Boden war so hart, dass sich die Beine des Kamels bei der Wanderung abnutzten. Wenn das Kamel seine Beine ganz verloren hatte, wurde die Seele wiedergeboren.

Violet hörte einen Schrei. Als sie aufblickte, war das weiße Licht verschwunden. Dr. Morphed stand neben ihr und hielt das Kind im Arm.

»Laurence«, sagte Violet.

»Es ist ein Mädchen«, antwortete der Arzt.

18

Maxine

Onkel Henrys Augen waren groß vor Sorge, seine Finger verschlangen sich vor Nervosität ineinander. Dr. Morphed sprach langsam und akzentuiert, er ahnte wohl, dass Henry kaum in der Lage war, zuzuhören. Der Arzt erklärte Zusammenhänge, redete von Maßnahmen. Die Lunge des kleinen Mädchens sei nicht völlig ausgebildet, sie werde künstlich beatmet.

Henry war erschöpft bis auf die Knochen, dabei hatte er nichts getan, als zu warten. Er war erschüttert, ergriffen, wusste nicht, wohin mit seinen Gefühlen. Er starrte in den sonderbaren Kasten, in dem das winzige Wesen die Ärmchen erhoben hielt. Sein Gesicht war zu einem Ausdruck höchster Anstrengung verzerrt. Als Morphed in den Kasten fasste und das Kind berührte, erschrak Henry. Die Hand des Arztes war fast doppelt so groß wie der Kopf des Neugeborenen.

Henry spürte, wie jemand seinen Rücken streichelte. Myrtle stand im Dienstfrack neben ihm. Froh und dankbar war er, dass sie ihn begleitete. Unterwegs hatte sie ihn besänftigt. Als Leiterin eines Mädchenpensionats hatte sie Erfahrungen mit Schwangerschaften und schwierigen Geburten. Bei strömendem Regen hatten sie das Krankenhaus erreicht. Eine Schwester brachte sie zur Entbindungsstation. Violet lag leblos da, ein Schlauch ragte aus ihrer Nase. Henry hatte nicht den Mut, sich seiner Nichte zu nähern. Myrtle beugte sich über sie und strich ihr das schweißverklebte Haar aus der Stirn. Darauf bat Dr. Morphed die beiden in den Raum mit dem Brutkasten. Es war warm und roch aseptisch. Für Henry fühlte es sich an, als ob Leben und Tod in diesem Raum dicht beisammenlagen.

»Seht doch. Seht nur das Köpfchen.« Violet war ganz wund vor Freude.

»Ja, es ist wunderbar«, murmelte Henry.

»Danke, dass ihr gekommen seid.«

»Das ist doch … War doch …« Er verstummte.

»Ich danke auch Ihnen, Myrtle.«

»Nicht so viel sprechen, Miss Mason.«

Dr. Morphed hatte Violet die Wahrheit nicht verheimlicht. Sie sei entkräftet, doch im Großen und Ganzen stabil. Die Prognose für das Mädchen sah nicht so günstig aus. Die Lungen produzierten nicht genügend Surfactant, weshalb sich in den Lungenbläschen Blut ansammle. Morphed hatte eine Therapie eingeleitet. Währenddessen gewährleistete die künstliche Beatmung das Überleben des Kindes.

Man hatte den Brutkasten zur Mutter gebracht. Das kleine Mädchen hatte dünne Beine, Ärmchen ohne Kraft, an seinem Brustkorb konnte man die Rippen zählen. Es wirkte wie ein federloser Vogel, und doch freute sich Violet über alle Maßen, dass es endlich auf der Welt war. Wie sehr sie ihr Mädchen liebte! Behutsam steckte sie die Hand durch die Öffnung und berührte die kleine Schulter. Obwohl das rote Köpfchen noch allzu klein war, fand Violet, dass das Kind Max ähnlich sah. Die Augenpartie, dieser Zug der Unterlippe, die hohe Stirn, fasziniert betrachtete sie das faltige Gesicht. Das war unverkennbar Max' Tochter, sie war sein Kind.

»Maxine«, flüsterte sie ihrem Baby zu. »Du bist meine kleine Maxine. Du wirst gesund werden. Wir beide werden eine Familie sein, hörst du? Wir zwei, Maxine, du und ich.«

Sie zog die Hand zurück, fühlte sich aber zu schwach, um sich herumzudrehen. Myrtle stützte sie unter den Armen.

»Seht doch, sie hat sich bewegt«, rief Henry plötzlich.

Auch Violet nahm eine Reaktion des Kindes wahr, vielleicht weil es die Hand der Mutter nicht mehr spürte. Es hob die Arme und verharrte in dieser Pose.

»Berühr sie«, ermunterte Violet ihren Onkel.

»Ich soll ...?« Er wich zurück.

»Leg ihr die Hand auf den Rücken.«

Vorsichtig, als ob er in ein Wespennest greifen würde, schob Henry seine Hand ins Innere des Kastens und betastete Maxines Wirbelsäule mit den Fingerspitzen.

Sekundenlang lag sie still, dann streckte sie sich, als ob sie sich räkeln würde, und sank schließlich zurück.

»Sie mag dich«, flüsterte Violet und fand, dass Tränen in dieser Situation durchaus angebracht waren. »Jetzt sind wir endlich eine echte Familie.«

»Hallo. Ich bin dein Onkel Henry.« Er streichelte den Rücken seiner Großnichte.

19

Langusten

Selten nahm Myrtle Hahn sich die Zeit, über ihre eigenen Gefühle nachzudenken. Stattdessen lag ihre außergewöhnliche Gabe darin, die Gefühle anderer zu benutzen, um in deren Leben einzugreifen. Sie brachte Menschen dazu, etwas zu tun, was sie eigentlich nicht tun wollten, von dem sie aber glaubten, es sei zu ihrem Vorteil. Letztlich war es immer zum Vorteil von Myrtle Hahn.

Es hatte zu allen Zeiten antisemitische Juden gegeben. Im neunzehnten Jahrhundert versuchte sich das aufgeklärte Judentum an die fortschrittliche europäische Gesellschaft anzupassen. Manche Juden schämten sich ihres Judentums, viele verleugneten ihre Abstammung und traten zum Katholizismus über. Seit Hitler an der Macht war, nützte den Juden diese Camouflage nichts mehr. Der Führer bekämpfte sie mit offenem Visier. Myrtle hielt sich nicht für eine Antisemitin, sie hegte keine Sympathie für Hitler, aber er hielt zweifellos die besseren Karten in der Hand. Myrtle sah sich eher als weibliches Spiegelbild von Viktor Kamarowski. Beide beherrschten die Kunst, die Lüge wie die Wahrheit aussehen zu lassen. Beide arbeiteten nur zu ihrem eigenen Vorteil. Ideale anderer belächelten sie.

Als Viktor Kamarowski Myrtle das Angebot gemacht hatte, für ihn zu arbeiten, erkannte sie darin sofort eine einmalige Chance. Einen Mann wie Henry Wilder in ihre Fänge zu kriegen, war so einfach, dass es sie fast langweilte. Schwieriger war es mit Miss Mason. Sie durchschaute Menschen leichter. Aber Violet stand unter dem Einfluss einer lebensgefährlichen Wunde: Sie führte nicht das Leben, das für sie richtig gewesen wäre. Sie lebte gewissermaßen im Auftrag ihres Großvaters. Selbst Jahre nachdem Violet das Savoy übernommen hatte, setzte sie ihre Schritte immer noch in seine Fußstapfen. Sogar nach seinem Tod zwang ihr Laurence Wilder seinen Willen auf. Ein Mensch, der ein falsches Leben führte, war leicht zu manipulieren. Myrtle hatte Kamarowski in diesem Punkt nicht enttäuscht. Sie war zur wichtigsten, zur einzigen wahren Vertrauten der Hoteldirektorin aufgestiegen.

Heute trug Myrtle nicht den Dienstfrack, sie hatte sich für ein dunkelblaues Kostüm entschieden, hohe Schuhe und einen Hut. Ein Taxi brachte sie nach Belgravia, wo Kamarowski ein Haus besaß. Er hielt sich nicht mehr oft in London auf, da er nicht einsah, weshalb er sich dem Elend einer zerbombten Stadt aussetzen sollte. Einen Tag wollte er nur bleiben, und an diesem Tag hatte er Myrtle eingeladen.

Es war nach ein Uhr mittags, Kamarowski schlief noch. Myrtle durfte ihn bei fast allen Verrichtungen stören, beim Essen, im Bad, sogar beim Liebesakt, nur wecken durfte man ihn nicht. Ihr blieb also Zeit, sich mit ihren Gefühlen zu beschäftigen. Myrtle betrachtete ihre Schuhspitzen. Es wäre übertrieben, zu behaupten, dass Violet ihr ans Herz gewachsen war, aber Myrtle respektierte diese Frau, die es schaffte, den Hotelbe-

konnte. Auch er war abberufen worden, in die Wüste Ägyptens.

»Sie hat kein Glück in der Liebe«, sagte Myrtle vor sich hin.

»Wer hat kein Glück in der Liebe?« Die Stimme klang knarrig, der Mann war offensichtlich verkatert.

»Guten Morgen, Viktor.« Sie stand nicht auf.

Kamarowski trug ein weites Seidenhemd und darunter nichts. Barfuß trat er vor Myrtle und küsste sie auf den Mund. »Wer hat kein Glück in der Liebe?«

Sie roch schweres Parfum an seinem Hals. »Du jedenfalls nicht, Viktor. Wo ist die Dame?«

»Keine Ahnung.« Er machte eine unbestimmte Geste in die Tiefe des Hauses.

Myrtle kam hoch. Sie überragte den halbnackten Mann. »Du rettest mich, Viktor.«

»Wovor?«

»Ich war gerade im Begriff, Mitleid mit Miss Mason zu haben. Ich habe mich gefragt, ob ich als Geschlechtsgenossin so gemein sein darf, sie in ihrer schwierigen Lage zu belügen.«

»Violet ist immer in einer *schwierigen* Lage.« Er nahm Myrtle in den Arm, aber nur, um sich auf sie zu stützen. »Seit ich sie kenne, war das so. Was ist diesmal ihr Problem?«

»Sie hat ihr Baby bekommen.«

»Ich gratuliere. Was soll daran schwierig sein?«

»Es ist nicht lebensfähig.«

Viktors Ausdruck änderte sich von einer Sekunde zur anderen. »Oh nein. Oh Gott. Das ist das Schlimmste, was einem Menschen passieren kann.« Sein Gesicht wurde fahl.

»Mich hat es auch ziemlich mitgenommen, das hilflose kleine Wesen zu sehen. Es wird die nächsten vierundzwanzig Stunden nicht überleben.«

Kamarowski ging in den Salon voraus. »Und da lässt sich nichts mehr machen?«

»Ich weiß nicht, ob der Arzt Violet nur beruhigen will oder ob er sich nicht traut, ihr die Wahrheit zu sagen.«

»Was fehlt dem Kind?«

Die Kleine kann nicht selbstständig atmen.«

iolet hat eine Tochter«, sagte Kamarowski unge-

t herzlich und ließ sich auf die Liege fallen. »Ich

einen rumänischen Arzt. Soweit ich weiß, lebt

ford. Er hat eine Entdeckung gemacht. Es hat

lutbläschen in der Lunge zu tun.«

»Die Sache berührt dich ja tatsächlich, Viktor.« Myrtle setzte sich ihm gegenüber.

»Niemand und nichts anderes als ein Kind darf einem Menschen ans Herz gehen«, antwortete er entschieden. »Nur die Kinder haben das Recht, uns zu rühren.« Er bemerkte, dass er untenrum nichts anhatte, zog einen Plaid heran und bedeckte sich.

Myrtle war neugierig, was hinter seiner Äußerung steckte, zugleich klug genug, nicht danach zu fragen. Sie wechselte das Thema. »Im Hotel ist alles bereit.«

»Und Otto?«

»Er spielt mit. Ihm bleibt gar nichts anderes übrig.« Sie dachte einen Moment nach. »Eins verstehe ich nicht, Viktor. Du von allen Menschen weißt am besten, was sich im Keller des Savoy verbirgt. Du selbst hast die Anlage dort installieren lassen. Was nützt es dir, wenn Otto den Keller ausspioniert?«

»Die Engländer haben mich in der Hand«, antwortete er nach einer Pause. »Ich bin dazu verdammt, den Nazis falsche Berichte aus dem Savoy zuzuspielen. Das habe ich seit Kriegsbeginn getan und die Briten sind mit mir zufrieden. Doch so, wie sich der Krieg entwickelt, blüht ihnen bald das gleiche Schicksal wie den

Franzosen. Jeden Tag kann Hitler den Befehl zur Invasion Großbritanniens geben. Daher möchte ich den Deutschen etwas liefern, was mich nützlich für sie erscheinen lässt.«

»Und du glaubst, es im Keller des Savoy zu finden?«

»Der SIS hat eine Abteilung in Bletchley Park, wo sie mit Hochdruck an der Dechiffrierung deutscher Codes arbeiten. Das Gelände ist streng bewacht, da komme ich nicht hinein. Im Keller des Savoy soll eine ähnliche Maschine stehen.«

»Diese Maschine willst du von Otto ausspionieren lassen?«

Kamarowski schüttelte den Kopf. »Nein. Ich weiß, dass die Maschine dort ist. Otto soll sie zerstören.«

»Sabotage?«

Er kraulte seinen grauen Kinnbart. »So tief unter der Erde ist es leider unmöglich, den Anschlag als Fliegerangriff zu tarnen, aber ich denke, bei geschickter Handhabung könnte ein Feuer die Sache wie einen Unfall aussehen lassen. Ich möchte die Engländer in Sicherheit wiegen, dass ihr Spionagekeller nach wie vor ein gut gehütetes Geheimnis ist.« Er leckte sich die Lippen. »Hast du Hunger?«

»Eigentlich habe ich immer Hunger.«

»Bei deiner Figur ist das erstaunlich.«

»Die Hahns können essen, so viel sie wollen, wir bleiben gertenschlank. Das liegt in der Familie. Willst du ausgehen, Viktor?«

Er blickte an sich hinunter. »Nein. Ich habe keine Lust, mich anzuziehen. Um die Ecke ist ein Restaurant, dort verstehen sie es, die Kriegsrationierung geschickt zu umgehen. Neulich habe ich sogar Langusten gekriegt. Wir lassen uns etwas bringen.« Kamarowski stand auf, die Decke rutschte zu Boden.

20

Die Entscheidung

»Unglaublich, wie klein sie ist.« Henry setzte sich auf den Besucherstuhl und öffnete die Aktentasche. »Entschuldige. Ich meine, es ist unglaublich, dass in einem so kleinen Körper …«

Violet kannte ihren Onkel; in angespannten Situationen sagte er die unmöglichsten Dinge. »Natürlich ist sie klein. Sie ist ein Baby.«

Violet hatte ihr Haar nach hinten gebündelt. Frisch und gesund wollte sie für den Onkel aussehen. Stunde um Stunde war sie diese Nacht wach gelegen und hatte den Geräuschen gelauscht, die aus dem Kasten zu ihr drangen. Das gleichmäßige Auf und Ab der Pumpe, die schwächeren, fast unhörbaren Laute Maxines. Hin und wieder zuckte sie mit den Beinen, streckte die Arme aus und sank zurück. Vegetative Reflexe, erklärte Dr. Morphed, das Kind sei außerstande, irgendetwas aktiv zu tun. Sie lebte, aber sie war nicht wirklich am Leben. Morphed hatte es nicht so direkt ausgesprochen, aber Violet sah es doch, beobachtete stundenlang, wie ihre Tochter in der Retorte mit dem Tod kämpfte. War sie bei Bewusstsein oder schwebte sie in einer traumartigen Welt, die der Geborgenheit im Mutterleib ähnelte? Nein, sie quälte sich mit dem Leben, das ihr erst vor vierundzwanzig Stunden geschenkt worden war. Manchmal sah es aus, als ob Maxine schreien würde, tonlos, verzweifelt, ihr Gesicht verzerrt, die Arme flehentlich erhoben. Wer wollte das ertragen? Wer konnte das Kind so leiden sehen?

Ich, dachte Violet. Dazu bin ich da, ich bin die Mutter, ich beschütze mein Kind, ich begleite es, wohin sein Weg auch führt. »Ich liebe dich«, flüsterte sie. »Bitte lebe, lebe, meine Maxine.«

Wenn das Zittern, die Zuckungen des gepeinigten

Körpers nicht aufhörten, wenn die Tränen Violet blind machten, wenn sie nicht wusste, wohin mit ihrem riesigen Unglück, sprach sie einen anderen Wunsch aus. »Du allein entscheidest, wohin dein Weg dich führt, Maxine. Wenn es dir hier nicht gefällt, wenn du fortgehen möchtest, liebe ich dich trotzdem. Ich werde dich immer lieben, ganz egal, wie lange wir zusammen sind. Hörst du, mein Schatz, meine geliebte Tochter, hörst du mich?«

Sie legte den Kopf so, dass sie Maxine stets vor Augen hatte, und zwang sich, nicht einzuschlafen. So viel Ehre wollte sie ihrer Tochter erweisen, dass sie bei ihr wachte, falls ihr Mädchen sich entschied, fortzugehen. So verstrich die Nacht. Der neue Tag brachte keine Veränderung. Das graue Londoner Licht machte die Tatsachen nur deutlicher, nüchterner, unumkehrbar. Im Morgengrauen war der Nachtdienst gegangen, Dr. Morphed kam. Violet wusste, es lag ihm viel an ihr, und ahnte, wie wenig er für sie tun konnte.

Heute früh hatte er seine Worte nicht mehr in Watte gepackt. Er vermied Andeutungen, die Violet Hoffnung machen könnten. Schließlich hatte Dr. Morphed das Urteil gesprochen.

»Wir können nichts mehr für sie tun.« Er stand über den Schrein gebeugt. »Ihre Lungen arbeiten nicht selbstständig. Wir ernähren sie intravenös, trotzdem würde sie in diesem Zustand bald verhungern. Wir führen ihr Flüssigkeit zu, das ist alles.« Violet bemerkte, dass er um Worte rang. »Wir sollten nun bald die Entscheidung treffen.«

»Eine Entscheidung? Bitte sagen Sie es mir, Doktor.«

»Sie entscheiden, Miss Mason, wann wir die künstliche Beatmung beenden.«

»*Beenden*«, wiederholte sie, als sei es ein fremdartiges Wort.

»Wir können die Prozedur noch einige Zeit fortsetzen, aber ...«

»Aber es wäre eine Qual für sie«, vollendete sie an seiner Stelle.

Morphed trat vom Brutkasten zurück.

»Geben Sie mir noch ein paar Stunden mit meiner Tochter.« Violet setzte sich auf. »Ist das möglich?«

»Natürlich. Nehmen Sie in Ruhe Abschied.«

»Ja, Doktor.«

Sie unterdrückte ihre Gefühle, bis Morphed gegangen war. Dann hielt sie ein Kissen vor ihr Gesicht und schrie, lange und laut. Schließlich legte sie sich wieder auf die Seite und sah Maxine an.

»Ich möchte dir von deinem Vater erzählen.« Sie sprach leise, bewegte fast nur die Lippen. »Es könnte ja sein, dass du ihm bald begegnest. Du heißt nach ihm, Maximilian Hammersmith. Er war ein Mensch, der zu gleichen Teilen in der Phantasie und der Wirklichkeit lebte. Dieses Kunststück brachte er zustande, indem er seine Phantasie zu seinem Beruf machte. Max hat mir die Möglichkeit gegeben, für seine Welt zu arbeiten. Ich habe Geschichten für deinen Vater erfunden, Maxine, in einem riesigen Haus. Ich wollte, ich könnte es dir eines Tages zeigen. Die BBC berichtet über viele Ereignisse auf der Welt. Zurzeit gibt es nur wenige gute. Die BBC trägt aber auch Geschichten in die Welt hinaus, romantische Geschichten von Liebe und Idealismus, von Treue, manchmal auch von List und Bosheit. Ich fand es herrlich, für deinen Vater zu arbeiten. Genau genommen war es die schönste Zeit meines Lebens. Wäre ich dortgeblieben, vielleicht hätte ich glücklich werden können. Aber alles ist anders gekommen. Jetzt bist du mein Glück, Maxine. Ich hätte mir so gewünscht, dass es lange dauern soll, aber man kann das Glück nicht zwingen, das ist leider so. Ich freue mich einfach darüber, dass du jetzt bei mir bist, wenigstens jetzt.«

Violet schloss die Augen. Sie wusste nicht, ob sie schlief. Sie spürte die Gegenwart ihres Kindes. Sie wünschte sich nichts von der Zukunft, erinnerte sich an keine Vergangenheit. Das Kind war bei ihr und sie war bei Maxine, in jeder Sekunde, die verrann.

Als Henry kam, sagte er, es regne in Strömen. Er schüttelte seinen Hut aus. Er sagte, er werde nur wenige Minuten stören. Als er die Aktentasche öffnete, erkannte sie, dass er Unterschriften von ihr brauchte. Für einen Moment hasste sie die Tatsache, dass sich die Geschäfte des Savoy in dieses Zimmer drängten. Doch was war schon dabei, ihren Namen ein paarmal auf Papier zu schreiben?

»Wie lange muss sie noch da drin sein?«, fragte Henry.

»Nicht mehr lange. Dr. Morphed meint, dass er die künstliche Beatmung bald abschalten wird.«

»Wie wunderbar.« Auf diese ermutigende Nachricht getraute er sich, ihr die Mappe zu präsentieren. »Dann ist das Schlimmste also ausgestanden?«

Ein winziger Laut ließ beide verstummen. Sie fuhren herum, Henry beugte sich über den Kasten. Maxine bewegte sich. In einer plötzlichen Verrenkung streckte sie die Arme. Ihre Beine zappelten. Kam der Laut von ihr, ein Quieken, ein Zwitschern? Da der Beatmungsschlauch an ihren Stimmbändern vorbeiführte, war das eigentlich unmöglich.

»Was hast du, Liebling? Was ist denn?« Violet schlug ihre Decke zurück.

Henry blieb stocksteif stehen, die Mappe mit beiden Händen wie einen Schild erhoben. Violet beobachtete, wie Maxine die Augen öffnete. Wie sie ihren Mund weiter aufsperrte, als der Schlauch es ihr aufzwang.

»Sie kriegt keine Luft«, stammelte Henry. »Kann es sein, dass sie keine Luft kriegt?«

»Schau auf die Pumpe, Henry.« Violet zeigte auf die Rückseite des Kastens, wo man die Pumpe angebracht hatte. »Da ist eine Skala. Lies die Werte ab.«

»Welche Werte?« Er ließ die Mappe fallen und trat hinter den Brutkasten.

Violet hob die Beine aus dem Bett. Der Schmerz war überraschend scharf und hoch.

»Was machst du?«, rief Henry. »Das darfst du nicht.«

»Sag schon, was steht auf der Pumpe?« Violet stellte die Füße zu Boden.

Henry bückte sich zu einer Skala, von der er nicht das Geringste verstand.

»Atme, Maxine, atme, mein Liebling.« Mühevoll kam sie vom Bett hoch. Mit zwei tappenden Schritten trat sie an den Behälter und steckte ihre Hand in die Öffnung. Die Haut des Mädchens war eiskalt, ihr Köpfchen aber rot. Violet spürte, wie sie alle Muskeln anspannte.

»Was hast du, mein Schatz, was hast du denn?«

»Leg dich wieder hin, Vi«, rief Henry in seiner Hilflosigkeit.

Sie stützte sich auf das Gehäuse. »Henry –!«

»Ja?«

»Neben meinem Bett ist die Klingel, für den Notfall.« Sie wollte hinzeigen, ließ dabei den Kasten los, seufzte, sank an der Seite des Gehäuses nieder und glitt zu Boden.

»Vi! Violet!« Er war bei ihr.

Sie schob ihn beiseite. »Die Klingel –«

Henry suchte und fand den Druckknopf. Er drückte ihn aus Leibeskräften.

21

Die mutige Miss Mason

In der obersten Spalte der Gesellschaftskolumne las Albert, dass die mutige Miss Mason im St. Bartholomew's Hospital *einer Tochter genesen sei.*

»Einer Tochter genesen?« Der König hob den Blick. »Kann man das so sagen?«

»Verzeihung, was meinten Your Majesty?« Lascelles nahm Dokumente aus dem Bastkorb und sortierte sie nach Dringlichkeit auf dem Schreibtisch.

»*Die mutige Miss Mason ist einer Tochter genesen.* Das klingt irgendwie sonderbar.«

»Es ist eine altertümliche Form, Sir, wie sie dem bevorzugten Stil des Blattes entspricht, das Sie zu lesen geruhen.«

Der König stand auf. Ohne rechtes Ziel begann er im Arbeitszimmer auf und ab zu gehen. Er streifte den Schreibtisch mit einem Blick. »Ob in diesem Fall Glückwünsche angebracht wären?«, fragte er in einem Ton, der beiläufig klingen sollte.

»Glückwünsche an wen, Sir?« Lascelles klemmte das leere Körbchen unter den Arm.

»An die mutige Miss Mason.« Der Anflug eines Schmunzelns.

»Ich darf höflich darauf hinweisen, Majesty, dass Miss Mason ledig ist.«

»Sie meinen, es gibt keinen Vater zu dem Kind?« Albert blieb stehen.

»Natürlich gibt es einen … Ich meine, es muss ja einen …« Lascelles machte eine sinnlose Verbeugung. »Miss Masons Niederkunft hat nicht im heiligen Stand der Ehe stattgefunden, Majesty.«

»Viele Babys werden zurzeit ohne Vater geboren, weil ihre Väter tot sind, Tommy. Diese Männer haben für unser Land gekämpft.«

»Verzeihen Sie, Your Majesty. Dieser Umstand war mir nur entfallen.«

Albert nickte. »Ich werde Miss Mason eine Karte schreiben.«

Er war sich im Klaren darüber, dass seine Schlussfolgerung unlogisch war. Die Kinder von gefallenen Männern waren Waisen, das Kind von Miss Mason war ein Bankert. Aber was tat das schon? Es freute Albert, einen Anlass zu haben, der Direktorin des Savoy Grüße zu senden und ihr zu gratulieren. Er setzte sich, schob die Dokumente zur Seite und zog das Briefpapier heran. Den Kopf zierte das Insigne GVIR, das Siegel, das überall im Königreich prangte.

Meine liebe Miss Mason,
Wir hören, dass Ihnen in diesen Tagen ein großes Glück widerfahren ist, und wollen nicht verfehlen, Ihnen und Ihren Lieben herzlich zu gratulieren. In diesen Zeiten des Krieges, da der Tod sichtbar in unser aller Dasein eingreift, ist die Bestätigung des Lebens, sein Fortbestehen, die Geburt eines Kindes das größte Glück, das wir dem Schicksal verdanken.

Violet ließ das Blatt sinken. Sollte sie sich geehrt fühlen, sollte sie lachen oder weinen oder den Brief des Königs als Hohn ansehen? Verspottete das Schicksal sie? Das große Glück, von dem er schrieb, hatte sich in sein Gegenteil verkehrt. Am frühen Morgen hatte sie die Entscheidung getroffen. Wenn es später dunkel werden würde, sollte die künstliche Beatmung Maxines abgeschaltet werden. Daran änderte auch der Brief des Königs nichts. Violet war zu wund, zu leer, sich Gedanken darüber zu machen, wie er von der Geburt erfahren hatte. Es war das Grußwort eines einzelnen Mannes, der in einem viel zu großen Haus wohnte. Es bedeutete nichts. Es gab überhaupt keine Bedeutung mehr außer der, dass heute Nacht ein Kind von seinen Leiden erlöst werden sollte.

Violet konnte nicht länger liegen. Aufstehen durfte sie aber nicht, da sie außerstande war, sich auf den Beinen zu halten. Trotzdem schob sie sich an den Rand des Bettes und ließ die Füße zu Boden sinken. Im kurzen Hemd setzte sie sich auf, fühlte die Wunde am Bauch und stützte den Kopf in beide Hände. Strähnig und wirr war ihr Haar, die Wangen verklebt von Tränen. »Es kann nicht sein. Nicht sein«, murmelte sie und begriff das Leiden als Zustand, der fortdauerte, weiter anhalten würde, der nicht aufhörte. Bisher hatte sie geglaubt, Schmerz sei nur eine Unterbrechung von Wohlbefinden, Schmerz sei dazu da, uns den Normalzustand deutlicher zu machen. Das war falsch. Schmerz war der Normalzustand, Ausweglosigkeit das Zeitmaß, in dem sie sich gefangen sah.

Violet spannte die Beinmuskeln an und kam hoch. Mehrere Sekunden lang stand sie gebückt da. Nichts in ihrem Körper schien an seinem Platz zu sein, kraftlos sank sie zurück.

Nach der Katatonie am frühen Morgen hatte Dr. Morphed den Zustand Maxines stabilisiert. Die Atempumpe tat ihren Dienst und zwang das Neugeborene, am Leben zu bleiben. Wozu die Verzögerung, weshalb bis zum Abend warten? Glaubte Violet an ein Wunder, das im letzten Moment geschehen könnte, an den reitenden Boten aus dem Himmel, der Maxine Gesundheit schenken würde?

Sie glaubte an nichts. Sie hoffte nichts. Sie fürchtete, in einer Wirklichkeit leben zu müssen, in der es Maxine nicht mehr gab. Sosehr sich das Kind auch quälte, so verzweifelt saugte Violet jede gemeinsame Minute mit ihrem Baby auf. Sie klammerte sich an die Sekunden, klammerte sich sogar an den Schmerz. Der Schmerz sagte ihr, dass es noch nicht zu Ende war. Erst wenn Dr. Morphed die Pumpe abschaltete, würde nichts mehr bleiben als die dumpfe Gewissheit des Todes.

Wie sollte Violet nach Maxines Tod ins Savoy zurückkehren, wo das Personal sie mit einem Baby auf dem Arm erwartete? Wie ertrug sie die Blicke der Leute, was konnte sie ihnen sagen? Was sollte Violet jetzt noch in dem Zimmer unter dem Kuppeldach? Sie hatte es verlassen, um neues Leben zu schenken. Allein kam sie zurück. Allein. Das war immer ihr Schicksal gewesen, einsam in der Menge, so hatte Max es einmal beschrieben. Max war nicht mehr, Sir Laurence war nicht mehr und seine Urenkelin, über die sich niemand mehr gefreut hätte als er, würde bald auch nicht mehr sein.

Violet wischte neue Tränen ab, hob die Beine unter Schmerzen ins Bett zurück und deckte sich zu. Sie vermochte nicht mehr, mit Maxine zu sprechen, stumm, wund, grau lag sie da und starrte an die Decke.

Die Tür ging auf. Es war keine Zeit für die Visite, und für das Mittagessen schien es zu früh. Violet machte sich nicht die Mühe, den Kopf zu wenden.

»Ich habe Ihnen jemanden mitgebracht, Miss Mason«, sagte Dr. Morphed.

»Ich möchte heute niemanden sehen.«

»Es ist ein Kollege von mir.«

»Noch ein Arzt?« Sie hörte das Schließen der Tür, schwere Schritte.

»Guten Tag, Miss Mason. Mein Name ist Andruţă Iliunescu.«

Er hatte fleischige Lippen, Augenbrauen von bedrohlichem Ausmaß, dabei sonst kein einziges Haar auf dem Kopf. »Mein Kollege hat mir von Ihrer Tochter erzählt.« Andruţă Iliunescu trat an Violets Seite, während Morphed sich im Hintergrund hielt.

»Ich glaube, die Situation meiner Tochter ist klar.« Sie zog die Decke höher.

Iliunescu lächelte, was seine Lippen noch wulstiger erscheinen ließ. »Ich komme aus Oxford, Miss Mason. Dort beschäftige ich mich mit der Entwicklung bestimmter medizinischer Konstruktionen. Wenn Sie gestatten, würde ich Ihnen gerne davon erzählen.«

»Sie sind extra aus Oxford gekommen? Weshalb?«

»Ein guter alter Freund hat mich angerufen und um Hilfe gebeten.«

»Wer ist Ihr guter Freund?«

»Das tut im Augenblick nichts zur Sache. Ich bin hier, um Ihnen einen Vorschlag zu machen, Miss Mason.« Er zeigte auf den Kasten, in dem das Kind lag.

»Einen Vorschlag, der Maxine betrifft?«

Iliunescu betrachtete den kleinen Kopf des Mädchens. »Ich würde gern über Maxines Zukunft mit Ihnen sprechen.«

Sie sah den Rumänen an. Seine Augenbrauen hatten die Form von schwarzen Raupen. Er lächelte auf eine Art, die man nur verschmitzt nennen konnte.

»Sind Sie der reitende Bote, Mr Iliunescu?«

Am Blick beider Ärzte erkannte sie, wie seltsam ihre Frage anmutete.

22

Die praktische Lösung

Myrtle Hahn betrat die Unterkünfte der Angestellten. Vor einer bestimmten Tür blieb sie stehen, ein Blick nach links und rechts, dann klopfte sie und trat ein, ohne die Aufforderung abzuwarten.

»Guten Abend, Mr Stichler.«

»Was wollen Sie hier?« Otto setzte sich auf. Im Unterhemd lag er auf dem schmalen Bett und las ein Magazin. Das zweite Bett war leer. Dort schlief Tommy, der Schuhputzer, dessen Arbeit nachts stattfand. Obwohl Otto als Supervisor Anspruch auf ein Einzelzimmer hatte, behielt er das Arrangement bei. Er und Tommy verstanden sich prächtig.

»Ich dachte, wir führen unser Gespräch besser außerhalb der Dienstzeit«, antwortete Myrtle.

»*Unser Gespräch*?« Es war Otto anzusehen, dass ihm die Aussprache ungelegen kam, er es aber vorzog, der Sache ins Auge zu sehen. Er zeigte auf den winzigen Tisch zwischen den Betten, kaum groß genug, eine Mahlzeit darauf zu halten. »Wollen Sie sich setzen?«

»Danke.« Myrtle zog den Stuhl zurück und nahm Platz.

Er begann ohne Vorgeplänkel. »Sie finden es verwerflich, dass ich Gästen, die entsprechende Wünsche äußern, ein wenig Vergnügen verschaffe?«

»Sie geben es also zu?«

Eine wegwerfende Geste. »Ich gebe es zu, solange uns niemand hört. Sagen Sie mir endlich, was Sie mit Ihrem Wissen anfangen werden. Bestimmt haben Sie erfahren, dass ich meinen *Service* eingestellt habe. Meine Pagen sind angehalten, entsprechende Angebote auszuschlagen. Ob sie sich daran halten, kann ich nicht garantieren.«

Myrtle überschlug die Beine. »Das Unternehmen, das

Sie betreiben, ist lächerlich im Vergleich zu dem Geschäft, das ich Ihnen vorschlagen möchte.«

Nach einer neugierigen Pause fragte Otto: »Welche Art von Geschäft hätte ein Butler zu vergeben?«

»Sie sind Deutscher.«

»Und Sie sind Jüdin.«

»Aber ich bin auch eine Deutsche.«

»Sie sind eine von denen, die man in Deutschland nicht mehr haben will.«

»Trotzdem verhandeln Sie mit mir.«

»Ist es nicht das, was die Juden am besten können, schachern und ihren Profit aushandeln?«

»Ich müsste über Ihren Fanatismus entrüstet sein«, erwiderte sie mit einem feinen Lächeln. »Stattdessen will ich mir Ihren Fanatismus zunutze machen.«

Er stieß sich von der Wand ab. »Inwiefern?«

»Sagt Ihnen der Name Viktor Kamarowski etwas?«

Otto fixierte das Gesicht des Chefbutlers. »Mr Kamarowski war lange ein geschätzter Gast dieses Hauses«, antwortete er abwartend.

»Und jetzt nicht mehr?«

»Mr Kamarowski wurde hier länger nicht mehr gesehen.«

»Sie haben für ihn gearbeitet.«

»Wer behauptet das?«

»Viktor sagte mir, dass Sie sehr verlässlich und gewissenhaft waren.«

Otto sprang auf. »Wer sind Sie, Miss Hahn? Wieso kennen Sie Kamarowski?«

»Eins nach dem anderen.« Mit einer Geste forderte sie ihn auf, sich wieder zu setzen.

»Sie sind die rechte Hand Miss Masons und die Geliebte von Henry Wilder. Welchen Kontakt kann es zwischen Ihnen und Mr Kamarowski geben?«

»Viktor Kamarowski hat das Savoy nur scheinbar verlassen. In Wirklichkeit ist er nie fort gewesen.«

Otto sank aufs Bett und stützte die Ellbogen auf seine Knie. »Bitte weiter.«

»Haben Sie Kenntnis von einem bestimmten Keller, Otto, ein Keller, der den Angestellten des Hotels verboten ist?«

»Ich weiß, dass da unten irgendetwas passiert.«

»Aber Sie sind selbst noch nie im ehemaligen Wäschekeller gewesen?«

»Einmal bin ich durch die kleine Tür geschlüpft. Weiter kam ich allerdings nicht.«

»Sie haben also die Tür mit der Zahlenkombination nie passiert?«

»Sie etwa?«

»Ich darf mich dort nicht zeigen. Es ließe sich mit meiner Position nicht vereinbaren. Andererseits könnte ein geschickter junger Mann einen anderen Weg finden.« Myrtle schob eine Haarsträhne zurück, die aus ihrer Frisur gerutscht war.

»Einen anderen Weg?«

»Es existiert ein zweiter Eingang. Ihn kennen die wenigsten. Ich glaube, nicht einmal Miss Mason weiß davon.«

»Gesetzt den Fall, ein geschickter junger Mann würde diesen Weg tatsächlich finden, was sollte er dort unten machen, Miss Hahn?«

»Das möchte ich mit Ihnen besprechen, Otto.«

»Haben Sie keine Angst, dass ich mein Wissen über Sie und Mr Kamarowski an Miss Mason weitergeben könnte?«

»Nicht die geringste Angst.«

»Wieso?«

»Weil Sie es nicht riskieren würden, Mr Kamarowski zu enttäuschen. Sie kennen seine Macht. Sie kennen seine Methoden. Außerdem sind Sie daran interessiert, Ihr kleines Business mit den Liftpagen wieder aufzunehmen.«

»Denken Sie, dass das möglich wäre?«

»Es ist ein harmloser Zeitvertreib, der den zahlungskräftigen Gästen unseres Hauses nicht vorenthalten werden sollte. In Kriegszeiten gibt es für sie sonst nicht viele Annehmlichkeiten in unserer zerbombten Stadt.«

»Das ist eine vernünftige Einstellung.«

»Es ist eine praktische Einstellung.«

»Miss Hahn?« Otto beugte sich noch weiter vor. »Sind Sie sicher, dass Sie wirklich Jüdin sind?«

»Ziemlich sicher.«

»Woher stammt Ihre Familie? Ich werde aus Ihrem Akzent nicht ganz klug. Österreich?«

»Nahe der Grenze. Es ist die Gegend, aus der der Führer stammt.«

»Erlauben Sie mir noch eine Bemerkung, Miss Hahn: Als Frau haben Sie mir von Anfang an gefallen.«

23

Der Einzug

Der Londoner Herbst gebärdete sich wütend. Er schickte einen Sturm und starken Regen durch die Stadt, dazu eine Temperatur, bei der sich die Tropfen für Sekunden in Schneeflocken verwandelten.

Violet wollte nicht mit dem Krankenwagen nach Hause gebracht werden und machte dem Hotelchauffeur damit eine große Freude. Endlich brauchte Roberts den *Lagonda* nicht länger in der Garage zu verstecken, wo er ihn allmählich zu Tode polierte. Er durfte seine Chefin persönlich aus dem St. Bartholomew's Hospital abholen.

Als der Wagen vor der zerstörten Hotelfassade hielt, brach der Regen mit solcher Kraft auf sie nieder, dass zwei Türsteher und drei Hausdiener mit Regenschirmen herbeieilten, um die Ankömmlinge hineinzugeleiten. Der Chauffeur klappte den Rollstuhl auf. Vorsichtig stieg Violet aus, wechselte in das andere Gefährt und hielt die Hand schützend über das helle Bündel in ihrem Arm. Die Diener trugen den Rollstuhl über die Eingangsstufen, die Türsteher folgten mit den Schirmen. Dr. Morphed und Onkel Henry wurden währenddessen vom Sturm gezaust und durch das peitschende Wasser regenblind gemacht. Diese ungewöhnliche Prozession betrat das Savoy.

Myrtle Hahn hatte Miss Mason vor Tagen angeboten, ihre Rückkehr still und sozusagen im Geheimen über die Bühne gehen zu lassen. Doch Violet wollte es anders.

Mit ein wenig Vorsicht war sie in der Lage, aufzustehen. In ihrem bodenlangen Morgenmantel machte sie ein paar vorsichtige Schritte und blieb neben einem gläsernen Ungetüm stehen, das sie das *Wunder Iliunescus* nannte. Sie hatte erfahren, dass in der Konstruktion Druckverhältnisse herrschten, die den Lungen des Kindes zugutekamen. Das Baby war in dieser Kammer zwar noch eine Weile künstlich beatmet worden, doch da die Anstrengung, dem normalen Luftdruck der Atmosphäre zu widerstehen, erleichtert wurde, hatte Dr. Morphed seine Surfactant-Therapie erfolgreich fortgesetzt. Bis zu dem gesegneten Tag, an dem Maxine zaghaft und kaum merklich ihre ersten eigenen Atemzüge tat.

Eine Woche später wurde der Atemschlauch entfernt. Ab diesem Zeitpunkt konnte das abgemagerte Mädchen Nahrung auf natürlichem Weg zu sich nehmen. Da es noch unmöglich war, Maxine zu stillen, erklärte Dr. Morphed Violet die Funktionsweise einer anderen Art von Pumpe. Maxine wurde mit einem Gemisch aus Muttermilch und stärkenden Substanzen gefüttert. Die Behandlung, deren Erfolg sich Dr. Morphed und Dr. Iliunescu teilten, schlug derart gut an, dass das Ergebnis täglich deutlicher wurde.

Maxine zeigte so kräftigen Appetit, dass Violets Milch nicht ausreichte und man zufüttern musste. Das Mädchen nahm an Gewicht zu, seine Arme und Beine wurden runder, das kleine Gesicht verlor allmählich jenen gequälten Ausdruck, der Violet so zu schaffen gemacht hatte. Und schreien konnte sie, erstaunlich, welche

Trompetentöne aus dem Glaskasten drangen. Maxine schrie oft und gern, sie schrie, so kam es Violet vor, als wollte sie alles nachholen, was ihr während ihrer ersten Tage versagt gewesen war.

Sechs volle Wochen lag Maxine in der Erfindung des Rumänen. Danach erhöhte Iliunescu allmählich den Druck. Nachdem Maxine drei Tage unter normalen atmosphärischen Bedingungen in dem Glaskasten ausgehalten hatte, ohne Anzeichen eines Rückfalls zu zeigen, öffneten die Ärzte zum ersten Mal die Seitenklappe. Vorsichtig, ängstlich, angespannt griff Violet hinein und nahm ihr Baby in den Arm. Es war ein Glücksgefühl, wie sie es nicht für möglich gehalten hätte. Die Wärme ihres Kindes, diese Zartheit, die unvorhersehbaren Bewegungen und das muntere Schreien, all das wurde von nun an immer mehr zum Normalzustand.

Dr. Morphed setzte den Tag der Entlassung aus dem St. Bartholomew's fest. Myrtle hatte Anweisung erhalten, wie Violets Empfang im Hotel vonstattengehen sollte. Normalerweise hielt Miss Mason nichts von Pomp und feierlichen Gesten, wenn es um ihre Person ging. Diesmal kannte sie diese Zurückhaltung nicht. Alle im Hotel sollten es sehen, alle sollten dabei sein, wenn eine schreckliche, ungewisse, peinigende Zeit zu Ende ging. Violet und ihr Kind kehrten heim. Ab sofort gab es eine Prinzessin im Savoy, und Violet wollte sie allen präsentieren.

In zwei Reihen, geordnet nach ihrem Rang, nahm das Personal Aufstellung. Maître Dryden war mit seinem Team erschienen, die Patisseurin, der Souschef, die Saucenmadame, die Gemüseköchin und die Küchenhilfen. Auch Myrtle Hahn hatte ihren Stab mitgebracht, die Hausdiener, die im Rang unter den Valets standen, die Butler für individuelle Veranstaltungen, die Hausdamen und die Zimmermädchen, die Laufburschen, die Gepäckträger, die gemeinen Pagen und die privilegierten Liftpagen.

Einer fehlte in dem Reigen aus über hundert Menschen: Otto Stichler, der Supervisor. Myrtle war der Meinung, dass die Begrüßungszeremonie der richtige Zeitpunkt für Otto sei, eine gewisse Zeit lang zu verschwinden. Niemand würde ihn vermissen.

An den Gesichtern des Personals erkannte Myrtle, dass die meisten bei Violets Rückkehr erschraken. Nur mit Mühe verbargen sie ihren Schock hinter lächelnden Mienen und ermunterndem Applaus. Die Strapazen, das Leid, die wochenlange Angst waren Miss Mason ins Gesicht geschrieben. Sie hatte viel Gewicht verloren, ihre Haut wirkte trotz des Make-ups fahl, der Glanz ihrer Augen erzählte etwas vom Irrsinn der Tage, als sie glauben musste, ihr Kind zu verlieren.

Wurde Violets Anblick schon mit gemischten Gefühlen aufgenommen, erschraken die Mitarbeiter noch mehr über das Kind. Sie hatten Maxine ja nicht in ihrem Anfangszustand gesehen, nicht miterlebt, welch ein ausgemergeltes Bündel Mensch sie gewesen war. Sie alle, vor allem die Frauen, die selbst Kinder hatten, betrachteten einen beängstigend kleinen Menschen, ein Miniaturwesen, das Violet an ihre Brust drückte. Die Kinderaugen wirkten nicht wie die eines normalen Babys, sie waren übergroß und schienen von der Todesnähe zu berichten, die es durchlebt hatte. Der ungewohnten Umgebung und dem zugigen Londoner Wetter ausgesetzt, schrie Maxine aus Leibeskräften. Schreiende Babys lösten bei Menschen normalerweise freundliche Reaktionen aus. Man beruhigte und hätschelte, so etwas gehörte zu einem Wickelkind eben dazu. Bei Maxine jedoch erlebten die Menschen einen existentiellen Schrei, der sie verstörte.

Dr. Morphed schob den Rollstuhl. Die Vordersten im Spalier applaudierten, weiter hinten sah Myrtle ein altes Zimmermädchen erschrocken die Hand vor den Mund legen. Onkel Henry war der Spießrutenlauf wie jeder öffentliche Auftritt unangenehm, er hielt den Blick gesenkt.

Der kleine Tross erreichte Fahrstuhl Nummer eins, Liftpage Harold öffnete die Tür, Dr. Morphed trat mit Violet ein und drehte sie herum, damit sie den Leuten zuwinken konnte. Noch während sich das Scherengitter schloss, wurden in der Lobby hingeworfene Sätze, flüchtige Gesprache hörbar.

»Was ist mit ihr?«

»Wie der Tod sieht sie aus.«

»Geben die im Krankenhaus den Kindern nichts zu essen?«

»Das arme Wurm.«

»Die arme Mutter.«

Das dauerte an, bis Miss Hahn dazwischenging. »Der Empfang ist vorbei. Jeder von Ihnen kehrt an seine Arbeit zurück.«

Die Angestellten verloren sich. In Gruppen setzten sie ihren Tratsch fort.

Myrtle näherte sich den Fahrstühlen, nicht ohne der unscheinbaren Tür am Ende der Lobby noch einen Blick zuzuwerfen. Sie fuhr in die fünfte Etage. Es war Zeit, mit Miss Mason die nächsten Tage zu besprechen.

24

In einer Bombennacht

Von Westen führte die Lyall Street in die Gartenanlage des *Eaton Square Garden* und verwandelte sich inmitten des Parks in die Elizabeth Street. An dieser Kreuzung bat Violet den Fahrer, zu warten.

»Es wird bald dunkel, Miss Mason.« Er öffnete ihr die Tür.

»Ich beeile mich, Roberts.«

»Wir sollten die Gegend unbedingt vor der Verdunkelung verlassen.«

»Sie tun ja so, als ob wir uns in einer zwielichtigen

Gasse befinden würden, wo Jack the Ripper sein Unwesen treibt.« Violet schmunzelte. »Hier ist Belgravia, Roberts. Die einzigen Ungeheuer, die Sie hier finden, sind die Mitglieder des *House of Lords*.«

»Es ist nur wegen der Verdunkelung, Miss.«

»In einer Stunde hat mein Baby Hunger«, beruhigte sie ihn. »Bis dahin sind wir längst wieder im Savoy.«

Violet folgte der Straße bis zum Eaton Square, wo das Restaurant *Colbert's* französisches Flair verströmte. Ihr war bekannt, dass der walisische Besitzer Colbert hieß und mit der Französisierung seines Namens ein gutes Geschäft machte. Als sie ankam, trat ein einzelner Gast aus dem Lokal. Ein heller Klecks an seinem Mundwinkel wies darauf hin, dass er ein Gericht in Sahnesauce gegessen hatte.

»Guten Abend, Mr Kamarowski.«

Er fuhr herum. »Miss Mason!« Kamarowski brauchte einen Moment, um den Ort und die Person, die ihm gegenüberstand, in Einklang zu bringen. »Wie haben Sie mich gefunden?«

»Sie sind ein vorsichtiger Mann, aber Sie sind nicht unsichtbar.«

»Was machen Sie hier?«

»Ich möchte mit Ihnen sprechen.«

»Ich habe mein Dinner soeben beendet«, sagte er zum Lokal gewandt, wo der Besitzer wegen der bevorstehenden Verdunkelung die Jalousien herunterließ.

»Können wir ein paar Schritte gehen?«

»Wohin?«

»Wohnen Sie nicht gleich um die Ecke?« Es amüsierte Violet, dass sie einen Mann, der sich sonst nicht überrumpeln ließ, überrumpelt hatte.

»Woher wissen Sie das?«

»Mein Hoteldetektiv ist ein fähiger Mitarbeiter.«

»Sie haben Ihren Detektiv auf mich angesetzt?«

Violet ließ das unbeantwortet. »Ich muss bald zurück ins Hotel.« Sie zeigte die Straße hinunter. »Wollen wir?«

Zögernd schloss er sich ihr an. »Wie geht es Ihnen, Miss Mason?«, fragte er nach ein paar Schritten.

»Sehen Sie mich an, Mr Kamarowski. Ich bin das wandelnde Elend«, antwortete sie lächelnd.

»Schmaler sind Sie geworden.« Im Licht eines Schaufensters betrachtete er sie genauer. »Ist etwas Besonderes vorgefallen, weshalb Sie so …«

»Früher haben Sie besser gelogen, Viktor, damals, als Sie mir vorgemacht haben, Sie wären nur ein harmloser Gast im Savoy. Als Sie Meuchelmörder auf meinen Großvater angesetzt haben und versuchten, auch mich auszuschalten. Früher waren Sie ein gefährlicher Gegner, Mr Kamarowski.«

»Was wollen Sie von mir?« Er schloss den Mantel.

»Ich komme, um mich bei Ihnen zu bedanken, Sir.« Auf seinen überraschten Blick nickte sie. »Ich danke Ihnen, Viktor.«

Nachdenklich trat Kamarowski auf sie zu, fasste Violets Pelzkragen und stellte ihn behutsam auf. »Sie sollten sich nicht verkühlen. Sie sind noch nicht wieder auf dem Damm.«

»Dann verstehen Sie also, was ich meine?«

»Schon möglich.«

»Sie haben meinem Kind das Leben gerettet.« Sie fasste seine Hand an ihrem Kragen. Trotz der Kälte fühlte sie sich warm an. »Ist das nicht die verrückteste Geschichte, die man sich vorstellen kann? Meinen Großvater haben Sie fast umgebracht. In Berlin wäre ich um ein Haar im Feuer zu Tode gekommen. Und eines Tages kommt ein kleines Mädchen zur Welt, das nicht atmen kann. Ein Kind, das keine Woche alt geworden wäre, wenn nicht …«

Kamarowski zog seine Hand zurück. »Ich habe nichts Besonderes getan, Miss Mason.«

»Sie haben mir Andruță Iliunescu geschickt. Er hat Maxine gerettet.«

Mit einem Mal sah Kamarowski ganz hilflos aus, wie ein großer alter Junge mit grauem Kinnbart. »Sie haben Ihr Kind Maxine genannt? Mr Hammersmith hätte dieser Name bestimmt gefallen.«

Ein Blick voll Wärme und Offenheit. »Auch das haben Sie gewusst, Viktor, dass Max der Vater war? Warum haben Sie mir geholfen?«

»Ich habe nur ein Telefonat nach Oxford geführt.«

»Sie haben mein Leben verändert, mein Mädchen gerettet. Das war der großartigste Telefonanruf, den Sie jemals getätigt haben.«

»Und dem Baby geht es wirklich gut?«

»Sie nimmt jeden Tag zu. Sie schreit und kräht, ich komme mit dem Wechseln der Windeln kaum nach.«

»Wer ist jetzt bei ihr?«

»Eine der Hausdamen.«

Kamarowski blickte zum Himmel hoch. »Wir können hier nicht länger bleiben«, sagte er angesichts des schwindenden Lichtes. »Wo steht Ihr Wagen?«

»Im Park. Der Fahrer wird bestimmt schon unruhig.«

»Ich begleite Sie.« Ohne ihre Erlaubnis abzuwarten, hakte Kamarowski sie unter und schlug den Weg zur Elizabeth Street ein.

Auf halbem Weg überfiel sie der schrille Klang der Sirenen.

Beide blieben stehen.

»Das Baby«, sagte sie.

»Ihr Kind ist im Hotel?«

Violet bemerkte den Chauffeur, der ihr vom Park entgegenlief.

»Ich muss zu Maxine. Kann ich Sie mitnehmen?«

»Wohin?«

»Ins Savoy.«

»Ich wohne nur zwei Straßen entfernt.«

»Sie können unmöglich nach Hause, Viktor.«

Die Sirenen röhrten. Der harte Klang von Artillerie mengte sich dazu, Kanonen, die in die Luft schossen. Kamarowski deutete hinauf, wo die Flakgeschosse explodierten. »Bis ins Savoy kommen Sie nicht mehr.«

»Ich muss zu Maxine!«

»Wir müssen unter die Erde.«

Mit harten Schritten erreichte der Chauffeur die beiden. »Miss Mason!«

Sie hastete ihm entgegen. »Lassen Sie uns fahren, Roberts.«

»Zu spät.«

»Aber wir müssen ...«

»Bis zum Savoy sind es drei Meilen. Die Flieger sind in wenigen Minuten hier.«

»Ich muss ... Maxine!« Sie wollte gerade den Weg zum Auto einschlagen, als sie Kamarowskis Hand auf ihrer Schulter spürte.

»Hundert Menschen arbeiten in Ihrem Hotel, Miss Mason. Hundert Menschen werden sich zuallererst um Ihr Baby kümmern. Sie können sich auf Ihre Leute verlassen. Maxine geschieht nichts.« Am Himmel über London explodierte das Abwehrfeuer in rascher Folge, Kamarowski musste fast schreien. »Aber das nützt alles nichts, wenn Maxines Mutter heute Abend etwas passiert. Kommen Sie!«

Er und der Chauffeur nahmen Violet in ihre Mitte. »Wo ist der nächste Bunker?«

»Victoria Station«, antwortete Roberts.

»Das schaffen wir nicht.« Kamarowski zeigte in die Gegenrichtung. »Sloane Square Station könnten wir allerdings erreichen.«

»Sloane Square ist nicht überdacht«, rief der Chauffeur. »Was meinen Sie, Miss Mason?«

»Sloane Square.« Sie nickte. »Wir laufen in den Tunnel.« Beruhigend sah sie den Chauffeur an. »Kommen Sie, Roberts.«

»Und der Wagen?«

»Der *Lagonda* ist meine kleinste Sorge.«

Nach wenigen Yards begegneten sie Menschen, die die gleiche Richtung einschlugen. Leute mit Koffern, Einbeinige auf Krücken, Frauen mit Kindern auf dem Arm. Eine Frau zog einen Handwagen hinter sich her.

»Zum dritten Mal«, sagte die Frau zu ihrer Begleiterin. »Zum dritten Mal packe ich jetzt all mein Zeug und schaffe es in die Underground. Die Deutschen sollen sich endlich mal entscheiden, ob sie mein Haus treffen wollen oder nicht.«

Maxine. Maxine! Wie gedankenlos, das Baby allein zu lassen. Als Violet aufgebrochen war, hatte das

Mädchen getrunken und war eingeschlafen. Sie hatte eine kleine Menge Milch abgepumpt, da sie ja nur eine Stunde fortbleiben wollte. Die Hausdame war verlässlich, außerdem gab es noch Myrtle. Auf Myrtle war Verlass. Auf alle war Verlass, solange keine Panik ausbrach. Es würde keine Panik geben, dachte Violet, während sie neben den beiden herlief. Es war nicht der erste, nicht der zehnte Bombenangriff auf die Stadt. Hunderte mussten es gewesen sein, man hatte sich daran gewöhnt.

Violet spürte, dass ihr gleich schwarz vor Augen werden würde. Sie war das Rennen nicht gewöhnt. Sie riss sich zusammen. Sloane Square kam in Sicht. Sie stützte sich auf Kamarowskis Arm.

Die erste Bombe ging in der Nähe nieder. Die Druckwelle erreichte Violet vor dem Lärm. Der Fahrer, Kamarowski und sie wurden nach hinten gerissen, konnten sich aber auf den Füßen halten, während andere stürzten. Die Frau mit dem Handwagen schrie, weil ihr Hab und Gut umkippte. Der betäubende Knall, der Blitz, dort, wo das Royal Court Theatre lag. Violet lief langsamer.

»Weiter«, keuchte Kamarowski.

»Nur noch – ein kleines – Stück«, stieß der Chauffeur im Rhythmus seiner Schritte hervor.

Sie erreichten die Treppe zu Londons Unterwelt, quetschten sich mit anderen zusammen, liefen, stolperten in die Tiefe. Sloane Square Station war kein Tunnel, nur ein Schacht. Vom Perron aus konnte man oben die verdunkelten Häuser sehen. Zusammen mit der Herde geängstigter Menschen rannten sie auf die schwarze Öffnung zu, wo sonst Züge wie leuchtende Würmer aus der Dunkelheit auftauchten. Der Zug war irgendwo im Tunnel stehen geblieben.

Nach wenigen Yards konnte Violet nicht weiter. Sie lehnte sich an die gekrümmte Wand. Kamarowski hielt neben ihr und stützte die Hände auf seine Knie. Der Chauffeur merkte nicht sofort, dass die beiden stehen geblieben waren, und eilte weiter.

Das dumpfe Dröhnen. Die Einschläge waren genau über ihnen, ohne Ende, näher, ferner, überall. Dort oben stürzte der Himmel ein. Wo blieb die Strafe des Himmels?, dachte Violet. Wer bestrafte diejenigen, die die große alte Stadt London zerstörten? Wo blieb die Strafe für jene, die Feuer und Tod brachten?

War Maxine durch den Lärm aufgewacht? Wohin

hatten sie das Kind gebracht? Hatte sie Hunger? Sie musste Hunger haben, es war die höchste Zeit. Ich muss ins Savoy, dachte Violet. Gleich, in ein paar Minuten. Gleich, Maxine, gleich.

DER LIEUTENANT

25

Mit erhobener Feder

»Das Horn von Afrika«, sagte Sir Archibald Wavell, Oberbefehlshaber des britischen Middle East Kommandos.

Die englischen Truppen standen im Dezember 1940 den Italienern an drei Fronten gegenüber, im Nordwesten Ägyptens, in Ostafrika und an der griechisch-albanischen Front. Die Kolonie Italienisch-Ostafrika stellte eine Bedrohung für die britischen Versorgungslinien über den Indischen Ozean und durch den Suezkanal dar.

Wavell kreiste das Gebiet auf der Aufmarschkarte ein. »In Ostafrika sind die italienischen Verbände am exponiertesten. Ihr Nachschub ist mangelhaft, sie stehen mit dem Rücken zum Meer. Hier liegt unser zentrales Angriffsgebiet, Gentlemen.«

Das Kommandozelt Wavells befand sich an der Küstenstraße nach Nibeiwa. An der Einsatzbesprechung nahmen die Kommandeure der siebten gepanzerten sowie der vierten Infanteriedivision teil, außerdem ein Vizeadmiral der Navy, der die Bombardierung vom Wasser aus befehligen sollte. Ein junger Navy-Lieutenant fungierte als Verbindungsoffizier. Seine Mitschrift diente den Stäben als Richtlinie. Der Lieutenant schrieb mit der linken Hand, eine Schrapnellverletzung zwang ihn dazu. Als Kind hatte Lionel Burke das Kunststück beherrscht, mit beiden Händen zu schreiben. Diese Fertigkeit machte er sich nun zunutze.

Das Schrapnell war nahe der Festung Sidi Barrani geflogen gekommen, tötete zwei Offiziere und kostete einen Stewart das Augenlicht. Lieutenant Burkes rechter Arm war vom Ellbogen abwärts gelähmt. Trotz der Verletzung war er nicht nach Hause geschickt, sondern zum leichten Dienst bei General Wavell abkommandiert worden.

Lionels Aufenthalt in Afrika glich einer Wiederkehr. Kindheit in Ägypten, frühe Studienzeit in Indien und Burma, wohin sein Vater nacheinander versetzt worden war. In Rangun geriet Lionel durch die Anregung seines Professors in den Bann der nüchternen Schönheit der Mathematik. Er wäre dieser Wissenschaft sofort verfallen, hätte sein Vater nicht die Möglichkeit bekommen, nach England zurückzukehren. In dessen Fußstapfen besuchte Lionel die Marineakademie in Cardiff, wo er sich auf die Verschlüsselung des marinen Funkverkehrs spezialisierte.

Als frischgebackener Fähnrich ließ er sich nach Somerset versetzen, nicht des Studiums, sondern der Liebe wegen. Irene lebte in Weston-super-Mare. Lionel glaubte, in ihr die Frau seines Lebens gefunden zu haben. Dabei war Irene mürrisch, rauchte wie ein Schlot, besaß keinen Funken Humor, und doch liebte er sie. Irene schlief gern und häufig mit ihm, wollte jedoch von einer festen Bindung nichts wissen. Sie kam aus wohlhabendem Haus und heiratete auf Wunsch der Eltern einen örtlichen Rinderzüchter. Vor ein paar Jahren hatte Lionel sie noch einmal wiedergesehen und erkannte sie fast nur noch an ihrer Zigarettenmarke wieder.

Es folgte ein Jahr bei der Navy in Southampton. Der Tod von Lionels Vater ließ ihn um Versetzung nach London bitten, er wollte sich um seine Mutter kümmern. Dort machte er die Bekanntschaft von Admiral Sinclair, dem Leiter des Geheimdienstes. Der Wechsel von der Marine zum SIS kam Lionel gelegen, seine mathematische Brillanz und seine Leidenschaft für Rätsel prädestinierten ihn für eine Tätigkeit bei der Dechiffrierungsabteilung. Er wurde von Sinclairs Nachfolger übernommen. Lionels Aufgaben führten ihn nach Bletchley Park, später in die unterirdische Abteilung des Savoy. Seine Aufgaben führten ihn zu Violet Mason.

Der Kriegsausbruch zwang ihn, sich wieder auf den Weg nach Ägypten zu machen. In seiner Kindheit war die Wüste Lionels Heimat gewesen. Er hatte nichts anderes gekannt als die alles verbrennende Sonne, den Sturm, den Staub. Braun, Gelb und Grau waren die vorherrschenden Farben gewesen. Als er zum ersten Mal inmitten der Grüntöne des englischen Mutterlandes stand, überwältigte ihn der Eindruck und stieß ihn zugleich ab. Wer brauchte so viel Grün, wer konnte der wuchernden Fruchtbarkeit dieser Insel standhalten? Eine Palme im Sand, ein Olivenhain, ein wenig dorniges Gras, um die Kamele zu weiden, das waren Lionels Erinnerungen. Er brauchte Monate, um sich in dem satten, diesem fetten England heimisch zu fühlen.

Mittlerweile war die Wüste ihm zur Fremde geworden. Er sehnte sich nach dem Frösteln eines englischen Novembermorgens, wenn man die Kälte mit der ersten Tasse Tee aus dem Körper vertrieb. Er hasste es, sein Zelt vor dem Schlafengehen nach Skorpionen absuchen zu müssen und jeden Morgen mit staubigem Mund und verklebten Augen zu erwachen. Seine Träume trugen ihn nach England, in seine kleine Wohnung in Pimlico oder zu dem Haus seiner Mutter in Ponders End. Oft drehten sich seine Träume um Violet und bescherten ihm ein schwermütiges Erwachen.

Nach der Beziehung zu Irene hatte er es mit den Frauen langsamer angehen lassen und gab sich lieber dem Alltag eines englischen Offiziers hin. Frühstück im Casino, Lunch in der Kantine, ein Drink mit den Kameraden nach Dienstschluss, Dinner im Navy Club, manchmal der Besuch einer Tanzveranstaltung. Der eine oder andere Flirt, in erster Linie, um am nächsten Tag ein Gesprächsthema mit den *Boys* zu haben.

Samantha überfiel Lionel wie ein Dieb in dunkler

Gasse. Manchmal spielte er nachts Klavier im leeren Offizierscasino. Sein Repertoire umfasste kaum zehn Nummern, doch seine Interpretation von *Has Anybody Seen My Baby* genügte, um Samantha durch das Fenster spähen zu lassen. Frauen hatten keinen Zutritt bei den Offizieren, Lionel kletterte also zu ihr nach draußen und lud sie auf einen Drink ein. Die Liebe zu ihr hatte etwas Unausweichliches. Bedauerlicherweise war Samantha verlobt. Sie erlebten eine leidenschaftliche, abenteuerliche und geheimnisvolle Zeit. Für jedes Treffen mit dem Lieutenant musste Samantha ihrem Verlobten eine Lüge auftischen.

Nach einer Weile begann Lionel davon zu sprechen, dass er durch die Ernennung zum *Second Grade* einen besseren Sold erwarten durfte, der ihm ermöglichen würde, für zwei Menschen zu sorgen. Samantha erwiderte darauf erstaunlich wenig. Er phantasierte, dass sie in Kensington zusammen eine Wohnung nehmen könnten, und fragte, ob ihr die Gegend zusagte. Samantha hatte zu Kensington keine Meinung.

Als ihrem unglücklichen Verlobten irgendwann die Augen aufgingen und er eines Nachts bei Lionel erschien und den Halbnackten aus dem Schlaf holte, weil er annahm, der Lieutenant liege mit Samantha im Bett, machte Lionel dem Konkurrenten höflich klar, dass er sein Nachfolger sei und sich die Verlobung damit wohl erledigt hätte.

Damit sollte er jedoch nicht recht behalten. Als Lionel seine Dienststelle eines Abends im Auto verließ, tauchte die durchnässte Samantha im Scheinwerferkegel auf und stieg ein. Beglückt, dass die Sehnsucht sie zu ihm getrieben hatte, wollte Lionel Samantha küssen, doch sie eröffnete ihm, dass sie ihren Verlobten unmöglich verlassen könne. Er hänge zu sehr an ihr und würde einen Zusammenbruch erleiden, sofern sie die Verbindung löste. Lionel fehlte die Geistesgegenwart, einzuwenden, dass auch er zusammenbrechen würde, falls sie ihm den Laufpass gebe. Samantha küsste ihn ein letztes Mal und rannte in den Regen. Sechs Monate später wurde Sams Verlobter von einem Laster überfahren und war sofort tot. Der Zeitpunkt, an das Verhältnis wieder anzuknüpfen, war jedoch verpasst. Lionel sah sie nie wieder.

Mit Joanne verbrachte er drei sanfte Jahre, das lag daran, dass er sie nicht allzu sehr liebte. Sie waren ein gutes Gespann, hatten ähnliche Interessen und lachten über die gleichen Dinge. Fasziniert von dieser Harmonie bat Lionel Joanne, seine Frau zu werden. Sie sagte Ja, ihre Eltern und seine Mutter waren hocherfreut. Doch jedesmal, wenn es um die Festlegung des Hochzeitstermins ging, tauchten unerwartete Schwierigkeiten auf. So fand die Vermählung nie statt, und die Verbindung glitt so sanft wieder auseinander, wie sie drei Jahre zuvor begonnen hatte.

Lionel hielt den Stift über dem Schreibblock erhoben. Auch mit Violet würde es unmöglich gutgehen. Nicht nur weil sie inzwischen Mutter war, sondern weil jedermann in London sie kannte, während sogar Lionels Vorgesetzter manchmal seinen Namen vergaß. Wenn es schon mit Irene, Samantha und Joanne nicht funktioniert hatte, wie sollte er dann mit einer komplizierten Frau in Violets Position sein Glück finden? Lionel kaute an der Federspitze.

»Lieutenant?« Die Stimme des Oberbefehlshabers.

»General?« Er saß stramm.

»Sind Sie noch bei uns, Lieutenant Burke?«

»Wie meinen Sie das, Sir?«

»Ich habe den Eindruck, dass eine andere Angelegenheit Sie mehr in Anspruch nimmt als der Aufmarschplan gegen die Italiener.«

»Keineswegs, Sir.« Lionel spürte, wie ihm das Blut ins Gesicht schoss. »Ich notiere jedes Wort.«

Der General wandte sich wieder dem Kartentisch zu. »Wir stoßen vierzig Meilen südlich der Küste vor, wobei die Panzer der Siebenten eine Lücke zwischen den italienischen Lagern Sofafi und Nibeiwa schaffen, durch die unsere Infanterie vordringt. Die Coldstream Guards greifen über die Küstenstraße an und nehmen Maktula unter Feuer. Sie, Admiral, unterstützen unser Bombardement vom Wasser aus.«

Bald war Weihnachten, dachte Lionel. Wenn er Violet heute Abend schreiben würde, könnte der Brief noch rechtzeitig vor den Feiertagen eintreffen. Seit seiner Verwundung hatte er ihr erst einmal geschrieben. Die Schmerzen, der Lazarettaufenthalt waren schuld daran. Mittlerweile war seine Fertigkeit mit der linken Hand so fortgeschritten, dass es ihm keine Mühe bereiten würde, einen Brief aufzusetzen.

Lionel notierte Koordinaten, Truppenstärke, Munitionsbestand, außerdem eine Bestellung von hundert Enterleinen für die Landungsschiffe. Seine Verletzung wollte er Violet verschweigen. Vielleicht würde sich die Nervensache mit der Zeit wieder verlieren, in dem Fall wollte er sie nicht unnötig beunruhigen. Sie sollte keinesfalls den Eindruck haben, den Brief eines Kriegsversehrten zu lesen. Lionel freute sich, am Abend im Geist nach England aufzubrechen, neben Violet Platz zu nehmen und ihr von seinen Erlebnissen zu erzählen.

26

Die blaue Kugel

»War das nicht idiotisch von mir?«

»Idiotisch würde ich nicht sagen.« Onkel Henry fand Violets Weihnachtseuphorie übertrieben, zugleich auch reizend, in jedem Fall beeindruckend. Es erfüllte sie mit so viel Schwung und Optimismus, endlich wieder etwas anzupacken, dass niemand imstande gewesen wäre, sie zu bremsen.

Vor versammeltem Personal hatte Violet ihren Plan verkündet: »Da mir selbst ein *Kind in der Krippe* geschenkt worden ist, soll das Weihnachtsfest 1940 die schönste und stimmungsvollste Feier werden, die wir im Savoy je hatten.«

Henry beobachtete Violets waghalsige Verrenkungen auf der Leiter. Ihr Schwung, ihre Energie drohten das geschwächte Hotel zu überfordern. Weshalb mussten ausgerechnet in einem Jahr wie diesem die Feierlichkeiten jedes Maß übersteigen? Es war Krieg, dachte Henry, täglich, praktisch jede Nacht, wurden sie bombardiert. Wer die Möglichkeit hatte, floh aus London, alle anderen zogen die Köpfe ein und gingen in Deckung. Doch Violet Mason arrangierte ein Weihnachtsfest *für alle Londoner*. Jeder sollte, jeder durfte ins Savoy kommen, vom Mitglied der Königlichen Familie über Bürger, die die Luftschlacht bis jetzt verschont hatte, Soldaten und Offiziere, die den Deutschen trotzten, bis zu den Müttern, die Söhne, Brüder und Väter verloren hatten, und den Familien, die durch die Bomben obdachlos geworden waren. Dieses gewaltige Fest sollte im Herzen Londons leuchten und den Feinden in den Wolken zeigen, dass Liebe, Solidarität, Mitmenschlichkeit alles überwand.

Einladungen gab es keine. Violet hatte in den Londoner Zeitungen annoncieren lassen, dass jedermann willkommen sei. Die Tatsache, dass man die Besucherzahl unmöglich vorhersagen konnte, brachte den Küchenchef zwar in Bedrängnis, doch Maître Dryden erwies sich als zuverlässiger *Musketier der Königin*. Er wollte Gerichte auf den weihnachtlichen Speiseplan bringen, für die ihm die Zutaten nie auszugehen drohten. Die Kartoffel spielte eine zentrale Rolle dabei, die Rote Bete mit ihrer Wachheit, der Rettich mit seinem kalten Feuer, die frivole Karotte und die ernste Pastinake. Dryden erfand außerdem einen besonderen Festtagsbraten: Aus den Beständen der Armee ergatterte er Eipulver und Corned-Beef-Ersatz. In Kombination mit bestimmten Gewürzen ergab das einen Braten der außergewöhnlichen Art. Durch Violets gute Beziehungen würde das Fest sogar mit Plumpudding versorgt werden. Der noble Spender wollte nicht genannt werden, und Violets Lippen waren versiegelt.

Im Cutaway des Hoteldirektors stand Henry neben der Leiter und fühlte, wie schon oft, dass er nichts dergleichen je zustande bringen würde. Dort oben hantierte eine Frau, der es angeboren war, zu führen, zu inspirieren und alle mit ihrer Begeisterung anzustecken.

»Ich finde es trotzdem idiotisch«, widersprach sie. »Ursprünglich wollte ich Maxines Kinderzimmer unter dem Dach einrichten.« Kopfschüttelnd sah sie zu ihrem Onkel herunter. »Unter dem Dach! Wo jederzeit eine Bombe einschlagen kann. Ich muss durch die Schwangerschaft nicht bei Trost gewesen sein. Zum Glück haben wir Maxine jetzt neben meinem Büro untergebracht. Dort ist sie sicher.« Mit einem langen Feenhaar beugte sie sich vor und drapierte es auf dem obersten Zweig. »Gibst du mir die Kugel?«

Henry nahm eine rotschimmernde Glaskugel aus dem Karton. »Deine ursprüngliche Idee war im Grunde weitsichtig.« Lächelnd reichte er ihr die Kugel hoch.

»Die ist zu groß.«

»Entschuldige. Wie wäre es mit der?«

»Lieber die goldene daneben. – Oder nein.« Violet legte den Finger an den Mund. »Die goldene ist dem Engel an der Spitze zu ähnlich. Die blaue.«

Henry tat, wie ihm geheißen wurde.

»Was meinst du mit *weitsichtig*, Onkel?«

»Irgendwann werden keine Bomben mehr auf London fallen. Dann ist das Kuppelzimmer, Vaters früheres Zimmer, der schönste Ort im Savoy. Man kann durch das Glasdach die Sterne über London sehen. Ich weiß noch …« Er unterbrach sich.

»Ja?«

»Papa ist nie besonders väterlich zu mir gewesen«, sprach er zögernd weiter. »Er war der berühmte Sir Laurence und ich ein Kronprinz, auf den er nicht stolz sein konnte.«

»Das stimmt nicht.« Auf der Leiter drehte sie sich um.

»Es stimmt, und du weißt es. Damals hat mich das oft gekränkt. Aber einmal …« Henrys Augen bekamen einen sonderbaren Glanz. »Einmal hat mich Larry oben im Kuppelzimmer übernachten lassen. Das war die schönste Nacht meines Lebens.«

»Davon wusste ich gar nichts.«

»Es war Jahre vor deiner Geburt. Papa hatte alle Decken und Kissen, die er fand, auf den Boden geworfen und ein richtiges Lager hergerichtet. Wir haben das Licht ausgemacht. Wir lagen zusammen, Papa öffnete seinen Arm, und ich konnte mich hineinkuscheln. So sind wir gelegen, und er hat mir die Sterne über uns erklärt.«

»Hatte Larry überhaupt eine Ahnung von Astronomie?«

»Keine Spur. Ich glaube, in dieser Nacht hat mein

Vater ein komplettes Universum erfunden, nur für mich. Verstehst du, Vi? Für den kleinen Jungen, der ihn vergöttert hat, aber seinen Ansprüchen nie gerecht wurde. Ich glaube, ein schöneres Geschenk habe ich in meinem ganzen Leben nie bekommen.«

Mit traurigem Lächeln schwieg Violet mehrere Sekunden lang. »Wie alt warst du da?«

»Sechs oder sieben. Ich ging schon zur Schule.« Henry setzte sich auf die Kiste, in der die Christbaumkerzen waren. »Das Kuppelzimmer war etwas Besonderes für Laurence, und seit dieser Nacht ist es das auch für mich. Maxine fühlt sich dort sicher geborgen. Sie wird die Sterne bewundern, und du erzählst ihr etwas über ihren Urgroßvater, den König vom Savoy.«

Nachdenklich kletterte Violet von der Leiter und setzte sich neben ihn. »Es tut mir so leid, Henry.«

»Was tut dir leid?« Aus seinen alten, furchtsamen Jungenaugen sah er sie an.

»Dass Larry dich nicht so geschätzt hat, wie du es verdienst.«

Er stieß sie gegen die Schulter. »Stell dir vor, er hätte mir dieses riesige Hotel vererbt. In diesem Fall würde das stolze Savoy gar nicht mehr stehen.«

»Du übertreibst.«

»So wie es gekommen ist, war es schon richtig. Du gehst voran, du hältst die Dinge zusammen, und ich … Ich bin sehr froh, dass ich ein Teil davon sein darf.«

Sie drückte seine Hand. »Danke, Henry. – Wie spät ist es?«, fragte sie plötzlich. »Ich muss zu Maxine.«

»Du hast Zeit«, entgegnete er beruhigend. »Übernimm dich nicht, Vi. Du kannst nicht der Feldmarschall, die Königin und gleichzeitig die perfekte Mutter sein.«

Schon sprang sie wieder auf. »Dann will ich wenigstens die Kugeln auf dem Baum noch fertig machen.«

Schmunzelnd beobachtete er, wie sie wieder die Leiter erklomm. »Soweit ich mich erinnere, hatten wir erst zwei Mal einen Weihnachtsbaum im Savoy.«

»Ich weiß, warum«, rief sie über die Schulter. »Großvater konnte Tannenbäume nicht leiden. Wahrscheinlich wegen der Nadeln, die sie verlieren.«

»Das war nicht der wahre Grund.«

»Ach, nein?«

»Einmal hat ein Baum in der Lobby Feuer gefangen. Niemand ist zu Schaden gekommen, aber die ganze Rückwand war verkohlt.«

»Das hat mir Larry nie erzählt.«

Henry nahm die nächste Kugel. »Obwohl unsere Familie aus Deutschland stammt, hat Papa die Deutschen nie gemocht. Am Tag nach dem Feuer sagte er zu mir: ›Auch wenn der Mann unserer Königin, der ehrenwerte Prinz Albert von Sachsen-Coburg, geruht hat, den Weihnachtsbaum nach England mitzubringen, obwohl Queen Victoria seither Weihnachten nur noch unter dem Tannenbaum feiert, will ich diesen deutschen Exportartikel im Savoy nicht haben.‹«

Violet hängt die Kugel an einen Ast, der ihr noch leer erschien.

»Miss Mason?« Die Flügeltür zum *Golden Pavillon* war aufgegangen.

»Ja, Myrtle, was gibt es?«, rief sie von der Leiter aus.

»Ein Brief für Sie.« Der Chefbutler trat näher.

»Wieso legen Sie ihn nicht zur übrigen Post?« Violet bückte sich zu Henry, um eine Kugel entgegenzunehmen.

»Er kommt aus ...« Miss Hahn drehte das Kuvert um. »Ich kann den Absender nicht lesen, aber ich glaube, der Brief wurde in Ägypten aufgegeben.«

Mit einem Sprung verließ Violet die Leiter und drückte

Henry die Kugel in die Hand. »Ägypten? Von Lieutenant Burke?«

»Das kann ich nicht sagen. Die Army hat den Brief in ein zweites Kuvert gesteckt.«

»Er kann nur von Lionel sein.« Violet eilte auf Myrtle zu und griff sich das Kuvert aus braunem Packpapier. Während sie aus dem Speisesaal hastete, wandte sich Myrtle zu Henry.

27

Die Löwen von Trafalgar

Myrtle trat auf Henry zu, der die Christbaumkugel mit beiden Händen hielt, als ob er Angst hätte, sie fallen zu lassen. »Musst du ganz allein mit den bunten Bällen spielen, mein Lieber?«, fragte sie.

Er legte die Kugel zu den übrigen. »Ich freue mich, dass Vi endlich wieder jemanden hat, für den sie … ein besonderes Gefühl hegt.«

Myrtle wiegte den Kopf. »Ist nur zu hoffen, dass der Lieutenant heil aus Afrika zurückkommt.«

»Wie kannst du so etwas überhaupt nur denken?«

»Es ist Krieg. Es wäre blauäugig, etwas anderes zu denken.«

»Er ist Stabsoffizier und braucht nicht an der Front zu kämpfen.« Henry betrachtete den Baum, der die Decke des *Golden Pavillon* berührte. »Inzwischen sitzt sie dort oben und liest seinen Brief. Wie ich Vi kenne, antwortet sie ihm gleich heute.«

»Trotzdem ist kaum anzunehmen, dass ihre Antwort ihn noch vor Weihnachten erreicht.«

Er musterte Myrtle mit gerunzelten Brauen. »Was ist denn heute mit dir los? Alles siehst du von der dunkelsten Seite.«

Sie strich über seine Wange. »Wer dich nicht kennt, könnte dich für einen Zauderer halten, Henry, aber tief drinnen bist du ein unverbesserlicher Optimist.«

»Optimismus ist für mich die einzige Möglichkeit, das Leben zu bewältigen.«

»Schmückst du den Baum allein weiter?«

»Ich werde mich hüten. Der Weihnachtsbaum ist Violets Idee. Wegen ihr musste er so riesig sein, und sie wird ihn auch fertig schmücken.«

Nebeneinander liefen sie zum Ausgang des *Golden Pavillon.*

»Sehen wir uns heute Nacht?«

Er vermied ihren Blick. »Diese Uhr, die *Reverso-Tourbillon,* du weißt, macht mir ziemliche Schwierigkeiten. Ich glaube, ich werde heute Abend noch ein bisschen daran arbeiten.«

»Ich wollte dich nicht von deiner wahren Geliebten weglocken.« Sie küsste Henry lächelnd und sah ihm nach, während er zu den Fahrstühlen ging.

Mit langsamen Schritten näherte sich Myrtle der Rezeption, wo Mistelzweige und rote Schleifen den improvisierten Tresen dekorierten. Die einzige intakt gebliebene Schwingtür am Eingang wurde mit Reisig und Silbersternen bekränzt. Die Hausdiener trugen kleine Mistelgebinde am Revers. Am weihnachtlichsten hatten es die Liftpagen getroffen. An ihren Dienstkäppchen baumelten Glöckchen. Die wenigen verbliebenen Gäste fanden es rührend, wie sich die Hoteldirektion bemühte, die allgemeine Stimmung zu heben.

Was die Feiertage betraf, kam Myrtle nach ihrem Vater, dem Metzger Elias Hahn, der seiner Familie zu Weihnachten immer ein gut abgehangenes Stück Kalbfleisch geschenkt hatte. Vater und Mutter waren inzwischen unter der Erde, Myrtle hatte niemanden zum Feiern. Weihnachten konnte ihr gestohlen bleiben. Umso besser, dass sie während der Feierlichkeiten Dienst hatte, da verging die Zeit schneller. Sie nickte dem Rezeptionisten zu und machte sich auf den Weg zu den Personalunterkünften.

»Na, Otto, wie sieht's aus?«, fragte sie beim Eintritt, ohne geklopft zu haben.

Im Dienstfrack saß er an dem kleinen Tisch und versuchte hastig, seine Tätigkeit zu verbergen. »Verdammt, hast du mich erschreckt.«

Die Tatsache, dass Otto Geld zählte, kostete Myrtle ein Schmunzeln. »Machst du Kassensturz?«

Er deutete auf das Häufchen Pfundmünzen. »Es ist zum Verzweifeln. Die paar Gäste, die wir noch haben, sind knausrig geworden.«

»Nehmen die Damen deinen Service nicht mehr in Anspruch?«

»Selbst wenn sie es tun, zahlen sie nur noch den halben Preis.« Seufzend streifte er das Geld in die Schublade. »Was willst du? Mach schnell, Tommy müsste jeden Moment auftauchen.«

»Morgen ist es so weit.«

»Morgen?« Er lachte wie nach einem gelungenen Scherz. »Das ist unmöglich.«

»Du bist dort unten gewesen, du hast den zweiten Zugang gefunden.« Myrtle setzte sich ungezwungen auf sein Bett.

»Stimmt schon, ich weiß inzwischen, wo es langgeht, aber bis zum Wäschekeller habe ich es noch nicht geschafft.«

»Das wirst du aber morgen schaffen, nicht wahr?«

»Dafür bräuchte ich Werkzeug.«

Er beschrieb ihr, wie man vom ehemaligen Kutschenkeller durch einen vergessenen Korridor zur untersten Ebene des Hauses gelangte. Dieser Weg endete an einer Eisentür, dessen Schloss sich auf der gegenüberliegenden Seite befand. Es war nicht vorgesehen, dass dort jemand eintrat, die Tür diente nur der Flucht. Otto sah sich außerstande, sie zu knacken. Er hatte die Mauern daneben abgetastet und einen Kaminschacht gefunden. Wo ein Schornstein verlief, waren die Wände dünner. Hier wollte Otto ein Loch stemmen. Da seine Aktion unbemerkt bleiben sollte, musste er die Öffnung hinterher wieder schließen. Dazu würde er die herausgebrochenen Steine so präparieren, dass er sie rasch wieder in das Loch einsetzen konnte.

»Ich muss den Mörtel abklopfen«, erklärte er. »Das dauert seine Zeit.«

Myrtle ließ ihn nicht erkennen, dass sie beeindruckt war. Normalerweise hielt sie Otto für einen schlappen Zeitgenossen, der jeder Anstrengung aus dem Weg ging. Lag es an dem versprochenen Honorar Kamarowskis, dass er sich so ins Zeug legte?

»Laut Kamarowski lässt sich der Zeitpunkt nicht mehr ändern«, beharrte sie. »Könntest du die Stemmarbeiten nicht heute Nacht machen?«

Er ließ sich gegen die Stuhllehne sinken. »Seit Monaten arbeiten die Leute von der Regierung dort unten. Weshalb die plötzliche Dringlichkeit?«

»Das kann ich dir nicht sagen.« Sie überschlug die Beine. »Morgen muss der Wäschekeller brennen. Tags darauf kannst du die lächerlichen Pennys, die du in der Schublade hast, vergessen. Kamarowski ist großzügig. Er verlässt sich auf dich.«

Rasche Schritte, die Tür flog auf.

»Wenn du das hörst, fallen dir die Eier einzelweise ab!« Tommy, der Schuhputzer, sprang ins Zimmer, wollte den Sack mit seinem Handwerkszeug aufs Bett werfen, entdeckte Myrtle, erschrak und stolperte rückwärts.

»Miss Hahn, Sir … Miss, ich wusste nicht …« Stammelnd zog er sich nach draußen zurück.

»Bleiben Sie ruhig, Tommy. Der Supervisor und ich haben alles besprochen.« Ohne Hast stand sie auf. »Nicht wahr, Mr Stichler?«

»Gewiss, Miss Hahn«, antwortete Otto mit finsterem Gesicht.

Tommy machte Platz, Myrtle trat in die Tür. »Da Sie anscheinend mit Ihrer Arbeit fertig sind, können Sie Mr Stichler jetzt die Neuigkeit erzählen, durch die ihm die Eier einzelweise abfallen werden.«

»Ja, Miss Hahn, danke, Miss Hahn«, haspelte Tommy ohne jeden Sinn.

Sie töten die Kuriere, dachte Viktor Kamarowski. Er war nervös, ein Zustand, den er von allen Zuständen am meisten hasste. Nervöse Menschen trafen falsche Entscheidungen. Nervöse Leute fielen auf, man traute ihnen nicht. Nervöse Menschen transpirierten. Viktor fuhr sich mit dem Finger in den Hemdkragen. Kein Wunder, dass er schwitzte, er hatte den ganzen Weg von Belgravia zu Fuß zurückgelegt. Vom Grosvenor Place aus hatte er Buckingham Palace umkreist und sich den Spaß gemacht, zu überlegen, was der König in diesem Augenblick wohl gerade tat. Gewiss gab es Momente im Tagesablauf von George VI., die gänzlich unköniglich waren. Er wurde vom Kammerdiener angekleidet, doch die Zähne putzte er sich selbst. Als König setzte er sich an den Frühstückstisch, erledigte die Morgenpost königlich, doch was geschah, wenn er einem inneren Drängen nachkam und der Verdauung stattgab? Kamarowski lächelte über seine Phantasterei, winkte dem König hinter den Fenstern des Palastes zu und fand sich gleich darauf im St. James's Park wieder. Er steuerte auf Trafalgar zu.

Sein Auftraggeber in Paris war unzufrieden. Dieser Brigadeführer galt als scharfer Hund, mit dem man es sich besser nicht verscherzte. Er unterstand in direkter Linie Heinrich Himmler. Durch den Brigadeführer wusste Kamarowski, dass die Briten kurz davorstanden, das Wunderwerk deutscher Chiffrierkunst, die vielgerühmte *Enigma*, zu knacken. Ob der Erfolg in Bletchley Park erzielt werden würde oder im Keller des Savoy, wussten die Deutschen nicht. Sie wollten daher zumindest eine der beiden Gefahrenquellen ausschalten. Kamarowski fürchtete Himmler. Der Reichsführer SS wollte über sämtliche Details der Operation unterrichtet werden. Kamarowski hatte keinen Zweifel daran, wie die SS mit einem unzuverlässigen Kurier umspringen würde. Er war Geschäftsmann, Interessensvertreter und Genussmensch, doch für die Deutschen galt er bloß als Kurier. Sollte er scheitern, wäre der Brigadeführer enttäuscht. Deshalb musste der Keller des Savoy in Flammen aufgehen. Kamarowski passierte die Säule Lord Nelsons. Die Löwen zu seinen Füßen bewachten den Admiral.

Er blickte die gewundene Prachtstraße des Strand hinunter. Dort lag das Ziel, weshalb er den langen Marsch auf sich genommen hatte. Am Ende des Strand erhob sich das Savoy, wo sich heute Nacht entschied, ob Viktor aus diesem Krieg unversehrt hervorgehen würde, oder ob die Mächte, denen er diente, ihn zwischen ihren Interessen zermalmen würden. Er zog sein Taschentuch und wischte sich über die Stirn. Es war riskant, seinen Fuß in das Hotel zu setzen, aber er musste Myrtle persönlich sprechen. Viktor machte sich auf den Weg.

28

All die Stunden

Violet hatte den Brief an Lieutenant Burke im Stil einer gesitteten britischen Korrespondenz begonnen. Rechts oben notierte sie das Datum und schrieb in höflichem Ton.

Lieber Lionel,
wie sehr freut es mich, Post von Dir aus dem fernen Afrika zu bekommen und zu erfahren, dass es Dir gut geht. Trotz der kriegerischen Handlungen scheint Dir nichts geschehen zu sein. Dem Himmel sei Dank.

Missmutig überlas sie die Zeilen, öffnete die Schublade und nahm Lionels Briefe mit der akkuraten Handschrift heraus. Sechs Mal hatte er ihr geschrieben. Weshalb war sie ihm bis jetzt eine Antwort schuldig geblieben?

Sie erinnerte sich, mit Lionel in der Wüste gesessen und über die Nomaden gesprochen zu haben, über Schakale, die nachts Ziegen rissen, und über Kraniche, die in der Wüste zur Beute der Geier wurden. Es kam ihr vor, als ob sie die ganze Zeit in regem Austausch gestanden hätten. In Wirklichkeit war das nur in Violets Phantasie geschehen. Unmittelbar vor Maxines Geburt hatte sie sich in ihren Halluzinationen oft zu Lionel geflüchtet. Das Kind kam zur Welt und die Sorge um sein Leben hatte alles andere in den Hintergrund gedrängt. Nachdem Maxine außer Gefahr war, kehrte Violet ins Savoy zurück und wurde von da an durch ihre Verantwortung für das Hotel, die Menschen während der Bombenangriffe, vor allem aber durch ihre Tochter ganz und gar vereinnahmt. Mit jedem Tag ging es Maxine besser, doch Violet konnte nicht vergessen, wie das Leben ihres Kindes begonnen hatte. Von der Schwelle des Todes bis zum heutigen Tag war sie einen weiten Weg gegangen.

Längst hätte Violet Lionel schreiben und ihm für seine wunderbaren Briefe danken sollen. Sie hätte ihm anvertrauen müssen, dass seine Gefühle nicht unerwidert blieben. Keine Entschuldigung machte die Unterlassung wieder gut, auch nicht, dass sie abends oft so müde war, dass sie gleich einschlief, nachdem sie Maxine gestillt hatte. Nun, da sie darüber nachdachte, schämte sie sich dafür, die Menschen Londons ins Savoy eingeladen zu haben, um ein *Fest der Liebe* zu feiern, während sie den einen Menschen, der ihr viel bedeutete, vergaß. Nur in ihrer Phantasie, während sie mit Lionel am Feuer saß, war sie offen zu ihm gewesen, in der Wüste, unter dem Himmel Ägyptens. Spät genug wollte Violet ihren Fehler nun wiedergutmachen. Sie zerknüllte den ersten Bogen und nahm einen neuen zur Hand.

Lieber Lionel,
bitte verzeih, dass ich erst heute die Zeit finde, Dir auf Deine wunderbaren Briefe zu antworten, aber die letzten Wochen waren für mich

Ärgerlich schüttelte sie den Kopf. Auf nur zwei Zeilen gelang es ihr, einerseits zu lügen und sich ausschließlich auf sich selbst zu beziehen. In Wirklichkeit hätte sie natürlich Zeit gehabt, andere Dinge waren ihr wichtiger erschienen. Lionel hatte ihr sanftmütig und offenherzig geschrieben, sie aber begann mit einer lächerlichen Entschuldigung. Diesmal zerknüllte sie das Papier nicht nur, sondern warf es in weitem Bogen durch das Zimmer. Ein Blick zur Krippe, Maxine schlief tief und fest.

Mein lieber Lionel
Mein Freund in der Ferne
Lionel, mein Lieber
Bester Lionel

Nach mehreren Versuchen begriff sie, dass es zweierlei Dinge waren, ein Gefühl für jemanden zu empfinden und dieses Gefühl in Worte zu fassen. Höfliche Freundlichkeiten wie diese waren das Handwerkszeug Violets. Täglich verwendete sie hunderte davon, doch Konversationsfloskeln reichten nicht aus, um dem gerecht zu werden, was sie empfand.

Wütend über sich selbst stand sie auf und trat an das Babybett. »Was soll ich nur machen?«, flüsterte sie, um

Maxine nicht zu wecken. »Hast du einen Rat für mich?«

Wie süß sie aussah mit der rosaroten Schleife, die das Häubchen zusammenhielt. Auf ihrer Decke, die Maxine zur Seite gestrampelt hatte, fanden sich kleine Rosen, ein Ausblick auf den Frühling. Violet überlegte, ob sie ein neues Mobile über dem Bett aufhängen sollte. Maxine langweilte die sich im Luftzug bewegende Sonne mit den Sternen vielleicht schon.

»Hast du eine Idee, wie ich mit Lionel sprechen soll?«, fragte sie. »Was soll ich ihm erzählen?«

Überrascht richtete sich Violet über der Krippe auf. »*Sprechen,* erzählen, das ist es!« Sie küsste das Mädchen auf die Stirn und deckte es zu. »Danke, Maxine.«

Sie eilte an den Schreibtisch, legte Papier zurecht und griff zur Feder. Violet schrieb Lionel, als ob sie wieder bei ihm in der Wüste sei und mit ihm plaudern würde.

Ich glaube, dass ich ein bisschen verrückt werde. Nicht wirklich verrückt. Wie nennt man das, wenn Bergsteiger in großer Höhe zu phantasieren beginnen? Höhenrausch, ja, das trifft es am besten, so könnte man meinen Zustand bezeichnen. In diesem

Höhenrausch habe ich meinen Leuten im Savoy gesagt, dass Weihnachten 1940 ein besonderes Fest werden soll. Stell Dir vor, Lionel, vor versammeltem Personal habe ich von meinem »Kind in der Krippe« gesprochen. Ist das nicht schrecklich kitschig? Ich wollte, Du könntest mich beraten, so wie damals, als Du mir im Wäschekeller Ratschläge gegeben hast, wie ich mich Max gegenüber verhalten soll.
Dort schläft mein kleines Mädchen, das Kind von Max, zugleich schreibe ich Dir, Lionel. Du bist mir in unserer kurzen Zeit so sehr ans Herz gewachsen. Dumm war ich, Dir das nicht schon an dem traurigen Tag zu sagen, als Du Dich von mir verabschiedet hast.
Die Vorbereitungen für die Weihnachtsfeier machen mich glücklich. Ich sprühe nur so vor Energie. Als Dein Brief ankam, habe ich gerade den Weihnachtsbaum geschmückt. Das erledige ich nämlich höchstpersönlich. Onkel Henry reicht mir die Kugeln und alles, was ich brauche, auf die Leiter hoch.
Ich vertraue Dir jetzt ein Geheimnis an, das sonst kein Mensch im ganzen Königreich kennt, und bitte Dich, es niemandem zu erzählen. Neulich bekam ich Be-

such. Ein Gentleman mit Gehrock und Melone stand vor mir. Niemand hatte ihn angekündigt. Dieser Mann stellte sich als Sir Alan Lascelles vor, er ist der Privatsekretär Seiner Majestät, König George VI. Sir Lascelles teilte mir mit, dass im Buckingham Palace bekannt geworden sei, dass ich ein Weihnachtsfest veranstalten würde. Ohne den Namen des Königs zu nennen, informierte mich Lascelles, dass der Palast mir anbiete, sich an den Vorbereitungen zu beteiligen. Ich solle ihm mitteilen, woran es gegebenenfalls fehle. Da musste ich nicht lange überlegen. Wir haben Mühe, die Zutaten für den Plumpudding in nötiger Menge zu besorgen, Plumpudding für hunderte, vielleicht tausende Gäste! Maître Dryden fehlen Rosinen, auch Nüsse und Brandy, um den Pudding darin zu tauchen.

Drei Tage später erhielt ich einen Brief mit dem Siegel von Buckingham. Stellst Du Dir meine Aufregung vor, Lionel? Du täuschst Dich nicht: Der König selbst hat mir geschrieben, kurz und förmlich kündigte er an, dass ich mir um den Plumpudding keine Sorgen zu machen brauche. Der Palast werde rechtzeitig vor den Feiertagen eine Lieferung ins Savoy

senden. Dann fügte der König noch etwas hinzu. Ich will es wörtlich für Dich zitieren: »Meine liebe Miss Mason, ich danke Ihnen aus tiefstem Herzen, dass Sie mein schwer geprüftes Land durch Ihre wundervolle Tat aufrichten. Ich stehe in Ihrer Schuld.«
Danach wollte er unterschreiben, wie er es gewohnt ist, mit »George VI. Rex«, doch er hat es durchgestrichen und unterschrieb schlicht mit »Albert«. Ist das nicht großartig, Lionel? Ich hebe seinen Brief in derselben Schublade auf wie die Deinen.
Es ist eine sonderbare Zeit, aber auch eine großartige Zeit. Die Liebe, Lionel, die Mitmenschlichkeit, überwindet alles, das habe ich mittlerweile gelernt. Das Leben wird siegen, Lionel. Das Leben. All die Stunden, die wir miteinander verbringen werden. Die Liebe.
Komm zurück, Lionel,
komm bald zurück!

29

Marsch auf Tobruk

»Sieh dich um!«, rief Lionel. »Überall fliehen deine Kameraden!«

Der andere, ein Italiener von der Schwarzhemden-Division, ging unbeirrt ans Werk. Verstand er kein Englisch? Nahm er nicht wahr, was auf der Straße nach Tobruk vor sich ging?

Der Soldat hatte Lionel aus dem Hinterhalt überrascht, überwältigt und in ein Geviert aus staubigen Mauern verschleppt. Das Gebäude mochte früher ein Getreidespeicher gewesen sein und war aufgegeben worden, als die Wüste näher rückte und die Mauern unter dem Sand begrub.

Die fünfte Schwarzhemden-Division hatte kapituliert, die zweite war zwischen Tobruk und dem Halfaya-Pass versprengt. Dieser italienische Soldat, er stand im Rang eines Unterfeldwebels, musste einer von ihnen sein. Äußerlich ging der Mann nüchtern zu Werke, zugleich sah ihm Lionel den Irrsinn an, unter dessen Einfluss er das Verrückteste tat, was in der derzeitigen Situation vorstellbar war.

Er hatte zwei britische Soldaten gehängt. Vor Lionel baumelten ein Lance Corporal und ein Private in der Sonne. Dem Corporal war während der Hinrichtung der linke Stiefel abgefallen, im Tod hatte er seine Khakishorts eingenässt. Der Private gab ein noch verstörenderes Bild ab. Der Italiener hatte ihn mit einem dünnen Strick an den Haken an einer Wand gehängt. Verzweifelt suchte Lionel eine Erklärung für die bizarre Prozedur; ihm fiel nichts anderes ein, als dass dem Italiener die Munition ausgegangen war. Sein Gewehr hing unbenutzt über der Schulter. Dieser Mann war ein Soldat jener Eliteeinheit, die von Mussolini persönlich angelobt worden war, und erschuf im Inneren dieser Ruinen sein eigenes Hoheitsgebiet. Hier drinnen galt nicht das, was sich überall sonst an der libysch-ägyptischen Front abzeichnete: Die Italiener waren besiegt.

Vor vier Tagen hatte Kommandeur Wavell eine sogenannte Truppenübung befohlen, bei der mehrere Einheiten der Desert Force die Erstürmung von feindlichen Lagern proben sollten. Selbst unter den Offizieren war nicht bekannt, dass es sich dabei um die Vorbereitung für die tatsächliche Offensive handelte. Als Meldeoffizier des Generals war Lionel einer der wenigen Eingeweihten gewesen.

In einer Dezembernacht gingen die Truppen in Ausgangsstellung und erfuhren erst im letzten Moment, dass der tatsächliche Angriff begann. Tags zuvor hatte eine andere Einheit einen Scheinangriff auf das Lager Maktila an der Küstenstraße durchgeführt. Sie bauten Panzerattrappen und ließen das italienische Armeekommando glauben, an diesem Punkt werde die britische Hauptoffensive erfolgen. Zur Unterstützung des Ablenkungsmanövers bombardierte die Navy Maktila vom Wasser aus.

Diese Täuschung brachte den Engländern das Momentum der Überraschung. Die anrollenden britischen Divisionen im Süden wurden von den Italienern zu spät entdeckt. Mit Panzerunterstützung ließ Wavell ein britisch-indisches Bataillon gegen Nibeiwa vorrücken. Während der Schlacht fiel der italienische Oberkommandierende. Fast die gesamte Garnison ging in Gefangenschaft. Der Kampf dauerte weniger als eine Stunde, und die Briten verloren dabei nur sechsundfünfzig Mann.

Zusammen mit dem General verließ Lionel den Kommandostützpunkt. Während der Gefechte waren sie zwischen den Fronten unterwegs gewesen. Der feine Wüstensand hatte den Funkgeräten zu schaffen gemacht, die Verbindung brach immer wieder ab. Der Jeep des Generals musste sich über schlecht befestigte Pisten von einem Ort zum anderen bewegen, um sich über den Gefechtsverlauf zu informieren. Staub, Wind, das Versagen der Technik, was wiederum Meldegänger nötig machte, die auf Motorrädern handgeschriebene Befehle vom General zur Truppe beförderten, waren die sichtbaren Vorgänge der Dezemberschlacht. Dem General blieb verborgen, dass Lionel zu fiebern begann. In seinem rechten Arm war ein Schrapnellsplitter übersehen worden und hatte zu eitern begonnen. Er konnte die Hand nicht mehr bewegen, sein Unterarm war derart angeschwollen, dass er den Ärmel aufschneiden musste. Trotzdem wollte er sich an diesem Tag nicht beim Sanitäter melden, um ins Lazarett eingewiesen zu werden. Mit der linken Hand notierte Lionel die Befehle Wavells, gab sie an die Melder weiter und half dem Funker, das Gerät wieder in Gang zu bringen. All das fand unter sengender Sonne und auf den holperigen Pisten zwischen Nibeiwa und Tobruk statt. Die libysche Italiendivision sah ihre Niederlage voraus und zog sich nach Sidi Barrani zurück. Bei Maktila erkannten die Italiener, dass sie durch die Papppanzer zum Narren gehalten worden waren, und machten sich auf den Weg, den libyschen Einheiten zu Hilfe zu kommen. Zu diesem Zeitpunkt hatte die Desert Force Sidi Barrani bereits abgeriegelt. Die Stadt fiel in den späten Nachmittagsstunden in englische Hand. Vier italienische Divisionen kapitulierten.

Drei Tage später begannen die Briten den Marsch auf Tobruk. General Wavell zog im Tross der vorrückenden Truppe mit. Lionel wollte den General bis Tobruk begleiten, dann würde er sich endlich krankmelden.

Obwohl der Ort kaum zweitausend Einwohner zählte, war Tobruk das entscheidende Ziel der Offensive. Es verfügte über den wichtigsten Tiefseehafen entlang der libyschen Küste.

Lionel hatte Schmerzen, das Fieber stieg, allerdings fiel in der Hitze sein schweißüberströmter Zustand nicht auf. Er besorgte sich Penicillin, öffnete bei Nacht seine Wunde mit dem Messer, ließ den Eiter abfließen und verband sich selbst. Hätte er den Arzt aufgesucht, wäre er sofort dienstuntauglich geschrieben worden. Lionel war kein Held, eher das Gegenteil, ein besonnener Offizier, der Entscheidungen von Fakten abhängig machte. Er wollte Wavell nicht im Stich lassen, doch das war nicht der Grund für seinen selbstlosen Einsatz. Seit fünfzehn Monaten hatte er mit ansehen müssen, wie nichts, was die Engländer unternahmen, von Erfolg gekrönt war. Sie hatten Hitler durch Diplomatie nicht vom Krieg abhalten können. Ihr Einsatz in Flandern hatte zu einer Katastrophe geführt, bei der fast die gesamte britische Armee in Dünkirchen eingeschlossen worden war. Die Rettung der Engländer musste als Wunder bezeichnet werden. Weitere Wunder würde Hitler den Briten nicht gestatten. Seit Monaten bombardierte er ihre Industrie, ihre Verbindungswege und ihre Hauptstadt aus der Luft. In Europa schien der Krieg verloren. Doch auf dem Nebenkriegsschauplatz Afrika sah es gerade so aus, als ob die Engländer dem Verbündeten Hitlers die erste große Niederlage bereiten konnten: Die Italiener wurden aus ihren afrikanischen Festungen vertrieben. Um nichts in der Welt wollte Lionel bei diesem Ereignis fehlen.

Der Vormarsch gestaltete sich schwierig, nicht weil sie auf nennenswerten Widerstand stießen, sondern weil die einzige Straße durch die Wüste von fliehenden italienischen Truppen überfüllt war. Irgendwo auf der Strecke mussten sie zum ungezählten Mal in der prallen Sonne halten. Der Wagen des Generals steckte fest. Lionel bat, austreten zu dürfen. Auch Wavell verließ das Fahrzeug und besprach sich mit den Offizieren. Lionels Drang waren weniger Notdurft, sondern die Schmerzen im Arm. Er suchte Schatten und entdeckte ein verfallenes Haus zurückgesetzt hinter der Straße. Lionel beschirmte die Augen und musterte die Kolonne, die langsam die gewundene Anhöhe hochdrängte. Es konnte Stunden dauern, bis sie den nächsten Stützpunkt erreichten. Er lief die knapp fünfzig Yards zu dem Lagerhaus. Im Schatten eines Vordaches ließ er sich nieder, wollte seine Wunde begutachten und begann den Verband aufzuwickeln.

Von starken Armen wurde er hinterrücks ins Innere gezogen. Als er schreien wollte, schlug ihm der Gegner so hart ins Gesicht, dass Lionel das Bewusstsein verlor. Er erwachte von dem tobenden Schmerz in seinem Arm. Der Unbekannte hatte Lionels Hände nach hinten gebunden, die Fesseln verliefen über die entzündete Stelle.

»Adesso hai finito, bastardo inglese!«

Der Schwarzhemd-Soldat keuchte und lachte. Er fuhr sich über das schweißglänzende Gesicht und schien mehr mit sich selbst zu sprechen als mit seinem Gefangenen. Er zerrte ihn aus dem Sand hoch.

»La forca ti sta spettando!«

Lionel war hierher abkommandiert worden, weil er arabische Dialekte beherrschte. Italienisch beherrschte er nicht. Der Schmerz raubte ihm die Besinnung, doch selbst bei klarem Verstand hätte er dem Irrsinnigen sein Vorhaben nicht ausreden können. Der Italiener machte sich zur nächsten Hinrichtung bereit. Nun begriff Lionel, weshalb der Mann ihn nicht mit einer Kugel liquidierte. Die Straße lag zu nahe. Ein einziger Schuss, und der Feldwebel wäre aufgeflogen.

»Wenn ich schreie, sind meine Kameraden sofort hier«, keuchte Lionel. »Dann hättest du keine Chance, mich aufzuknüpfen.«

Zugleich wusste er, ein Stoß mit dem Gewehrkolben, und der andere hätte ihn zum Schweigen bringen können.

»Non essere impaziente, bastardo.« Der Italiener lachte. »Sarai proprio li.«

Lionel entdeckte das Drahtseil in der Hand des Faschisten. Die Truppe benützte es, um steckengebliebene Fahrzeuge mithilfe von Panzern aus dem Sand zu ziehen. Der Italiener trat vor seinen Gefangenen.

»È giunto il momento.«

Er legte Lionel das Seil um den Hals und schob es durch eine Schlaufe. Das andere Ende warf er über seine Schulter und marschierte einfach los. Der Draht straffte sich, die Schlinge zog sich zusammen. Ohne seine Hände war Lionel hilflos und wurde am Hals durch den Sand geschleift, bis zu der Mauer, wo ein weiterer Haken aus der Wand ragte. Über diesen Haken warf der Italiener das Seil.

»Non vedere mai più.«

Der Mann im schwarzen Hemd salutierte zynisch vor Lionel. Dann zog er ihn hoch.

30

Mitternacht

Den Telefonhörer am Ohr, fuhr Kamarowski vom Kissen hoch. »Hallo, wer ist da?«

»Guten Abend, Herr Kamarowski«, sagte eine deutsche Stimme.

»Brigadeführer, sind Sie das? Um diese Zeit?«

»Die SS schläft niemals«, antwortete der Offizier.

»Ich fürchte, ich habe noch nicht die gewünschte Erfolgsmeldung für Sie.« Wie um zu verbergen, dass sein Auftraggeber ihn im Bett erwischt hatte, stellte Kamarowski die Füße zu Boden.

»Haben Sie vergessen, was heute Nacht passiert?«

»Heute?«

»Das Savoy brennt heute Nacht.« Der Brigadeführer, zugleich Generalmajor der Waffen-SS, ließ mehrere Sekunden verstreichen. »Wenn ich mich nicht täusche, ist jetzt Mitternacht in London. Ihnen bleibt also nicht mehr viel Zeit.«

»Ich erwarte den Anruf meiner Kontaktperson aber erst im Morgengrauen.«

»Wir bezahlen Sie nicht dafür, dass Sie es sich in London gemütlich machen.«

»Genau genommen haben Sie mich noch gar nicht bezahlt«, gab Kamarowski zu bedenken.

»Weil Sie bis jetzt nur Dünnbier geliefert haben.«

»Ich habe mehrmals ...«

»Unterbrechen Sie mich nicht. Ich möchte den Reichsführer SS morgen darüber informieren, dass die Geheimdienststelle im Savoy zerstört wurde. Der Reichsführer wäre äußerst enttäuscht, wenn er neben seinem Frühstücksei kein Telegramm vorfindet, das ihm den geglückten Ausgang meldet.«

Sie töten die Kuriere, dachte Kamarowski.

»Ich erwarte von Ihnen die Vollzugsmeldung, dass

Flammen aus dem Hotel Savoy schlagen«, fuhr der Brigadeführer fort. »Um das beurteilen zu können, sollten Sie sich selbst ein Bild davon machen.«

Kamarowski warf einen Blick auf den Rücken der Schlafenden neben sich. Ihr Fuß, der unter der Decke hervorragte, rührte ihn. Mit der freien Hand langte er nach seiner Hose. »Ich habe Hausverbot im Savoy. Eigentlich darf ich mich dort nicht blicken lassen.«

»Es beginnt mich weniger und weniger zu interessieren, was Sie *nicht* können, Herr Kamarowski«, fuhr der Deutsche ihn an. »Wenn die Dinge so stehen, wie ich es für Sie hoffe, haben die Leute im Hotel in dieser Nacht andere Sorgen, als sich um Ihr Hausverbot zu kümmern.«

»Ich bin praktisch schon auf dem Weg, Brigadeführer.« Kamarowski hob sein Hemd vom Boden auf. »Erreiche ich Sie unter dieser Nummer?«

»Wo sonst? Schluss.« Die Leitung wurde unterbrochen.

Ein Befehl aus Berlin, Feuer in London, Vollzugsmeldung nach Paris. Kamarowski war kein Freund von Befehlen, aber er hatte fest vor, am Leben zu bleiben. Angezogen stand er über der Schlafenden. Sollte er sie wecken? Sollte er besser das Fluchtgeld aus der Kassette unter der Schwelle hervorholen? Nicht so eilig. Wenn die Sache gelang, machte ihn das zum Liebling der SS. Ging die Sache schief, blieb noch immer genügend Zeit, die Holzdielen aufzustemmen und mit dem Geld zu verschwinden. Kamarowski küsste den nackten Fuß, zog den Mantel über und trat in die Winternacht.

Seit vierundzwanzig Stunden war Violet dem Kind nicht von der Seite gewichen. Sie hatte keinen Schritt aus dem Büro gemacht. Tagsüber nahm sie Maxine aus der Wiege, stillte sie, spielte mit ihr, ließ das Mobile über ihrem Bettchen tanzen, während sie telefonierte. Violet empfing Angestellte, mit denen sie flüsternde Besprechungen führte, damit Maxine nicht erwachte. Vom Schreibtisch zur Babykrippe, zum Schreibtisch, wieder zur Krippe, so sah ihr täglicher Bewegungsablauf aus. Abends wurde sie sanfter, weicher, die Müdigkeit eines langen Tages überwältigte sie. Es kam häufig vor, dass Violet zusammen mit dem Baby einschlief.

Heute musste sie endlich raus, jetzt sofort, andere Räume, andere Menschen sehen. Ein Gang an die Luft, ein Gang durch die Lobby, Hände schütteln, mit Gästen plaudern. Sie hatte Lust, nach ihrem Weihnachtsbaum zu sehen. Irgendwo konnte sie bestimmt noch eine Kugel dranhängen.

Violet bat die Hausdame, die sich üblicherweise um Maxine kümmerte, zu sich. Eine Viertelstunde verging.

»Wo bleiben Sie denn?«, fragte sie, als die Angestellte endlich eintrat. »Haben Sie etwa geschlafen?«

»Nun ja ...« Mit fahrigen Fingern band die Hausdame ihre Schürze. »Es ist Mitternacht.«

Violet sah auf die Uhr. »Mitternacht? Tatsächlich. Bitte entschuldigen Sie, ich habe über der Arbeit die Zeit übersehen. Ich hätte Sie nicht aus dem Bett holen sollen.«

»Da ich schon mal hier bin ...« Die Hausdame beugte sich über die Krippe.

Sie verabredeten, dass Violet im Hotel eine halbe Stunde nach dem Rechten sehen und danach zurückkommen würde. Sie ging ins Bad, richtete ihr Haar, legte ein wenig Lippenstift auf, schlüpfte in die Schuhe und machte sich auf den Weg. Wie ein Abenteuer fühlte es sich an, ihr stilles Haus um diese Stunde zu erkunden.

In der Lobby war nur noch wenig los. Korrekt stand der Rezeptionist hinter seinem Tresen und grüßte Miss Mason mit einem Nicken.

»War irgendetwas Besonderes?«, fragte sie ihn. An der Zahl der Schlüssel am Bord erkannte Violet, wie viele Zimmer im Savoy derzeit nicht belegt waren.

»Alles in bester Ordnung, Miss Mason.«

Sie hörte Musik und Gelächter aus dem *Nightingale Room*. Dort nahmen die Nachtschwärmer noch einen Drink und lauschten der Musik von Paulo, dem Pianisten. Plötzlich hatte Violet riesige Lust, sich auch einen *Tanqueray* mixen zu lassen, mit irgendjemandem eine Unterhaltung zu führen und den Tag, den Krieg und alles andere zu vergessen.

»Schönen Dienst wünsche ich noch«, sagte sie zum Rezeptionisten.

In der geöffneten Tür des *Nightingale Room* stand ein Mann. Sie glaubte, ihn sofort zu erkennen, doch dieser Mann konnte eigentlich nicht hier sein. Violet ging näher.

»Viktor?«, fragte sie unsicher. »Sind Sie das?«

»Violet!« Kamarowski zeigte nicht die geringste Spur von Peinlichkeit, weil er dabei ertappt wurde, sich heimlich ins Savoy zu schleichen.

»Violet, wie schön.« Mit ausgestreckten Armen kam er auf sie zu.

Sie war zu perplex, auf die Geste zu reagieren. »Was machen Sie hier?«

»Was für eine Frage.« Er lachte. »Ich habe gehört, in der Bar des Savoy gibt es den besten *Monkey Gland* von ganz London.«

Seine Dreistigkeit überforderte sie. »Ich bin sicher, Sie werden woanders ebenfalls einen anständigen *Monkey* serviert bekommen.« Abwartend sah sie ihn an. »Ich müsste die Polizei rufen, Viktor. Sie verstoßen gegen Ihre Auflagen. Soll ich das tun?«

»Ich wäre froh, wenn Sie es unterlassen würden.«

»Dann sollten Sie jetzt gehen.«

Sein selbstbewusstes Lächeln machte sie wütend. Seit sie Kamarowski kannte, hatte er ihr geschadet, persönlich und beruflich. Beinahe wäre es ihm gelungen, sie aus dem Savoy zu drängen. Nur mithilfe der Regierung hatte sie ihn als das gebrandmarkt, was er in Wirklichkeit war: ein Betrüger. Kamarowski hätte im Gefängnis sitzen müssen, doch er lief frei herum, spann wie eh und je seine Fäden und wickelte Geschäfte ab.

Violet atmete tief durch. Dieser Mann, der ihr erklärter Feind war, hatte Maxine gerettet. Violet verdankte Viktor Kamarowski das Leben ihrer Tochter.

»Machen Sie kein Aufsehen«, fuhr sie sanfter fort. »Ich bitte Sie höflich, zu gehen.«

»Das will ich tun, ich verspreche es.« Statt sich jedoch zum Ausgang zu bewegen, tat er einen Schritt in die Bar. »Nachdem wir einen Drink zusammen genommen haben, Violet. Was sagen Sie? Ich lade Sie ein.«

»Sie laden mich ...?« Seine Frechheit war doch unglaublich.

»Um der guten alten Zeiten willen. Ich bin immer gern Gast in Ihrem Haus gewesen.«

»Sie haben mein Haus fast zugrunde gerichtet. Haben Sie das vergessen?«

»Ich habe es nicht vergessen«, sagte er voll Wärme.

»Sie geben es also zu?«

»Ich gebe zu, dass ich mich vor allem an die schönen Dinge zwischen uns erinnere. An unseren Tanz auf dem Sommerball des Savoy zum Beispiel.«

»Was mache ich nur mit Ihnen, Viktor«, seufzte sie.

»Ich möchte streng zu Ihnen sein, aber Sie machen es mir unmöglich.« An Kamarowskis Blick erkannte sie, dass sich in ihrem Rücken jemand näherte.

»Miss Mason?«

»Ja?«

Hinter ihr stand Harold, der Liftpage. Er hielt das Weihnachtsglöckchen an seiner Kappe fest, damit es nicht schellte.

»Was gibt es?«

»Sie sollten besser mal kommen.«

»Wohin?«

»Bei den Fahrstühlen riecht es so sonderbar.« Er zeigte zur anderen Seite der Lobby, die vom *Nightingale Room* aus nicht zu sehen war.

»Es stinkt im Fahrstuhl?«

Harold ließ das Glöckchen los, es bimmelte leise. »Bitte sehen Sie sich das selbst an, Miss Mason. Da ist auch Rauch.«

»Was!«

Er lief voraus.

Sie war im Begriff, zu folgen, blieb noch einmal stehen. »Gute Nacht, Viktor.«

»Gestatten Sie, dass ich Sie begleite?«

»Wozu?«

»Wenn etwas nicht in Ordnung ist, könnte ich vielleicht helfen.«

»Danke, nein. Gute Nacht.«

Violet lief hinter dem Liftpagen her. In der Bar spielte der Pianist gerade ihr Lieblingslied, *The Land Of Might Have Been*. Sie hörte es nicht mehr.

31

Nur ein Blick

Es war die kleine Tür, der vermaledeite Zugang zum Geheimnis des Savoy, den Violet von Anfang an hätte zumauern lassen sollen. Ein dünner grauer Schleier drang aus den Ritzen hervor. Das musste der Teppich im Korridor sein, der da drin so bestialisch stank. Harold war im Begriff, die Tür zu öffnen.

»Moment.« Sie hielt ihn zurück. »Wenn da Rauch ist …« Sie legte die Hand an die Türfüllung. »Es fühlt sich nicht heiß an.«

»Was ist denn dahinter?« Kamarowski war ihr gefolgt.

Langsam drehte sie sich um. »Niemand weiß das besser als Sie, Viktor.«

»Ach, durch diese Tür kommt man ...?« Da Harold ihnen neugierig zuhörte, verstummte er.

Violet rannte zum Nachtportier. »Ruf die Feuerwehr. Ruf das Militär. Die sind schneller hier. Weck die Angestellten.«

»Was soll ich der Feuerwehr sagen, Miss Mason?«

»Es brennt im Savoy! Sag ihnen das.«

Telefonisch verständigte Violet selbst den Geheimdienstchef und fragte ihn, wie viele seiner Mitarbeiter diese Nacht im Wäschekeller Dienst hätten. Colonel Menzies wusste es nicht genau. Zwanzig Minuten später traf er persönlich ein.

Das Feuer war im Untergeschoss ausgebrochen, in einem Keller, zu dem, soweit Violet wusste, nur ein einziger Zugang führte.

»Einschlagen«, befahl der Feuerwehrhauptmann.

Schwere Äxte krachten gegen die Tür. Sie barst. Die Männer trugen Gasmasken, die sie vor dem Rauch, nicht aber gegen das Feuer schützten. Der vorderste Mann wurde von der Flammenwand umgerissen, augenblicklich griff das Feuer auf die Lobby über. Die Kameraden zerrten ihn aus der Gefahrenzone. Der brennende Teppich verwandelte den Flur in einen Tunnel aus Hitze und Flammen. Die Männer setzten die Schläuche ein und arbeiteten sich voran, bis sie die erste Treppe erreichten.

Colonel Menzies beobachtete die Löscharbeiten aus sicherer Entfernung. »Wer immer dort unten war, hat hoffentlich den anderen Ausgang genommen«, murmelte er.

»Es gibt einen zweiten Ausgang?«, fragte Violet, die ebenfalls Abstand zum Feuer hielt. Jemand hatte ihr einen Mantel gebracht. Sie hielt den Kragen schützend vor den Mund.

»Ein zweiter Fluchtweg ist eine Standardmaßnahme, Miss Mason.« Menzies fuhr sich über die Augenbrauen.

Violet sah die Flammen an die Decke der Lobby schlagen, sah, wie das Feuer an der Täfelung aus Mahagoni leckte und an dem Jugendstil-Fries fraß. Die Gottheiten, die das Fries zierten, färbten sich schwarz. Der Rauch hüllte die marmorverkleideten Säulen ein, die Goldblatt-Tapete, die Violet erst vor einem Jahr hatte erneuern lassen. Der Rauch verdeckte den Lüster, jenen goldenen Ring aus Licht, der im Schein der Flammen schemenhaft blass wirkte. Die Holzbretter, mit denen das Foyer verschalt worden war, hielten den Qualm im Inneren. Bald sah man die Hand vor Augen nicht mehr. Ein Feuerwehrmann wurde losgeschickt, die Verkleidung einzuschlagen. Durch die einzige Schwingtür, jenem Kunstwerk aus poliertem Messing und geätztem Glas, sah Violet den Rauch entweichen. Sie hustete.

Jemand fasste sie an der Schulter. »Sie müssen raus hier.«

Es war Kamarowski. Sie musterte seine alten Augen. »Haben Sie dieses Feuer gelegt, Viktor?«

»Sie dürfen nicht länger bleiben.«

»Waren Sie das?« Sie schüttelte seine Hände ab. »Wie dumm ich war. Wie oft, wie viele Male bin ich schon auf Sie hereingefallen? Wie konnte ich annehmen, dass Sie heute Nacht *zufällig* im Savoy sind.«

»Ich wollte einen Drink nehmen, weiter nichts.«

»Ich lasse Sie verhaften, Viktor.«

Der Rauch biss in seinen Augen, er blinzelte. »Wem würde das nützen?«

»Wem es nützen würde?«

Sie wollte sich auf ihn stürzen, schreien, ihn schlagen, sie wollte sich gegen den ewigen Feind wenden, der niemals aufgab, Kamarowski, der das ganze Elend des Savoy verursacht hatte, von Anfang an. Zugleich wusste sie, eine hysterisch um sich schlagende Hoteldirektorin war das Letzte, was man hier sehen sollte. Kamarowski war nicht der Brandstifter, er agierte stets aus dem Hintergrund. Jemand anderes war sein Handlanger. Es musste jemand sein, der sich im Hotel ungehindert bewegen konnte und Zugang zum Wäschekeller besaß.

Violet wandte sich zu Colonel Menzies, zu den Feuerwehrleuten, den Polizisten. Nein, Kamarowski verhaften zu lassen, wäre eine lächerliche, eine unwirksame Maßnahme. Einer wie er kam in kürzester Zeit wieder frei. Nicht hier, nicht heute konnte sie ihm schaden, aber eines Tages würde Violet einen Schlag führen, von dem er sich nicht mehr erholen sollte.

Sie trat zu der Feuerwehreinheit, die sich bereit machte, die Kollegen im Keller abzulösen, und bat um eine Maske. Man gab sie ihr. Sie lief zu den Angestellten, die das Feuer hinter der Absperrung beobachteten, und wies die Leute aus der Küche an, Tee zu kochen und ein Frühstück für die Helfer vorzubereiten. Sie vergewisserte sich bei den Hausdienern, dass sämtliche Gäste aufgefordert worden waren, ihre Zimmer zu verlassen. Wer sonst nichts zu tun hatte, den schickte Violet ins Freie. Sie musste zu Maxine, sie hätte längst zu Maxine gemusst. Sie wusste das Kind in Sicherheit. In Begleitung eines Feuerwehrmannes brachte die Hausdame Violet das Baby. Neugierig sah Maxine sich um. Der Rauch irritierte sie, aber sie weinte nicht. Aufmerksam blinzelte sie in das ungewohnte Farbenspiel. Man brachte die Kleine nach draußen. In einem Rettungswagen wurde sie untersucht.

Das Atmen fiel schwer. Violet setzte die Maske auf. Das Sichtglas gab ein verschwommenes Bild wieder, die Flammen bekamen etwas Unwirkliches. Auch die Geräusche wurden leiser, Violet hörte das Ein und Aus ihrer Atemzüge. Dort kam Myrtle die Treppe herunter. Sie hatte wahrscheinlich den letzten Sicherheitsgang gemacht und sich vergewissert, dass niemand mehr auf den Zimmern war.

Violet ging auf ihren Butler zu, doch unter der Maske schien Myrtle sie nicht zu erkennen und wandte sich in eine andere Richtung. Wer stand dort? Wen sah Myrtle

Hahn in diesem Augenblick an? Violet sah es, aber sie realisierte es erst nach Sekunden. Myrtle nickte Viktor Kamarowski zu. Sie nickte einem Mann zu, der seit ihrem Dienstantritt noch nie im Savoy gewesen war. Myrtle konnte Kamarowski nicht kennen. Und doch sah sie den schweren Mann mit dem dichten Haar an und nickte.

Schon war der Moment wieder vorbei. Der Chefbutler ging zu den Feuerwehrleuten, Kamarowski bediente die Schwingtür und verließ das Hotel. Langsam, wie in Trance, nahm Violet die Maske ab. Sie beobachtete ihren Chefbutler. Myrtle sprach mit den Feuerwehrmännern.

32

Ottos Beschwerden

Als Violet davon informiert wurde, dass der Brand gelöscht sei, hielt sie ihr Baby auf dem Arm. Maxine war immer noch putzmunter. Trotz der vielen fremden Leute, der Aufregung und dem Lärm weinte sie nicht. Violet bedankte sich beim Einsatzleiter der Feuerwehr. Elf Stunden lang hatte es im Savoy gebrannt, bevor die Nachricht durchkam: *Feuer aus*. Vom Keller hatten sich die Flammen wie durch einen Schornstein nach oben ausgebreitet. Den Wäschekeller hatte es am schlimmsten erwischt. Die Typex-Maschinen, das Mobiliar, die Abhöranlage, auch jene besondere Apparatur, der Stolz des SIS, alles war verbrannt. Die Hitze musste so groß gewesen sein, dass sich die gusseisernen Säulen, die das Gewölbe trugen, verbogen hatten. Auch über der Erde gab es schwere Schäden, die Feuerwehr hatte gottlob verhindert, dass der Brand in die oberen Etagen übergriff.

In diesem Fall wäre das Gebäude verloren gewesen.

Colonel Menzies trat zu Violet. »Sobald die Hitze nachlässt, sichten wir die Überreste.« Ihm war die Müdigkeit anzusehen. So wie Violet hatte auch er keine Minute geschlafen.

»Was gibt es da noch zu sichten?«

»Es war Sabotage.« Menzies nahm den Hut ab und fuhr sich durch das schüttere Haar. »Ich werde herausfinden, wer dafür verantwortlich ist.«

»Natürlich müssen Sie den Schuldigen finden.« Violet wiegte das Kind. Sie selbst kannte die Schuldigen schon. Seit heute Nacht wusste sie, wer ihr Gegner war.

»Die Maschine, die verbrannt ist, war hundertfünfzigtausend Pfund wert«, seufzte Menzies.

»Aber sie taugte doch nichts, Ihre Maschine.«

»Woher wissen Sie das?« Seine Augen wurden schmal.

»Heben Sie sich Ihr Misstrauen bitte für jemanden auf, der es mehr verdient«, sagte sie müde. »Lieutenant Burke hat mir anvertraut, dass Sie Schwierigkeiten mit der Maschine hatten.«

»Wie kommt Burke dazu, solche Dinge mit Ihnen zu teilen?«

»Vergessen Sie nicht, dass die Maschine in meinem Haus stand, Colonel.«

Maxine fand das Gespräch langweilig und begann zu quengeln. Langsam drehte sich Violet mit ihr im Kreis. Sobald das Baby andere Dinge sah, war es gleich wieder zufrieden.

»Wie geht es Lionel übrigens?«, fragte Violet.

Menzies setzte den Hut auf. »Wir kennen den momentanen Aufenthaltsort von Lieutenant Burke nicht.«

»Er hat mir erst vor ein paar Tagen geschrieben. Er dient doch unter General Wavell?«

»Stimmt, er war Stabsoffizier beim Oberkommando.«

»Er *war*?« Violet zog das Baby an ihre Brust.

»Unsere Truppen sind gerade auf dem Vormarsch Richtung Tobruk.«

»Ja, und?«

»Dabei wurden einige Einheiten versprengt.«

»Bitte sagen Sie mir, was mit Lionel ist. Wurde er verwundet?«

»Ich kann Ihnen nicht mehr sagen, Miss Mason. Offenbar hat er sich von der Truppe entfernt und ist derzeit unauffindbar.«

»Das heißt ... Heißt das, er könnte auch tot sein?«

»Dort ist die Wüste, Miss Mason. Sie müssen sich das Vorgehen unserer Armee in Libyen anders vorstellen als auf einem gewöhnlichen Schlachtfeld. Es gibt Nomadenangriffe, Sandstürme, italienische Guerillakämpfer.« Beschwichtigend hob er die Hände. »Ich bin sicher, der Lieutenant wird in ein paar Tagen wieder auftauchen.«

»In ein paar Tagen ist Weihnachten.« Violet streichelte das Köpfchen des Kindes. Maxine war eingeschlafen.

»Sie sagten vorhin, ich soll mir mein Misstrauen für jemanden aufheben, der es mehr verdient. Was meinten Sie damit?«

»Nichts Bestimmtes, Colonel.«

»Haben Sie einen Verdacht, wer das Feuer gelegt haben könnte?«

»Ein Verdacht wäre zu viel gesagt.«

»Aber Sie haben jemanden im Auge?«

»Bitte geben Sie mir ein paar Tage Zeit. Ich möchte nicht, dass jemand unschuldig unter Verdacht gerät.« Sie wandte sich zu der rußgeschwärzten Tür des *Golden Pavillon*.

Menzies folgte ihr. »Sollte nicht besser jemand vom SIS diese Person unter die Lupe nehmen?«

Violet legte die Hand an den verkohlten Türknauf. »Sobald ich etwas weiß, melde ich mich. Jetzt muss ich erst mal herausfinden, ob mein Haus noch imstande ist, Schauplatz für eine Weihnachtsfeier zu sein.«

»Sie wollen *hier* Weihnachten feiern?« Der Colonel zeigte in die Runde. Die Verkleidung der Lobby war an mehreren Stelle eingeschlagen worden. Das Glas der Schwingtür hatte der Hitze nicht standgehalten. Rund um den Kellerabgang sah man verkohlte, rauchende Gegenstände. Die Kabinen der Fahrstühle waren nicht mehr zu retten. Überall in der großen Halle stand das Wasser knöcheltief.

»Dieser Ort ist immer noch das Savoy, Colonel«, entgegnete Violet. »Meine Tochter und ich erwarten Gäste. Es soll stimmungsvoll werden, und auch Sie sind herzlich eingeladen. Nicht wahr, Maxy, wir laden den Colonel ein«, sagte sie zu dem schlafenden Baby. »Jetzt sehen wir uns aber erst mal unseren Weihnachtsbaum an. Ich bin sicher, das Feuer hat ihn verschont.«

Das Kind atmete gleichmäßig.

»Bitte entschuldigen Sie mich, Colonel.«

Violet betrat den *Golden Pavillon* und schloss die Tür hinter sich. Erschöpft schloss sie für einen Moment die Augen. Lionel war verschollen. Myrtle Hahn war die Komplizin Viktor Kamarowskis. Das Savoy war beschädigt, London stand im Krieg.

Dort stand der geschmückte Baum. Jedes Ding an seinen Ästen hatte Violet persönlich darangehängt. Der Anblick ließ sie die Sorgen für einen Augenblick vergessen. Der Baum hätte Maxine gefallen, wie schade, dass sie schlief. Wenn erst einmal die Kerzen brannten, dachte Violet, wenn alle im Savoy Weihnachtslieder sangen, würde es noch hundertmal schöner aussehen.

»Dein erstes Weihnachtsfest«, flüsterte sie und schaute zum Baum empor.

Otto ließ sich auf die Chaiselongue aus geblümter chinesischer Seide fallen. »Ein passender Rahmen, findest du nicht?«

»Passend, inwiefern?« Myrtle trug Rock und Bluse. Während der Nacht hatte der Frack einiges abbekommen, er war nicht mehr zu retten. Sie hatte gebadet, ihr Haar gewaschen, war in eine helle Bluse und einen leichten Wollrock geschlüpft.

»In Räumen wie diesen verkehren sonst reiche Menschen«, lachte er. »Ich gehe davon aus, dass wir beide ab heute zu den reichen Menschen gehören.«

Myrtle musterte den frechen Einbrecher, den skrupellosen Brandstifter. Das Feuer hatte ihm nichts angehabt, er sah frisch und munter aus, trug im Übrigen seine Dienstuniform, als ob ein gewöhnlicher Tag im Hotel Savoy beginnen würde.

»Ich muss gleich los.« Sie setzte sich neben ihn.

»Wirklich? Haben wir ab jetzt nicht so viel Zeit, wie wir wollen?« Er hob die Beine auf das Sofa. »Wozu treffen wir uns sonst in der teuersten Suite, wenn wir die Zeit nicht genießen wollen?«

»Violet erwartet mich. Sie braucht mich jetzt.«

»Du willst hier weiterhin den Chefbutler spielen?«

»Wieso sollte ich kündigen?«

»Weil du die Mittel dazu besitzt. Genau wie ich. Unsere Zeit als dienstbare Geister ist vorbei.«

Nachdenklich betrachtete Myrtle den altgewordenen Jungen, sein aufgedunsenes Gesicht, den Bauch, der sich unter der Uniform wölbte. »Wann willst du kündigen, Otto?«

»Gleich morgen.«

»Glaubst du nicht, dass dich das verdächtig macht?«

»Wer will mir auch nur das Geringste nachweisen?«, entgegnete er gutgelaunt. »Jedes Indiz gegen mich ist verbrannt. Ich habe mir Zutritt zum Keller verschafft, das Feuer gelegt, ich bin wieder rausgekrochen, habe die Ziegelsteine in die Mauer eingefügt und war im Kutschenkeller, bevor überhaupt jemand den Brand bemerkt hat.«

»Waren Leute im Wäschekeller?«

Er zuckte die Schultern. »Schon möglich.«

»Hast du jemanden gesehen?«

»Weiter hinten brannte Licht.«

»Ist dir jemand begegnet?«

»Wieso fragst du? Hat es Tote gegeben?«

»Das könnte nur Violet wissen.«

»Ich versichere dir, es hat keine Toten gegeben. Die SIS-Leute sind bestimmt zum zweiten Fluchtweg hinaus.«

»Otto?« Myrtle betrachtete sein selbstzufriedenes Gesicht.

»Ja?«

»Das mit dem Bezahlen könnte noch ein wenig dauern.«

Für einen Moment erstarrte er. »Wie meinst du das?«

»Ich war heute Morgen mit Kamarowski verabredet.«

»Ich weiß.«

»Er wollte das Geld mitbringen. Meines und deines.«

»Und?«

»Kamarowski ist nicht gekommen.«

Otto stellte die Füße zu Boden. »Wo wart ihr verabredet?«

»Victoria Station.«

»Weshalb dort?«

»Nach der Geldübergabe wollte er das Land verlassen, mit der Bahn nach Dover.«

»Hat er sich verspätet?«

»Er ist nicht gekommen.«

»Hast du im Zug nach Dover nachgesehen?«

Sie zögerte, bevor sie antwortete. »Um diese Zeit geht überhaupt kein Zug an die Küste. Ich fürchte, dass Kamarowski gelogen hat.«

»Gelogen, in Bezug worauf?« Otto fuhr sich durchs Haar.

»Die Bezahlung unserer Dienste.«

Er stand auf. »Was ich erbracht habe, war kein *Dienst,* Myrtle, ich habe ein Verbrechen begangen. Ich habe das Hotel Savoy in Brand gesteckt. Es hätte nicht viel gefehlt und der ganze Kasten wäre in Flammen aufgegangen.«

»Ich weiß.«

»Von Natur aus bin ich kein Verbrecher, sondern jemand, dem das Hemd näher ist als der Rock. Wenn ich mich zu so einem Schritt hinreißen lasse, möchte ich dafür anständig bezahlt werden.« Er hob den Kopf zur Decke und lachte.

»Was hast du?«

»Ich bin froh, dass die Abhöranlage dort unten verbrannt ist. Sonst hätten meine letzten Worte leicht als Geständnis ausgelegt werden können.«

»Was wollen wir also unternehmen?«

»Das ist dein Problem.«

»Wie meinst du das?«

»Ich wurde von dir engagiert, nicht von Kamarowski. Daher musst du mich auch bezahlen.«

»Ich habe nicht so viel Geld, das weißt du.«

»Besorg es dir.«

»Unmöglich.«

»Du wirst doch etwas gespart haben.«

»Das sind Hirngespinste, Otto. Hör auf damit!«

»*Ich* soll aufhören? Du sagst mir, dass *ich* aufhören soll?!« Mit voller Kraft schlug Otto Myrtle ins Gesicht. »Woher weiß ich, dass du mich nicht belügst? Ich habe Kamarowski nie getroffen, nie von ihm persönlich gehört, was er plant. Alles, was geschehen sollte, weiß ich nur von dir. Du bist mein Auftraggeber, also wirst du mich auch bezahlen.«

Sie leckte Blut von der Lippe. »Hast du den Verstand verloren?« Sie wollte aufstehen. »Ich habe dein Geld nicht.«

Er stieß sie zurück. »Ja, so seid ihr«, sagte er leise. »So wart ihr schon immer. Ihr macht Versprechungen und haltet sie nicht. Ihr dreht und wendet alles, wie es euch beliebt. Ihr seid das Untermenschentum. Du machst da keine Ausnahme, meine Liebe.«

»Es reicht. Ich muss mir diesen Schwachsinn nicht anhören, Otto. Am besten, wir überlegen gemeinsam, wie wir an unser Geld kommen.«

Otto richtete sich hoch über ihr auf.

»Du dreckiges, verlogenes jüdisches Schwein. Du verrottete jüdische Hure. Jetzt sollst du erleben, was wir mit euch machen werden, mit euch allen.«

Otto Stichler begann, gezielt auf Myrtle Hahn einzuschlagen. Er schlug sie ins Gesicht, in den Unterleib. Myrtle war nicht schnell genug, um sich zu schützen, zu überrumpelt, um zu schreien. Sie war nicht stark genug, sich des bulligen jungen Mannes zu erwehren. Nachdem er sich an ihr ausgetobt hatte, nachdem sie blutend zurückgesunken war, legte er seine Hände um ihren Hals. Er wirkte ruhig und kein bisschen außer Atem.

»Immer schon wollte ich einen von euch mit meinen eigenen Händen …« Er lachte. »Wer hätte gedacht, dass du es sein würdest.«

Otto drückte zu. Sosehr Myrtle sich wand, so verzweifelt sie seine Hände wegzudrücken versuchte, er blieb stärker. Myrtles Augen waren weit aufgerissen. Er ließ nicht von ihr ab, bis dieser Blick brach, bis die

Starre in der Pupille ihm sagte, dass sich kein Leben mehr im Körper der Jüdin regte. Befriedigt setzte er sich neben sein Opfer und zündete eine Zigarette an. Schließlich begann er lauthals zu lachen. Nachdem er sich beruhigt hatte, überlegte Otto, wie er die Leiche zum Lastenaufzug befördern sollte.

33

On the last Day of Christmas

Henrys verzagtes Gesicht tauchte hinter dem Paravent auf.

»Nichts?« In Unterwäsche stand Violet vor dem Spiegel.

»Niemand ist ihr seit gestern begegnet.« Es war Henry unangenehm, seine Nichte so zu sehen. »Myrtles Zimmer ist unberührt. Sie hat nicht in ihrem Bett geschlafen.«

»Natürlich. Sie war die ganze Nacht auf den Beinen. So wie wir alle.«

»Aber wie es aussieht, scheint sie nach dem Feuer gebadet zu haben. Ihr Frack lag über dem Stuhl.«

Wenn Miss Hahn Kamarowskis Komplizin war, sollte sie tatsächlich die Nerven gehabt haben, sich in die Badewanne zu legen? Warum eigentlich nicht? Niemand wusste von ihren Machenschaften, selbst Violet hatte nur eine Ahnung davon. Hatte Myrtles Aufgabe mit dem Brand ihr Ende gefunden? War sie genauso verschwunden wie Kamarowski? Sollte Myrtle so verantwortungslos sein, das Savoy ausgerechnet am Tag vor Weihnachten im Stich zu lassen? Violet schlüpfte in ihr Kleid.

»Was machen wir jetzt?«, fragte Henry.

»Ihr steht euch doch sehr nahe. Hat sie gar nichts zu dir gesagt?«

»In letzter Zeit stand es nicht mehr zum Besten um uns«, gab Henry zu. »Myrtle kam mir häufig abgelenkt vor. Vielleicht hat sie schon einen anderen.«

Violet guckte hinter dem Paravent hervor. »Hältst du das für möglich?«

»Myrtle ist eine eigenwillige Frau.«

Das ist sie in der Tat, dachte Violet. »Hast du Otto inzwischen gefunden?«

»Er müsste jeden Moment hier sein.«

Violet schloss ihr Kleid und trat vor den Paravent, gerade als Mrs Drake ins Kuppelzimmer kam.

»Wie weit sind wir, Mrs Drake?«

»Wenn nicht Weihnachten wäre, Miss Mason, würde ich sagen, wir müssen das Ganze verschieben.« Die Hausdame hielt einen Brief in der Hand.

»Tja, aber Weihnachten kann man nun mal nicht verschieben. Wo hakt es denn?«

»Überall. Vor allem in der Küche. Maître Dryden hatte manche Lebensmittel Gott sei Dank schon in die Küche bringen lassen, aber die meisten Sachen befanden sich noch im Keller. Sie sind verbrannt. Dryden bemüht sich um Ersatz, aber in diesen Zeiten ist das schwierig. Die Zimmermädchen haben ähnliche Probleme. Tischdecken, Servietten, Bettwäsche, alles verbrannt.«

»Dann müssen wir uns eben mit der Schmutzwäsche behelfen«, schlug Violet vor.

»Wie meinen Sie das?«

»Stecken Sie alles, was da ist, in die Waschmaschinen. Bewaffnen Sie sämtliche Mädchen mit Bügeleisen. Bis morgen brauchen wir frische Tischtücher und blütenweiße Servietten.«

»Wir tun unser Bestes.«

»Das weiß ich, Mrs Drake. Wie geht es Maxine?«

»Sie hat einmal geweint, aber jetzt schläft sie.«

»Sie wird hungrig sein. Ich komme gleich hinunter.« Violet zeigte auf den Brief. »Was haben Sie da?«

»Ein Schreiben für Sie. Ist gerade gekommen.« Mrs Drake übergab es ihr.

Violet erkannte die Handschrift sofort, ihr Herz machte einen Sprung. Diesmal steckte der Brief in keinem braunen Kuvert, er war nicht durch die Army zugestellt worden. Sonderbarerweise kam ihr die Form des Kuverts bekannt vor.

»Gibt es noch etwas, Mrs Drake?«, fragte sie, da die Hausdame keine Anstalten machte, zu gehen.

»Was sollen wir denn jetzt machen?«

Violet fixierte den Brief, als ob sie durch das Kuvert hindurchsehen wollte. »In welcher Hinsicht?«

»Es gibt keine Feier ohne Chefbutler«, erklärte die Hausdame.

»Was wäre, wenn Sie diese Aufgabe übernehmen, Mrs Drake?«

»Undenkbar. Ich habe schon genug mit den Mädchen um die Ohren. Ich muss die Hausdiener organisieren und soll auch noch Dryden in der Küche helfen.«

»Sie haben recht.« Violet legte den Brief auf den Schreibtisch. »Wie wäre es mit Otto? Könnte er den Job für einen Abend übernehmen? Außer Ihnen ist er am längsten von allen im Savoy.«

Wie aus einem Munde sagten Mrs Drake und Henry gleichzeitig: »Unmöglich!«

Violet schmunzelte. »So einig seid ihr euch in diesem Punkt?«

»Otto kann das keinesfalls«, antwortete Henry mit Nachdruck.

Mrs Drake pflichtete ihm bei. »Der Chefbutler ist das Aushängeschild des Savoy. Er muss ein Vorbild sein und die natürliche Fähigkeit besitzen, zu repräsentieren. Otto besitzt nichts von alledem.«

»Ich verstehe, ihr habt euren Standpunkt ja ziemlich klargemacht.« Violet nahm den Brief erneut zur Hand. »Ich habe übrigens schon eine Idee, wie wir das Problem lösen können. Aber ich brauche zwei Stunden, um herauszukriegen, ob sie funktioniert. Dazu muss ich das Haus verlassen. Könnte jemand Maxine so lange ihr Fläschchen geben?«

»Selbstverständlich, Miss Mason.« Mrs Drake verließ das Kuppelzimmer.

»Ausgerechnet Otto«, murmelte Henry. »Völlig ausgeschlossen.« Er folgte der Hausdame.

»Was ist völlig ausgeschlossen?« Plötzlich stand Otto Stichler in der Tür.

»Gar nichts.« Henry schlüpfte an ihm vorbei.

»Sie wollten mich sprechen, Miss Mason?«

Unwillig, weil sie den Brief wieder nicht öffnen konnte, drehte sie sich um. Da stand er, der aufgeblasene, freche Kerl. »Otto, kommen Sie. Sie hatten in letzter Zeit öfter mit Miss Hahn zu tun?«

Auf halbem Weg blieb er stehen. »Ich hatte genauso viel mit ihr zu tun wie jeder von uns.«

»Tommy, der Schuhputzer, erzählt mir, dass Miss Hahn in Ihrem Zimmer gewesen wäre.«

»Manchmal gab es dringende Fragen zu klären. Da war der Weg in mein Zimmer oft der kürzere Weg.«

»Wissen Sie, wo Miss Hahn zurzeit sein könnte, Otto?«

»Ist sie nicht im Haus?«

»Würde ich Sie sonst fragen?« Ihre Hand ruhte auf dem Brief.

»Ich habe sie zuletzt …« Er überlegte. »Das letzte Mal habe ich Myrtle in der Nacht gesehen, während des Feuers.«

»*Myrtle*?«, ging Violet dazwischen.

»Wie meinen Sie bitte?«

»Sie haben Ihre Vorgesetzte Myrtle genannt.«

Otto hob die Augenbrauen und musterte die Direktorin. »Miss Hahn und ich sind uns in letzter Zeit ein wenig nähergekommen.«

»Wie weit ging das?«

»Wir waren Freunde, Myrtle und ich.«

»Trotzdem wissen Sie nicht, wo sich Ihre *Freundin* aufhält?«

»Ich habe tatsächlich keine Ahnung, Miss Mason.«

Die Gischt unter dem dunklen Himmel rauschte näher, entlud sich als weiße Krone, sprang auf das Schiff zu und überspülte es. Die Welle zog das Schiff mit sich in die Tiefe, bis es von der nächsten großen Woge wieder gehoben wurde.

Unter Deck sah man nichts von der Gischt und vom Himmel. Hier herrschte vollkommene Finsternis. Manchmal ein Schrei unter Deck. Ein Mann weinte. Der Gestank von Auswurf und Erbrochenem. Eine

Katze war während des Sturmes toll geworden, sie fauchte und zerkratzte einem das Gesicht.

Trotz der Erschöpfung fand der Gefangene keinen Schlaf. Das Fieber ließ ihn hoffen, gleich hinwegzusinken und die vielen Stunden zu verschlafen, die er hier liegen musste, auf diesem Schiff nach Werweißwohin. Wohin sie ihn auch brachten, niemand würde sich um ihn kümmern. Wenn einer dem Tode näher war als dem Leben, wartete man einfach ab, bis der Tod die Oberhand gewann.

Lionel lauschte auf seine Atemzüge. Manchmal zählte er sie. Mit jedem Ein und Aus vergingen etwa drei Sekunden. Zwanzig Atemzüge bedeuteten also eine Minute. Er musste eintausendzweihundert Mal atmen, um eine Stunde hinter sich zu lassen. Lionel beendete das sinnlose Spiel, weil es die Zeit streckte, statt sie zu verkürzen.

Der Sturm hob das Schiff. Einen Herzschlag lang blieb es in der Schwebe, bis es wieder zurückfiel ins Nichts. Keiner schlief. Sie lagen alle da, einige Engländer, auch Australier waren darunter, ägyptische Söldner, einer kam aus der Wüste und hatte noch nie das Meer gesehen. Manchmal schlugen die Brecher so hart gegen das Schiff, dass Wasser eindrang. Das Wasser spülte das Erbrochene fort, es roch eine Zeit lang nach Salz.

Vor allen Dingen wünschte sich Lionel, dass sein Brief nach England gelangt sei. Nachdem ihn ein italienischer Soldat vom Seil des wahnsinnigen Feldwebels heruntergeschnitten hatte, hielt man Lionel zunächst für tot. Durch schwache Lebenszeichen machte er sich schließlich bemerkbar. Sie gaben ihm Wasser und brachten ihn zum Gefangenentransport. Die Briten standen vor Tobruk, die Italiener waren überall auf dem Rückzug, trotzdem nahmen sie noch Gefangene. Es war die übliche Vorgehensweise, um ein Faustpfand zu haben, wenn es später galt, britische gegen italienische Gefangene auszutauschen.

Ohne Eile trieben die Schwarzhemden die Engländer an der Küste entlang. In der Mittagshitze wurde gerastet. Lionel saß auf einem Felsbrocken. Er hatte kein Briefpapier bei sich, nur Violets letzten Brief in seiner Brusttasche. Er wusste sich nicht anders zu helfen, entfaltete ihn und schrieb ein paar rasche Zeilen auf die Rückseite des Briefes. Er steckte ihn zurück in Violets Kuvert und adressierte es neu, indem er die alte Adresse ausstrich. In seiner Lage an eine Briefmarke zu kommen, war so unwahrscheinlich wie eine Dusche in der Wüste. Lionel steckte den Brief wieder ein.

Bevor sie an Bord des Gefangenenschiffes gebracht wurden, ergab sich eine Möglichkeit. Der einzige Hafen, der noch in italienischer Hand war, hieß Kambut. Auf dem Weg zum Schiff entdeckte Lionel eine Gruppe gut gekleideter Herren, die den vorbeimarschierenden Zug britischer Soldaten beobachteten. Es konnten genauso gut Italiener, aber auch Ägypter sein.

Lionel wartete einen günstigen Moment ab, verließ seine Reihe und schlich zu den Männern. »Verzeihen Sie, Gentlemen, sprechen Sie Englisch?«

Abweisend stand ihm die Gruppe gegenüber.

»هنا رسالة مهمة«, sagte er auf Arabisch und hielt einem von ihnen den Brief hin. »Es ist von großer Bedeutung für mich, dass dieser Brief nach London befördert wird.«

Erstaunlicherweise nahm jener Herr das Kuvert entgegen. Er beriet sich mit den anderen. Währenddessen kramte Lionel in seinen Taschen.

»Hier, sehen Sie, das ist für Sie.« Er brachte mehrere Pfundnoten zum Vorschein. »Für Ihre Mühe, Sir.« Er gab dem Mann alles Geld, das er noch hatte. »Es gehört Ihnen, wenn Sie den Brief nur abschicken. Es ist unendlich wichtig für mich.«

Der Mann steckte das Geld ein. Am besonnenen Blick des anderen glaubte Lionel zu erkennen, dass er das Richtige getan hatte.

Wie erwartet kam einer von den Schwarzhemden heran und versetzte ihm einen Stoß mit dem Gewehrkolben.

»الله أكبر«, rief Lieutenant Burke der Gruppe zu und kehrte zu seinen Mitgefangenen zurück.

34

Wiedersehen

Violet hatte dieses Haus noch nie besucht, und das war eine Schande. Denn sie kannte den Bewohner dieses Cottage schon, seit sie denken konnte. Als sie den Türklopfer bediente, wurde ihr ganz flau im Magen. Was, wenn ihr ein Fremder öffnete, wenn der frühere Besitzer bereits gestorben war?

Das Häuschen lag in Pitstone, nahe London. Der Westen der Stadt war von den Bomben weitgehend verschont geblieben, hier gab es keine Industrie. In dem beschaulichen Vorort konnte man meinen, es herrsche

Frieden. Eine feine Schneeschicht lag auf den Wiesen. Zusammengekauert saßen Vögel auf kahlen Ästen, die Häuser waren weihnachtlich geschmückt. Violet betrachtete den Mistelzweig über dem Eingang. Schritte näherten sich. Sie hielt den Atem an. Die Tür ging auf.

»Nein, so etwas«, rief der alte Mann. »Ich dachte, es wäre vielleicht die Post.«

»Es ist nicht die Post.« Violet fühlte eine solche Freude und Erleichterung, ihn wohlbehalten vorzufinden, dass sie Mr Sykes innig die Hand schüttelte. »Das bin nur ich.«

»Miss Mason, herrje, die liebe gute Miss Mason. In hundert Jahren hätte ich nicht vermutet …« Mitten im Händedruck hielt Mr Sykes inne. »Ich bin gar nicht ordentlich angezogen, bitte verzeihen Sie.«

Das brachte sie zum Lachen. Selbst wenn er nicht mit Besuch gerechnet hatte, sah Mr Sykes wie aus dem Ei gepellt aus. Er trug einen dunkelgrauen Anzug mit Weste und sogar zu Hause eine Krawatte. Sein weißes Haar war dünner geworden, er frisierte es immer noch straff zur Seite. Ein wenig gebückter kam er ihr vor, immerhin musste Mr Sykes mittlerweile fünfundachtzig sein.

»Mein lieber Anthony, darf ich dich daran erinnern,

dass du mir die Ehre erwiesen hast, dich Tony zu nennen? Daher möchte ich, dass du auch wieder Violet zu mir sagst.«

»Miss Mason ... Violet, ich weiß gar nicht ...« Er trat einen Schritt zurück. »Willst du hereinkommen?«

»Wenn ich darf.«

»Erschrick nicht vor Bully.« Mr Sykes ging voraus.

»Du hast deinen Bully noch? Wie schön.«

Schon kam ihnen das sabbernde Tier entgegen und schnupperte an Violets Beinen.

»Bully und ich sind wie Pech und Schwefel.« Mr Sykes bot ihr einen Platz vor dem offenen Feuer an. »Sie hält mich in Schwung. Wegen ihr muss ich dreimal täglich vor die Tür. Und das bekommt uns beiden gut.« Er tätschelte das dicke Tier. »Nicht wahr, wir passen aufeinander auf.« Gerade als er sich setzen wollte, kam Sykes noch einmal hoch. »Tee vielleicht, Miss ... ähm, Violet? Soll ich uns Tee machen?«

»Ich würde liebend gern Tee mit dir trinken, Tony, aber ich fürchte, ich muss gleich zurück ins Hotel. Dort ist ...«

»Die Hölle los.« Der alte Mann lächelte. »Es hat sich also nichts geändert.«

Violet hätte ihm gerne gesagt, dass sich so gut wie alles verändert hatte, dass das Savoy um Haaresbreite abgebrannt wäre, dass das Weihnachtsfest auf der Kippe stand und sie einen Brief in der Tasche trug, der sie glücklich und traurig, verzweifelt und hoffnungsvoll zugleich machte. Zu anderer Zeit hätte sie ihrem alten Chefbutler das alles anvertraut, doch die Uhr tickte. Heute war *the last day of Christmas* oder eigentlich *the last day before the first day of Christmas*. Das alte Weihnachtslied nahm es mit der Nummerierung nicht so genau.

»Wir werden bald wieder Tee zusammen trinken, Tony«, lächelte sie. »Aber jetzt habe ich nur eine Frage an dich.«

Gespannt sah er sie an, gespannt schaute auch der Hund zu Violet hoch.

»Ich bin in Not, Anthony. Könntest du dir vorstellen, während der Feiertage als Chefbutler im Savoy einzuspringen?«

Da ging ein Glanz über das Gesicht des alten Mannes, eine Glückseligkeit packte ihn, zugleich traten Tränen in seine Augen.

»Selbstverständlich, Miss Mason«, antwortete er mit

zitternder Stimme. »Bitte verfügen Sie über mich.« Mr Sykes warf einen Blick ins Nebenzimmer. »Ich glaube … Ja, ich bin sogar sicher, dass mein Frack frisch gebügelt ist.«

Mitten in diesen schönen, beinahe heiligen Moment ließ Bully lautstark ein Gas ausströmen. Violet lachte.

Sykes erhob drohend den Finger. »Benimm dich, Bully. Solche Manieren sind im Savoy verboten.«

35

Der letzte Gast

Albert zog seine Jacke an und verließ das abgedunkelte Zimmer mit dem bedrohlichen Mikrofon. Er hatte die Weihnachtsansprache des Königs mehr schlecht als recht hinter sich gebracht. Das Volk würde ihm verzeihen. Man brauchte kein brillanter Redner zu sein, um einen guten König abzugeben. Die großen Reden schwang in diesen Jahren ein anderer, und dieser Mann beherrschte sein Handwerk leider unheimlich gut.

Der König schüttelte dem Aufnahmeleiter der BBC die Hand und verabschiedete sich von den Tonmeistern, die ihre Gerätschaft im Buckingham Palace aufgebaut hatten. Er lief in sein Arbeitszimmer, setzte sich an den Schreibtisch und nahm das Manuskript zur Hand, von dem er gerade abgelesen hatte. Der Fotograf lichtete den König ab. Dieses Foto würde die Titelseiten sämtlicher Abendausgaben zieren.

Albert war gezwungen worden, ein Kriegskönig zu sein. Heute feierten sie das zweite Weihnachtsfest in Kriegszeiten. Auch am Tag von Heiligabend konnte er nicht vergessen, wie schlecht es um die Sache stand. Hitler befand sich auf dem Vormarsch, wo es ihm beliebte. Mit der Frechheit eines Freibeuters steckte er ganze Länder in seine Tasche und brüllte aus dem Radio, er erfülle den Willen der Vorsehung. Jede Nacht setzte seine Luftwaffe die Bombardements auf Großbritannien fort. Albert hatte keinen Zweifel daran, dass dies Hitlers Zermürbungstaktik vor der Invasion war. Sobald er die Insel in Grund und Boden gebombt hatte, würden seine Schiffe deutsche Panzer über den Kanal bringen. Churchill tat alles, England auf den Einmarsch der Deutschen vorzubereiten, doch der Premierminister hatte einen herben Rückschlag hinnehmen müssen. Die Amerikaner waren nicht bereit, in den Krieg einzutreten. Britannien war eine Insel, und niemand würde ihnen zu Hilfe kommen.

Der Fotograf räumte das Arbeitszimmer des Königs. Albert bemerkte Lascelles, der vorsichtig näher kam. Was stand auf der Tagesordnung? Was immer es auch war, Albert hatte keine Lust darauf.

»Ja, Tommy?«

»Ein Gruß wäre noch zu unterschreiben, Majesty.«

»Wen wollen wir grüßen?«

Der Sekretär reichte ihm die Karte. *An die tapferen Menschen des Savoy* stand unter dem Briefkopf.

Albert verstand nicht, was es damit auf sich hatte. »Ist das nicht etwas schwülstig?«

»Das Savoy wurde in letzter Zeit mehrmals auf eine harte Probe gestellt«, erklärte Lascelles. »Erst der Bombenangriff und vor ein paar Tagen das schwere Feuer. Trotzdem hält Miss Mason daran fest, in ihrem Haus ein Weihnachtsfest zu feiern, zu dem sämtliche Bürger Londons eingeladen sind.«

»Ach, Miss Mason, natürlich«, murmelte der König. »Die tapfere Miss Mason.«

»Wie meinen Sie, Majesty?«

Albert fühlte eine federleichte Freude in sich aufsteigen, verbarg sie aber vor Lascelles. »Miss Mason hätte ich fast vergessen.« Er betrachtete die Karte. »Das ist nicht gut, Tommy. Das machen wir lieber neu.« Er nahm eine identische Karte mit dem Briefkopf *The King* und öffnete den Füller.

Liebe Miss Mason, schrieb George VI., lehnte sich zurück und überlegte.

»Wenn ich noch auf den Plumpudding hinweisen darf, Your Majesty.« Auf unhörbaren Sohlen trat Lascelles neben den König.

»Was ist damit?«

»Er wurde zum Abtransport aufgeladen. Der Wagen steht im Hof bereit.«

»Richtig, der Plumpudding.« Die Feder des Königs schwebte über der Karte.

»Wir sind gebeten worden, ihn so rasch wie möglich zu liefern, damit die Küche des Savoy ihn noch dekorieren kann.«

»Der Plumpudding.« Der König lächelte.

»Die Zeit drängt in der Tat, Majesty.«

Albert blickte hoch. »Das Weihnachtsfest im Savoy, wann soll das beginnen?«

»In den frühen Abendstunden, Sir.«

»Wo werde ich in den frühen Abendstunden sein, Tommy?«

»Wir haben Heiligabend, Majesty«, antwortete Lascelles mit Engelsgeduld. »Sie werden auf Windsor Castle sein. Die königliche Familie erwartet Sie.«

»Windsor, natürlich.« Er senkte den Blick. »Ich will das noch zu Ende bringen, Tommy. So lange muss der Plumpudding warten.«

»Natürlich, Sir.« Lascelles machte eine Verbeugung.

»Wir erlauben Ihnen, sich zurückzuziehen«, sagte der König, da der Sekretär keine Anstalten machte, zu gehen. Lascelles trat den Rückzug an.

Albert legte den Kopf schief und setzte die ersten Buchstaben. Er schrieb so klein wie möglich, damit genug Platz auf der Karte war.

Violet hatte ein Kind. Es war erst wenige Wochen alt und eroberte sich das Leben mit jedem Tag ein bisschen mehr. Violet besaß ein angeschlagenes Hotel. Jeder im Haus gab sich Mühe, die Wunden des Savoy zu verbinden und das Hotel im besten Licht zu präsentieren. Die

Mechaniker reparierten die verschmorten Leitungen, die Putzkräfte reinigten die Halle von den Spuren des Brandes. Die Hausdiener waren dabei, die Löcher in der Fassadenverkleidung mit Mistelzweigen, Strohsternen und roten Schleifen zu schmücken. Die Zimmermädchen kümmerten sich unter Anleitung von Mrs Drake darum, den *Golden Pavillon* festlich herzurichten. Frisch gebügelte Tischtücher schwebten auf die Tafeln herab, es wurde für hunderte, vielleicht tausende Gäste gedeckt. An der Seitenfront baute die Küchenmannschaft ein gewaltiges Buffet auf, an dem jedermann sich bedienen sollte. Währenddessen zwängten sich die Musiker des Hotelorchesters zwischen den Angestellten hindurch und bestiegen die Bühne, wo Maestro Benedetti die Noten für das weihnachtliche Konzert auf den Pulten verteilte. Er hatte eine spontane Probe angesetzt. Die Weihnachtslieder brauchten noch den letzten Schliff. Besondere Sorgfalt ließ er dem Song *Silver Bells* angedeihen, einer Eigenkomposition, die er Miss Mason heute Abend widmen wollte. Der Maestro stand einer dezimierten Besetzung gegenüber. Der zweite Trompeter, drei Streicher und der Fagottist hatten einrücken müssen.

Während das Orchester spielte, beobachtete Otto die Szene mit Sorge. Myrtle Hahn hatte das Hotel noch nicht verlassen. Es war ihm bisher unmöglich gewesen, ihre Leiche nach draußen zu schaffen. Die allgemeine Hektik im Hotel ließ das nicht zu. Neben dem Lastenaufzug, durch den Otto Myrtles Körper nach unten transportiert hatte, befand sich ein Raum unter der Bühne. Hier zogen sich die Musiker um oder tranken zwischen den Auftritten ihren Tee.

Der breite Teppich, der immer dann ausgerollt wurde, wenn höchste Ehrengäste das Savoy betraten, war glücklicherweise kein Raub der Flammen geworden. Otto hatte ihn requiriert. Eingerollt in den roten Teppich wartete die tote Miss Hahn auf ihren Weitertransport. Zwei Tage ruhte sie schon dort und Otto fragte sich, wann eine Leiche zu riechen begann. Das Weihnachtsfest wollte er jedenfalls noch abwarten. Wenn sich morgen alle ausruhen würden, bekäme er in der Dämmerung gewiss die Chance, den Teppich und seinen Inhalt fortzuschaffen. Er wollte die Jüdin in die Themse werfen. Wenn sie erst lange genug im Wasser gelegen hatte, würde man die Würgemale am Hals nicht mehr erkennen können.

»Alles in Ordnung, Otto?« Violet riss ihn aus seinen Gedanken.

»Oh, Miss Mason. Gewiss. Fahrstuhl Nummer drei ist in Kürze wieder einsatzbereit.«

»Wenn Sie sonst nichts zu tun haben, helfen Sie bitte Maître Dryden in der Küche.« Sie wollte weitergehen. »Oder noch besser, Sie sehen auf der Straße nach, ob der Plumpudding schon geliefert wurde. Die Küche wartet dringend darauf.«

»Selbstverständlich, Miss Mason.« Otto verließ den *Golden Pavillon*.

Violet lauschte den Orchesterklängen. Ich habe ein Kind, das mich braucht. Ich habe ein Hotel, dem ich meine ganze Kraft widme. Wir stehen im Krieg. Aber neben meinen Pflichten und meiner Liebe zu Maxine gibt es etwas, das ich noch tun muss. Violets Gedanke war mehr als ein guter Weihnachtsvorsatz, so wie man sich vornahm, häufiger alte Freunde zu besuchen. Es war eine Aufgabe, die ihr die Kraft geben würde, alles andere zu schultern und jede Schwierigkeit zu meistern. Es war eine Pflicht des Herzens. Lionel lebte. Für Violet war das so sicher wie der strahlende Ton der Geigen, den Benedetti seinen Musikern entlockte. Lionel mochte verschollen sein, vielleicht verwundet, aber er war am Leben. In seinem letzten Brief hatte er nur ein paar Zeilen geschrieben, mit Bleistift hingekritzelt, schwer leserlich, und doch hatten sie seine Worte unendlich glücklich gemacht.

We'll meet again. Don't know where, don't know when, but I know we'll meet again some sunny day. I love you.

Das war alles. War es nicht mehr als genug? Um diese Liebe würde sie kämpfen. Diese Liebe sollte ihr nicht genommen werden, diesmal nicht. Sie hatte John, ihren Liebsten, durch eigene Schuld verloren. Max verlor sie, als die Bombe fiel. Lionel würde ihr nicht genommen werden. Es gab einen Weg zu ihm, und sie würde ihn finden.

»Wunderschön war das, Arturo.« Violet erreichte das Orchesterpodest. »Was ist es?«, fragte sie den Dirigenten.

»Das wird noch nicht verraten, Miss Mason. Erst heute Abend.«

Sie warf einen Blick aus dem Fenster. »Es wird schon dunkel. Ich muss mich umziehen. Bald kommen die Gäste.«

»Wie viele erwarten wir, Miss Mason?« Benedetti zeigte zum Buffet. »Mit dem, was da steht, könnte man die gesamte Army verpflegen.«

»Ich hoffe, dass *alle* kommen, Arturo. Ganz London soll unser Gast sein.«

Mit der Würde des Chefbutlers trug der alte Mr Sykes den Mistelzweig voran. Ihm folgte das vollzählige Personal des Savoy. Das stimmte nicht ganz, einige dienstbare Geister legten noch letzte Hand an die Platten des Buffets und das Blumenarrangement. Der Aufmarsch war in jedem Fall beeindruckend und wurde von den Gästen herzlich beklatscht. Violet hatte mit so manchem gerechnet, mit der Neugier ihrer Landsleute, auch mit dem Wunsch, sich einmal wieder satt essen zu können, doch die Resonanz auf ihre Einladung übertraf alle Erwartungen. *Toute London* schien sich im Savoy einzufinden. Die einfachen Leute, die ihren schönsten Anzug und ihr bestes Kleid hervorgeholt hatten, die Offiziere, vom niedrigen Rang bis zum Commodore. Soldaten kamen mit ihren Freundinnen. Krankenschwestern des Sanitätskorps schoben Patienten in Rollstühlen herein, Pfleger brachten ihre Frauen mit. Premierminister Churchill hatte das gesamte Kabinett im Schlepptau und führte Clemmie, seine Frau, am Arm.

Den Türstehern draußen war aufgetragen worden, Alarm zu schlagen, falls Hitler selbst an Heiligabend so geschmacklos sein sollte, einen Angriff fliegen zu lassen. Violet betete, dass es nicht dazu kam. Die verbrannten Keller eigneten sich nur im äußersten Notfall als Luftschutzbunker. Maxine zuliebe hatte Violet ursprünglich als Weihnachtsengel erscheinen wollen. Sie besaß ein goldenes Kleid, das diesem Zweck diente. Schließlich entschied sie sich aber für das mitternachtsblaue, es war elegant und entsprach einem Weihnachtsfest im Krieg.

Während sie das Kunststück zustande brachte, überall gleichzeitig zu sein und sich scheinbar mit allen zu unterhalten, warf sie manchmal einen Blick zum Eingang des *Golden Pavillon*, ob vielleicht die Hausdame mit Maxine dort auftauchte. Das Kind war unerwartet früh eingeschlafen, ohne sich von der Weihnachtsaufregung anstecken zu lassen. Violet sollte benachrichtigt werden, sobald sie aufwachte. Den festlich geschmückten Weihnachtsbaum sollte Maxine auf keinen Fall verpassen.

Violet beobachtete, wie die Küchenmannschaft unter dem Ansturm der Gäste ächzte, wie sie immer neue Platten auftrugen, die sich in Windeseile leerten. Sie nahm Komplimente für das Fest, die Stimmung, den wunderbaren Weihnachtsbaum entgegen und achtete darauf, dass die Diener abgebrannte Christbaumkerzen sofort durch neue ersetzten.

Trotz aller Geschäftigkeit dachte Violet an Lionel. Wäre es nicht das schönste Weihnachtsgeschenk, wenn draußen in diesem Moment ein Wagen der Royal Army halten würde, dem der Lieutenant in seiner schmucken Ausgehuniform entstieg? Er würde die Halle durchqueren, den *Golden Pavillon* betreten, Violet von hinten auf die Schulter tippen und sagen: »Hallo, Miss Mason. Darf ich um diesen Tanz bitten?«

Das Orchester stimmte einen Slowfox an. Alt und Jung strömte auf die Tanzfläche, die Paare umfassten einander und wiegten sich im Tanz. Wie gerne hätte Violet jetzt in Lionels Arm gelegen. Versonnen, traurig, glücklich summte sie die Melodie mit.

»Miss Mason?«

Sie drehte sich um. Ein wirklicher und wahrhaftiger Weihnachtsengel wurde auf sie zugetragen. Man hatte Maxine ein spitzenbesetztes Kleidchen angezogen, das ihr viel zu lang war. Verwundert und mit großen Augen sah das Kind sich unter den unfassbar vielen Menschen um. Violet nahm ihre Tochter auf den Arm. Da war es ja, das Wunder, das sich zu Weihnachten ereignete, das Wunder der Menschwerdung, das Wunder der Liebe. Dieser kleine Mensch war Violet geschenkt worden, damit sie ihr ganzes weiteres Leben mit ihm verbringen durfte.

»Schau nur, schau, Maxine«, sagte sie. »Das ist unser Weihnachtsbaum.«

Unter den herzlichen, lächelnden, mitfühlenden Blicken ihrer Gäste trug Violet das Mädchen quer durch den Raum und staunte mit ihm zu der glitzernden Pracht empor. Silberfäden, Glaskugeln, Porzellanfiguren, alles war nur leichter Tand, doch in den Augen des Kindes verwandelte es sich in die herrlichsten Schätze der Welt. Maxine stieß ein glucksendes Krähen aus, ein Lachen, einen Freudenschrei. Ein schöneres Geschenk konnte sie Violet nicht machen.

Vor dem Savoy hielt ein Wagen. Davor und dahinter blieben Fahrzeuge der Army stehen. Soldaten sprangen von den Ladeflächen. Ein Offizier im dunklen Mantel öffnete die hintere Wagentür, wo der letzte Gast des Abends ausstieg. Albert trug weder Uniform noch Frack. Im schlichten Anzug war er nach Schloss Windsor aufgebrochen und würde sich erst später für das Dinner mit der Familie umziehen.

Der Offizier wollte Seiner Majestät den Weg in das ramponierte Hotel zeigen, aber Albert hob die Hand.

»Ich kenne mich hier aus.«

Als Erster trat George VI. durch die Schwingtür ohne Glas. Er durchquerte die Halle, wo dem Rezeptionisten fast das Herz stehenblieb, als er erkannte, wer das Savoy beehrte. Flankiert von Offizieren erreichte der König den *Golden Pavillon.*

Einzelne Gäste, erst wenige, dann immer mehr, drehten sich um, ihre Gespräche versiegten. Ein Saal voller Leben wurde allmählich still. Köpfe senkten sich, einfache Frauen bemühten sich um einen Hofknicks. Plötzlich war es aber vorbei mit der stummen Ehrerbietung. Die Londoner hielten nicht länger an sich und brachen in begeisterten Applaus aus. Sie beklatschten ihren

König, der so frei, so groß war, der sich nicht um die Etikette kümmerte und an Heiligabend zu ihnen kam.

Arturo Benedetti gab den Musikern ein Zeichen. Sie stimmten die Melodie an, für die keiner von ihnen eine Probe brauchte. Unisono spielte das Orchester, und in der nächsten Sekunde sang der ganze Saal mit.

»God safe our gracious King

Long live our noble King!«

Aufrecht standen sie da, die Köpfe stolz erhoben, viele mit einem ungläubigen Lächeln, mancher mit Tränen in den Augen. Der König wartete das Ende der Hymne ab, trat zu seinem Premierminister, der mit der versammelten Regierung aufgestanden war. Kurze Worte, man hörte Churchill mehrmals »Your Majesty« murmeln. Schließlich wandte sich der König zur Direktorin des Hotels, die in angemessener Entfernung wartete.

»Meine liebe Miss Mason.«

»Your Majesty.« Mit dem Kind auf dem Arm war Violets Hofknicks keine Kleinigkeit. »Wie wunderbar von Ihnen, uns die Ehre zu geben.«

»Ich wollte mich nur vergewissern, ob mein Plumpudding in gutem Zustand angekommen ist.«

Violet strahlte.

»Und das ist also …« Mit rührender Scheu näherte der König seine Hand der Wange des Kindes.

»Maxine, Your Majesty. Das ist meine Tochter.«

»Fröhliche Weihnachten, Maxine«, sagte Albert.

Das Baby sah ihn verwundert, beinahe grimmig an, und ehe es jemand verhindern konnte, packte Maxine einen Orden an der Brust des Königs. Es war der Familienorden mit dem Bildnis George IV., eingefasst in Diamanten. Das glitzernde Ding hatte es Maxine angetan.

»Verzeihen Sie, Majesty.« Violet versuchte, Maxines Hand wegzuziehen.

»Lassen Sie nur.« Lächelnd gab Albert der Kleinen die Gelegenheit, den Orden ausgiebig zu bestaunen.

»Die Küche bereitet den Plumpudding gerade vor«, sagte Violet. »Darf ich Ihnen solange etwas vom Buffet servieren lassen, Sir?«

»Leider – zu schade – aber sehen Sie, Miss Mason, in Windsor warten sie schon mit dem Essen auf mich.«

Mit dem Kind auf dem Arm trat Violet zurück. »Natürlich, verzeihen Sie. Es ist großartig von Ihnen, uns an Heiligabend noch einen Besuch abzustatten.«

»Das ist … Ja … Das ist …«

Eine Stille trat ein. Violet begriff, dass der König um Worte rang. Die zahllosen Menschen, die dem Gespräch folgten, schienen ihn nervös zu machen. Violet ergriff das Wort.

»Wenn Sie erlauben, Majesty, möchte ich Ihnen sagen, dass Sie heute eine wunderbare Rede im Radio gehalten haben.«

Er nickte dankbar, weil sie ihm aus der Verlegenheit geholfen hatte. »Die Rede war gut, nur der Redner schien mir ein wenig mangelhaft.« Der König seufzte. »Miss Mason, ich bedanke mich für Ihre Gastfreundschaft und hoffe, dass der Plumpudding zum Gelingen Ihres Festes beiträgt. Es ist großartig, was Sie heute Nacht für London tun.«

»Darf ich Sie hinausbegleiten, Your Majesty?«

Albert wandte sich zum Ausgang. Vor ihm und Violet bildete sich ein Spalier.

Weder sie noch der König hatten eine Ahnung davon, dass in der Zwischenzeit eine besondere Maßnahme eingeleitet worden war. Mr Sykes, das Urgestein eines Chefbutlers, wollte Georges VI. eine besondere Ehrerbietung erweisen.

»Er muss doch irgendwo sein!«, rief Sykes den Hausdienern zu, die er um sich versammelt hatte. »Wo wird er denn sonst gelagert?«

»Im Keller«, antwortete ein Valet. »Aber im Keller ist alles verbrannt.«

»Ach du liebe Zeit«, schimpfte Sykes.

»Ich glaube, ich habe ihn gestern gesehen«, meldete sich ein Page.

»Wo hast du ihn gesehen?« Sykes trat vor den Frischling.

»Ich glaube, das war ...« Der Page überlegte.

»Denk schneller, Junge. Der König kann jeden Moment erscheinen.«

»Ich habe ihn im Umkleideraum der Musiker gesehen.«

»Wie kommt der rote Teppich zu den Musikern?«, staunte Sykes.

Da keiner der Angestellten sich in Bewegung setzte, scheuchte er sie auf. »Worauf wartet ihr? Holt den Teppich, entrollt ihn vor dem Haupteingang. Tempo, Gentlemen, es geht um Sekunden.«

Die Diener eilten davon, drangen in das Umkleidezimmer des Orchesters ein, fanden den Teppich und schleppten ihn zu sechst durch die Halle.

»Dass der so schwer ist«, keuchte einer.

Sie passierten die Drehtür und begannen, den roten Teppich vor dem Eingang auszurollen.

Violet und der König kamen durch die Lobby und gingen nebeneinander in die Weihnachtsnacht hinaus. Vor der Drehtür verabschiedete sich Albert.

»Fröhliche Weihnachten, Miss Mason.« Er reichte ihr die Hand.

»Merry Christmas, Your Majesty.« Violet sah Albert in die Augen und hielt seine Hand ein wenig länger fest, als es ziemlich war. Der König betrat den roten Teppich, noch während er vor ihm ausgerollt wurde.

LESEPROBE

PROLOG

Oktober 1918

Der junge Soldat zog die Kapuze tief ins Gesicht, er drückte sich neben das Tor in den Schatten des alten Kuhstalls und verschmolz mit der Finsternis. Er beobachtete, was auf dem Vorplatz geschah. Am Morgen hatte man auf dem Hof eine provisorische Sammelstelle errichtet, im Stall ein Dutzend Feldbetten auf dem nackten Boden aufgeschlagen, viel zu schnell waren diese bereits vollständig von Verletzten belegt. Immer wieder erklangen die Stimmen der Krankenträger, Soldaten, die aus den Schützengräben die Verwundeten bargen und sie zu den Unterständen brachten, wo sie dann auf die Pferdewagen geladen und zu den Wartehallen gebracht wurden, von dort ging es weiter zu den Lazaretten.

Dieses Gebäude, früher Kuhstall und nun – ja, was? So genau wusste der junge Soldat das nicht, denn weder Ärzte noch Rotkreuzschwestern beugten sich über die Verletzten, die stöhnend oder völlig apathisch im Halbdunkeln lagen. Wenn er gekonnt hätte, wäre er weggelaufen, doch selbst dazu fehlte ihm der Mut.

Ich muss Matthias finden. Ich muss ihn finden, damit wir gemeinsam heimkehren können, solange seine Mutter noch lebt.

Dies war sein einziger Gedanke. Er galt nicht den Sterbenden zwischen all dem Gestank nach Krankheit und Tod. Dieser Wunsch trieb ihn voran, seit zwei Wochen schon. Seit er seine Sachen gepackt und das elterliche Haus verlassen hatte. Jeder Schritt hierher war eine Qual gewesen, und nun stand er hier, der Herbstregen prasselte nieder, er war durchgefroren und nass, sein Fuß schmerzte mehr als sonst. Aber irgendwo hier draußen musste Matthias sein, und irgendwie musste er es schaffen, ihn nach Hause zu holen, bevor es zu spät war.

»Aus dem Weg, Soldat!« Wieder kamen vier Krankenträger mit einer Trage durch den Regen, der Verletzte darauf regte sich kaum mehr. Sein linkes Bein hing in Fetzen herunter, sein Schuh stieß mit jedem Schritt der Träger auf dem Boden auf. Der Soldat stöhnte nur, eine Hand hob sich und sank dann wieder herunter, als hätte ihn alle Kraft verlassen. Sie brachten ihn in den Stall und blickten sich ratlos um, denn alle Feldbetten waren besetzt. Schließlich stellten sie die Trage ab, einer legte eine Decke auf den Boden, gemeinschaftlich halfen sie dem Verletzten auf dieses Lager, das angesichts seiner Verletzung kaum angemessen war.

Der junge Soldat vor dem Stalltor umklammerte den Stock, auf den er sich stützte, und drehte sich weg. So schwer zu ertragen war das Leid dieser Männer. Seine Hand fuhr unter die Uniformjacke, er ertastete dort den Brief, den er nun schon die ganze Zeit bei sich trug. Bisher hatte er sich nie versucht gefühlt, diese Zeilen zu lesen.

Die Krankenträger trotteten aus dem Stall, die Köpfe gesenkt, zwei schleppten die Trage. Die anderen beiden gingen noch etwas langsamer. Diese wenigen Meter zurück zu dem Lastwagen, das war alles, was ihnen an Erholung gewährt wurde. Denn sobald sie die Köpfe wieder hoben, mussten sie hinaus, weit hinaus in das Gewirr der Schützengräben, wo noch mehr Soldaten warteten, dem Tode geweiht, wenn sie keiner holte.

»He, du!«

Der junge Soldat fuhr zusammen.

Einer der Krankenträger hatte über die Schulter geblickt und ihn am Tor entdeckt. »Willst du hier nur rumstehen?«

»Ich kann nicht da raus.« Der junge Soldat hob den Stock in seiner Rechten, machte sogar zwei Schritte vor, damit der andere sein Hinken bemerkte.

»Tja, das passiert vielen hier. Mach dich nützlich, solange wir die anderen holen. Diese Männer haben Durst.«

Weg waren sie, verschwunden hinter dem Regenschleier. Der junge Soldat hörte ihre Stimmen, einer lachte rau. Das Letzte, was er wahrnahm, war der Geruch von brennendem Tabak. Wenigstens Zigaretten hatten sie. Der Motor des Lastwagens startete, das Brummen verschwand mit der einsetzenden Dämmerung.

Behutsam spähte der junge Soldat nun durch die Stalltür. Im Innern herrschte diese gespenstische Stille, die kannte er schon von seiner Fahrt auf einem der Lazarettzüge entlang der Front von Nord nach Süd. Manchmal schrie einer nach seiner Mutter, die meisten aber waren dafür schon zu schwach.

Neben der Tür stand ein Eimer mit Wasser. Drei Schritte weiter lag auf der ersten Pritsche einer, dessen Wangen vom Fieber rot gefleckt waren, die Augen flatterten im bleichen Gesicht. Um Nase und Mund bildete sich ein fahles Dreieck. Es war nicht mehr weit für ihn, die andere Seite war nicht fern.

Eine Kelle steckte in dem Eimer, also hatte vermutlich schon vorher jemand Wasser an die Verletzten verteilt. Aber warum war hier niemand? Der junge Soldat nahm den Eimer mit der Linken, die Kelle klapperte am Rand, als er den Eimer mühselig zur ersten Pritsche schleppte.

Der Verwundete öffnete bei dem Geräusch die Augen, einen Spaltbreit nur. »Anna«, flüsterte er.

Er hatte sie erkannt. Oder eher in ihr erkannt, was sie wirklich war.

Von diesen Männern hatte sie wohl kaum etwas zu befürchten. Der junge Soldat schlug die Kapuze zurück, das rötlich blonde Haar darunter kringelte sich an den Schläfen, wo sie es vor ihrer Abfahrt raspelkurz abgeschnitten hatte. Der Zopf lag daheim in einer Schachtel, sie hatte es nicht über sich gebracht, ihn wegzuwerfen. Oder ihn wie viele Frauen dieser Tage zu spenden; die Haare wurden beim Bau der U-Boote verwendet, als Ersatz für das isolierende Kamelhaar.

Das junge Gesicht, die kleine Stupsnase, die dunkelblauen

Augen, das alles sah der Soldat nicht. Für ihn war sie in diesen Minuten seine Liebste, die er vor vier Jahren oder erst wenigen Stunden zurückgelassen hatte. Einen weiten Weg war er seither gegangen, nun lag er hier. Nicht zum ersten Mal, aber er spürte wohl, dass es das letzte Mal sein würde, denn sein Blick verlor sich in weiter Ferne.

Sie schöpfte Wasser aus dem Eimer, hielt ihm die Kelle an die Lippen. Er schluckte, schluckte, doch das Wasser verrann zwischen seinen Lippen, tropfte auf das Feldbett. »Danke«, flüsterte er dennoch, dann sank er in sich zusammen, seine Augen schlossen sich und er tat einen letzten, allerletzten Atemzug.

Stille. Obwohl hinter ihrem Rücken die anderen Männer atmeten, keuchten, husteten und stöhnten, sie hörte nur das Schweigen dieses einen, der gerade den Kampf um sein Leben für immer verloren hatte.

Sie blieb bei ihm sitzen, bis er fort war. Hatte sie ihn umgebracht? Nein. Viele Jahre später würde sie begreifen, dass jenes fahle Dreieck, das ihm um Mund und Nase gezeichnet war, einer der letzten und klarsten Vorboten des Todes war. Sie legte seine kühlen Hände über seiner Brust zusammen, stand auf und wandte sich den anderen zu. Sie schritt von einem Lager zum nächsten, gab jedem der Männer Wasser. Manche bedankten sich mit brüchiger Stimme, einige dachten, ihre Mutter, Schwester, Liebste sei bei ihnen aufgetaucht und gaben ihr deren Namen. Ida. Regine. Friederike. Maria. Jeden dieser Namen nahm sie an, ohne ihren eigenen zu vergessen.

Tiefste Nacht, stille Dunkelheit. Sie trat nach draußen, als der nächste Transport mit Verletzten in den Hof rollte. Es hatte aufgehört zu regnen. »He, Soldat!«, rief einer der Sanitäter, vermutlich ein Offizier. »Pack mit an, unser Kollege hat die Scheißerei bekommen, sind nur noch zu dritt.«

Sie trat näher, auf ihren Stock gestützt. »Viel kann ich nicht helfen«, sagte sie.

Er musterte sie, von den roten Löckchen bis zu dem Stock, der im Morast versank. »Na, halbe Kraft reicht uns auch.« Gemeinsam mit den anderen beiden Soldaten schob er die Trage bis an den Rand des Wagens, zwei packten vorne an, der dritte zeigte ihr, welchen Riemen sie greifen sollte, und dann schleppten sie einen weiteren Halbtoten in den Stall.

»Der hat's nicht geschafft, legen wir ihn dorthin.«

Der Wortführer hatte einen Schnurrbart, die dunklen Haare hingen fettig oder nass unter dem Helm hervor. Sie stellten die Trage ab, wickelten den Toten in seine Decke, Leichensäcke gab es wohl keine auf ihrem Lastwagen. »Wohin mit ihm?«, fragte sie und erntete doch nur Schulterzucken.

Kein Platz für die Lebenden, Verletzten, Sterbenden. Nun nicht mal für die Toten.

Das war zu viel für sie.

Der Sanitätsoffizier fand sie vor dem Stalltor, sie hatte sich ein Stück weiter an die Wand gelehnt und kotzte bittere Galle in den Schlamm. Er brummelte etwas, das sie nicht verstand, dann, als sie nur noch Luft würgte, tippte er ihr auf die Schulter und hielt ihr eine Zigarette hin.

Sie nahm sie, trat zurück, schwer atmend stützte sie sich auf ihren Stock.

»Dein Erster?« Er nickte zum Stalltor.

»Er starb, nachdem ich ihm Wasser gab. Ich dachte …«

»Dass du schuld bist?« Er zündete sich die Zigarette an, hielt das Streichholz so, dass auch sie ihre an die Flamme halten konnte. Sie beugte sich vor, sog den Rauch ein und hätte sich fast ein zweites Mal übergeben, aber dann legte sich der Rauch auf ihre Mundschleimhaut. Er rieb in ihrem Hals alles glatt, und als sie es schaffte, ihn für ein paar Sekunden in den Lungen zu halten, spürte sie, wie ihr schwindlig wurde. Aber das war ein guter Schwindel. Einer, der den anderen vergessen machte.

»Hier ist keiner schuld, weil einer verreckt. Wenn's jemanden gibt, dann suche den in Berlin oder Wien. In Sankt Petersburg oder Paris. Da sitzen die, die uns in diesen verdammten Krieg geschickt haben.«

Sie sah ihn schockiert an. Seine Worte waren der pure Verrat, wusste er das denn nicht? Aber ihn schien das nicht zu kümmern, er rauchte weiter und zeigte mit seiner Zigarette auf ihren Stock. »Wie ist das passiert?«

»Lange Geschichte.« So lang wie ihr Leben, aber sie wollte nicht darüber reden. Es ging hier keinen was an.

»Vermutlich genauso eine, die du nicht erzählen willst wie die, was du hier zu suchen hast. Als Frau. Fräulein gar.«

Sie starrte ihn an, er lachte rau. »Was denn? Die guten Umgangsformen wirst du nicht haben, weil du im Schweinekoben aufgewachsen bist.«

»Nicht ganz. Meine Eltern haben eine Wurstfabrik.«

Hatten, fügte sie in Gedanken hinzu.

»Ah, also ein gutbürgerlicher Stall, aus dem du da kommst. Dachte ich's mir.« Gespielt ernst lüpfte er den Helm. »Joachim von Werder, stets zu Diensten.«

»Ein Adeliger, der nur Sanitätsdienst macht?«

Er grinste. »Lange Geschichte.«

Das entlockte ihr ein Lächeln.

»Kannst ja doch fröhlich. Also? Nach wem suchst du?«

Sie tastete in der Tasche ihres Mantels, fand den Brief, daneben das Foto, das sie vom Nachttisch seiner Mutter genommen hatte. »Matthias Krüger. Kennen Sie ihn?«

Er nahm sich Zeit, schaute sich die Fotografie lange an, drehte sie um. Sie brauchte keinen Blick darauf werfen, sie kannte dieses Bild nur zu gut, selbst in ihren Träumen tauchte es immer wieder auf. Trotzdem machte es sie nervös, wenn ein Fremder es hielt, und sie atmete auf, als er es zurückgab.

»Noch nie von ihm gehört. Könnte mich umhören oder die anderen fragen. Was ist mit ihm? Bist du seine Liebste?«

Sie spürte, wie sie rot wurde. »Eine Freundin.«

»*Seine* Freundin?«

Machte das denn einen Unterschied? Reichte nicht, dass sie hier war, um zu beweisen, wie unverbrüchlich sie Matthias verbunden war?

Sie schwieg verbissen.

»Wirst mir schon mehr geben müssen, wenn ich nach ihm suchen soll. Oder willst du selbst da raus?«

Entsetzt schüttelte sie den Kopf. Ihr reichte schon das, was sie hier erlebte, zehn oder zwölf Kilometer hinter der Frontlinie.

»Er soll irgendwo hier draußen sein?«

»Zumindest haben wir im Sommer das letzte Mal von ihm gehört, da war er hier.«

Joachim von Werder lachte rau. »Das muss nichts heißen. Weißt du, oder?«

Sie nickte, zog trotzig an der Zigarette. »Mehr hab ich nun mal nicht.«

Er überlegte, dann traf er eine Entscheidung und warf den aufgerauchten Stummel in eine Pfütze.

»Wie heißt du?«

Sie sog den Rauch ihrer Zigarette tief ein, genoss dieses Schwindelgefühl und nahm all ihren Mut zusammen. »Sag ihm, dass Leni Wittmann hier ist. Sag ihm, es geht um seine Mutter.«

Joachim nickte. Er wollte schon gehen, doch dann nahm er das Päckchen mit den Zigaretten aus der Brusttasche, überlegte kurz, teilte schließlich die darin enthaltene Menge in zwei und gab ihr die eine Hälfte, zusammen mit einem Streichholzbriefchen. »Wirst du brauchen, bis ich zurück bin«, sagte er nur.

»Danke«, erwiderte sie, mehr nicht. Dabei war sie froh, dass er ihr etwas ließ, das die Schmerzen dämpfte. Dass sie sich nicht gänzlich verloren fühlte.

Sie hoffte, es würde nicht zu lange dauern.

Nach dieser Nacht folgte ein Tag, eine weitere Nacht, noch ein Tag. Joachim hatte ihr gesagt, sie solle hier warten, er werde irgendwann zurückkommen. »Ich höre mich um«, das war das

Letzte, was sie von ihm gehört hatte, bevor er auf den Lastwagen gesprungen und davongebraust war. Sie hatte dem Laster nachgesehen, in der Dunkelheit gelauscht, bis das Motorengeräusch verklungen war und nur noch die Verletzten ihr Gesellschaft leisteten, die keine Gesellschaft war. Denn vor allem brauchten sie Lenis Hilfe, weil sie starben oder nicht starben, beides war eine Qual.

Leni tat, was sie konnte, aber viel war das nicht. Sie gab den Wachen zu trinken, deckte die Schlafenden wieder zu, sie kühlte hier eine fiebernde Stirn und hielt dort die Hand von einem, den der Albtraum gerade näher zur anderen Seite zog. Sie hatte viel Zeit, so ganz allein mit diesen Männern, die für Kaiser, Gott, und Vaterland in einen Krieg gezogen waren, von dem sie nicht wusste, ob einer von den dreien das gewollt haben konnte. Gott ganz bestimmt nicht, jedenfalls nicht der Gott, wie sie ihn verstand.

In der dritten Nacht, die sie allein mit den Männern war, starben zwei von ihnen. Sie wusste zeitweise nicht, ob sie lachen oder weinen sollte, und weil ihr nichts Besseres einfiel, sang sie für die beiden. Sang auch für diejenigen, die wach lagen und hörten, wie einer der beiden Sterbenden sich quälte. Der andere schlief ein und wachte einfach nicht mehr auf.

Es gab so weniges, was sie verstand. Warum war sie hier allein? Hatte man dieses kleine Lazarett vergessen, war es in der deutschen Gründlichkeit verloren gegangen? Und wenn das so war, was sollte sie noch tun, was konnte sie überhaupt tun? Sie hatte Brot und ein bisschen Fleisch in Dosen, denn hinten im Stall war eine kleine Vorratskammer, wo jemand neben einer jämmerlichen Kiste mit Verbandszeug auch ein paar Vorräte abgestellt hatte. Sie verteilte das Essen, so gut es eben ging, das Wasser wurde knapp, sie wusste nicht, wie sie an neues kommen sollte. Das bereitete ihr die meiste Sorge, neben der Frage, was mit den Toten geschah, wenn nicht bald jemand kam.

Am Morgen saß sie vor dem Stall auf einem Findling, sie

rauchte die letzte Zigarette, inzwischen kratzte da nichts mehr im Hals, und ihr wurde nur deshalb schwindelig, weil sie seit vorgestern nichts mehr gegessen hatte.

Und dann rumpelte der Lastwagen heran. Joachim stieg aus, ihr war vor drei Tagen gar nicht aufgefallen, wie groß er war. Bestimmt an die eins neunzig. Hinter ihm sprang einer von der Ladefläche, der kleiner war, dünner als in ihrer Erinnerung, aber das waren sie wohl alle nach vier Wintern mit Kriegsrationen, selbst sie, obwohl sie an den Fleischtöpfen lebte.

Stumm kam er auf sie zu, seine Arme hingen schlaff an seinen Seiten herunter. Er starrte sie aus Augen an, die tief umschattet waren. In seinem leeren Blick sah sie, was der Krieg mit den Soldaten hier draußen machte. Sie sah es in seinem Gesicht, das ihr so vertraut war. Das Blau seiner Augen, selbst das war verblasst.

»Leni«, sagte er.

Stumm reichte sie ihm die halb aufgerauchte Zigarette, und er zog daran wie ein Ertrinkender, der nach Luft schnappt. Joachim ging in den Stall, die anderen Männer vom Sanitätsdienst folgten ihm. Leni rückte ein Stück beiseite, sie klopfte auf den Stein, und Matthias setzte sich neben sie. Ihre Schultern berührten sich, und kurz durchzuckte sie der Gedanke, wie schön sich das anfühlte, wie lange sie sich danach gesehnt hatte, so neben ihm zu sitzen. Einfach nur beisammen sein, davon hatte sie geträumt.

»Von Werder sagt, es geht um meine Mutter.« Matthias räusperte sich.

»Sie stirbt, Matthias.«

Die Friedlichkeit des Moments verflog, zurück blieb nur dieses Gefühl der Leere, das sie selbst schon seit Wochen verspürte. Das er jetzt mit voller Wucht abbekam. Aber was hatte er denn gedacht? Bestimmt nicht, dass sie aus purer Abenteuerlust viele Hunderte Kilometer durch das Reich gereist war.

»Du hättest schreiben können.«

»Das habe ich. Seit August. Es kam keine Antwort. Ich musste es versuchen. Sie …«

Er stand auf, und ihr wurde kalt, weil dort, wo vorhin noch sein kratziger Armeemantel an ihren drückte, jetzt nichts mehr war als die Oktoberkälte.

»Ich kann hier nicht weg, Leni. Siehst du das nicht? Schon der Gedanke …« Er senkte die Stimme, Joachim von Werder kam gerade aus dem Stall, die Stirn umwölkt, der Blick so müde. »Selbst wenn ich wollte. Sie erschießen mich, wenn ich das versuche, Leni. Fahnenflucht. Landesverrat.«

Sie zog den Brief aus der Tasche, zerknittert von den vielen Nachtstunden, die sie auf ihm gelegen hatte. »Das hier hat sie für dich geschrieben. Sie wollte, dass du es liest.«

Neben ihnen wurden die Leichen aus dem Stall geschleppt. Sie luden die Toten auf den Lastwagen, Joachim von Werder schaute zu ihnen rüber. Matthias hielt den Brief in der Hand, als wüsste er nicht, ob er für ihn bestimmt war, blickte zum Laster und zurück.

»Wir müssen wieder los.«

»Und was wird aus mir?«, fragte sie.

Vor allem: Was wird aus den Soldaten, die hier zum Sterben abgeladen werden? Aber das sagte sie nicht.

Joachim von Werder kam rüber. Er steckte sich eine Zigarette an. »Können wir?«, fragte er.

»Wohin bringen Sie die Toten?«

Er zuckte mit den Schultern. »Weiter weg von der Front. Willst du mit?«

Sie drehte sich zum Kuhstall um. Zu den Verletzten, die niemanden hatten. Keiner von ihnen wäre in der Lage, sich zu versorgen – geschweige denn die anderthalb Dutzend anderen Verwundeten.

»Und was ist mit den Verletzten?«

»Wir holen sie, sobald wir können.«

»Wann wird das sein?«

Matthias mischte sich ein. »Du kannst nicht hierbleiben, Lene.«

Lene. Sie lächelte ihn müde an. Wenig fehlte und sie hätte ihm die Hand auf die Wange gelegt, aber sie spürte Joachims Blick, der ihr auch seltsam vertraut war. Und das nur, weil er der Erste gewesen war, der sie hier angesprochen hatte. Lag das an ihrer Einsamkeit? Den Wochen unterwegs, in denen sie vermieden hatte, mit irgendwem zu sprechen? Umtrieben von der Furcht, man könnte in ihr die junge Frau erkennen, die sich in einem gestohlenen Armeemantel zur Front durchschlug.

Sie blickte zum Stalltor, dahinter die Pritschen und Lager auf dem nackten Boden. Dann sah sie Matthias an. Er schien ihren Blick richtig zu deuten, denn er seufzte. »Lene«, sagte er. Resigniert.

»Wir können sie doch nicht alleinlassen«, sagte sie leise.

»In zwei Tagen holen wir sie«, versprach Joachim. Zwei Tage, das war für die Männer dort drinnen eine Ewigkeit. Diese Zeit war selbst ihr schon endlos vorgekommen, obwohl sie ständig was zu tun hatte.

Matthias wandte sich an Joachim, er salutierte. »Bitte um Erlaubnis, bis zum nächsten Krankentransport die Verletzten vor Ort zu versorgen.«

»Krüger, Sie wissen genauso gut wie ich, dass ich nicht befugt bin …«

»Bitte«, flüsterte Leni. »Ich schaffe das nicht allein.«

Die beiden Männer blickten einander lange an. Schließlich nickte Joachim von Werder.

»Erlaubnis erteilt.«

Matthias zögerte. Ihm lag noch etwas auf dem Herzen. »Wir brauchen Vorräte.«

»Wir haben nichts, das wissen Sie, Krüger.«

Beide Männer schwiegen einen Moment. Dann seufzte Joachim von Werder. »Ich habe keine Ahnung, welcher Idiot auf die Idee gekommen ist, hier ein provisorisches Lazarett aufzuschlagen, ohne es mit Personal zu versorgen«, sagte er und legte Matthias eine Hand auf die Schulter. »Darum werden wir schauen, was wir aus dem Lastwagen entbehren können. Danach sind Sie bis zum Eintreffen von Verstärkung auf sich angewiesen.«

Leni stand daneben und hörte zu. Bevor er aber ging, wandte sich Joachim von Werder noch einmal an sie. »Bist du Krankenschwester?«, fragte er.

Vor drei Tagen hatte ihn das nicht interessiert, dachte sie. »Etwas in der Art«, antwortete sie stattdessen.

Er nickte. »Das dachte ich mir schon. Frauen wie dich können wir in den großen Lazaretten brauchen. Kannst gut zupacken und schreckst scheinbar auch vor Blutungen nicht zurück.« Er blickte demonstrativ zum Stalltor, hinter dem ihr einige stark blutende Verletzungen begegnet waren in den vergangenen Tagen. »Wenn du also später nicht direkt heimwillst, wüsste ich eines hinter der Front, wo du sicher wärst. Wo man dich brauchen kann.«

»Ich habe daheim Verpflichtungen.«

»Ja, das verstehe ich gut.«

Damit war das Thema für ihn erledigt.

Matthias stand hinter ihr, als der Lastwagen davonrollte. Er legte eine Hand auf ihre Schulter. »Da sind wir also«, sagte er leise.

Sie schluckte. All ihre Hoffnungen, rasch mit ihm heimkehren zu können, waren zerschlagen. Sie hatte ihn gefunden, er lebte, er war gesund, soweit man das sein konnte in diesem lausigen Krieg. Aber von hier aus ging es nicht weiter.

Nun ja, was hatte sie sich denn auch gedacht? Seit über vier Jahren herrschte dieser brutale Krieg. Sie hatte mit eigenen Augen gesehen, wie sehr die wenigen Männer, die vorzeitig heimkehren durften, von den Schlachten versehrt waren. Wen es nicht so arg erwischte, den flickte man notdürftig zusammen und schickte ihn so schnell wie möglich zurück in die Schützengräben.

»Deine Mutter …«

»Nein«, sagte er fest. »Lass uns nicht mehr von meiner Mutter reden.«

Er drehte sich um und ging zum Lazarett. Leni folgte ihm, sie vergrub die Hände nur kurz in den Manteltaschen und ballte sie zu Fäusten.

Wenn der Krieg bald vorbei wäre … Aber nein, sie machte sich nichts vor. Der Krieg wäre irgendwann vorbei, ja.

Für Matthias und seine Mutter wäre es dann aber zu spät.

Christine Kabus
Die Zeit der Birken
Roman
592 Seiten. Broschur
ISBN 978-3-7466-3544-6
Auch als E-Book erhältlich

Die Frauen vom Birkenhof

Schleswig-Holstein, 1977: Die Liebe zwischen Gesine und dem Pferdetrainer Grigori endet jäh, als er plötzlich spurlos verschwindet. Doch eines Tages stößt Gesine auf Hinweise über seinen Verbleib, die sie nicht nur tief in die Vergangenheit ihrer Familie, sondern auch in die Abgründe europäischer Geschichte führen.
Estland, 1938: Charlotte verliebt sich Hals über Kopf in den jungen Esten Lennart. Doch ihre Eltern würden diese Verbindung niemals billigen, und so halten sie ihre Beziehung geheim. Als Charlotte ein Kind von Lennart erwartet, brechen die Wirren des Zweiten Weltkriegs über sie herein, und die Liebenden werden getrennt.

Historisch fundiert und hochemotional erzählt: eine große Saga um die Geheimnisse einer Familie

Regelmäßige Informationen erhalten Sie über unseren Newsletter. Jetzt anmelden unter: www.aufbau-verlag.de/newsletter

atb aufbau taschenbuch